FANTASY

Die Trilogie
»Die Schattenmeister« von Viktor Sobek
besteht aus den folgenden Bänden:

Das sprechende Schwert · 24518
Im Reich der toten Götter · 24519
Die letzte Prüfung · 24520

FANTASY

VIKTOR SOBEK

Im Reich der toten Götter

Die Schattenmeister 2

Originalausgabe

GOLDMANN VERLAG

Der Goldmann Verlag
ist ein Unternehmen der Verlagsgruppe Bertelsmann

Made in Germany · 3/90 · 1. Auflage

Umschlaggestaltung: Design Team München
Umschlagillustration: Tom Hallman/Agt Vega
Satz: IBV Satz- und Datentechnik GmbH, Berlin
Druck: Elsnerdruck, Berlin
Verlagsnummer: 24519
Lektorat: Christoph Göhler
Redaktion: Theodor Singer
Herstellung: Peter Papenbrok
ISBN 3-442-24519-2

1

Ommo und Jobab kauerten verborgen im Schilf, die magischen Dolche abwehrbereit gezückt. Unruhig huschten ihre Blicke hin und her. Keine neunzig Schritte von ihnen entfernt durchkämmten die Winzlinge im Rudel das Ufergelände. Den halben Nachmittag hatten die beiden Zauberlehrlinge damit verbracht, vor den Zwergen zu fliehen.

Nun schien es, als würde den Verfolgern langsam die Lust an der Jagd vergehen.

Die Winzlinge schwärmten noch ein letztes Mal kurz aus, musterten mit argwöhnischen Blicken die Wasseroberfläche und das dichte Schilf, bis ihr Anführer schließlich ein Signal gab. Seine Gefolgsleute scharten sich um ihn, und nach kurzem Palaver waren alle verschwunden.

Es war um die Stunde Beron.

Ommo atmete erleichtert auf. Plötzlich schoß ihm ein völlig unpassender Gedanke durch den Kopf, und ehe er sich versehen hatte, sprach er ihn auch schon aus:

»Sag mal, darf ein Meister der Magie eigentlich wirklich so schmutzig herumlaufen wie eine ungewaschene Vogelscheuche?«

Jobab blickte ihn erstaunt an. Dann lachte er leise. Der Bann war gebrochen – auch er wirkte plötzlich erleichtert.

»Wenn du Jax meinen solltest, dann kannst du dir deine Puste sparen. Der tut ohnehin nur, was er will. Für ihn gelten keine Gesetze.« Jobab furchte die Stirn. »Meint er zumindest«, fügte er leise hinzu.

Ommo seufzte. Vorsichtig hob er den Kopf und spähte über die Spitzen der Schilfgewächse ans Ufer. Von den Zwergen war nichts zu sehen.

»Ich glaube, wir können es wagen.«

Jobab nickte wortlos. Er stand links von Ommo und watete ein Stück weiter, um einen größeren Abstand zwischen sich und seinen Blutsbruder zu legen. Sollten die Zwerge irgendeine List im Schilde führen, so war es nicht nötig, daß sie beide Freunde zugleich bemerkten.

Ommo blieb an Ort und Stelle. Das hatte sich im Laufe des Nachmittags so eingespielt: Jobab übernahm das Auskundschaften, während Ommo Flanke und Rücken sicherte.

Nachdem sein Freund im Schilf verschwunden war, lauschte Ommo aufmerksam, um zu hören, wie Jobab vorankam. Doch außer dem leisen Plätschern des Wassers konnte er nichts wahrnehmen.

Jobab war wirklich ein außerordentlich geschickter Späher, schnell, lautlos, unsichtbar. Wenn er nicht in einen Hinterhalt geraten sollte, würde Ommo ihn erst wieder erblicken, nachdem er sich davon überzeugt hatte, daß am Ufer keine Gefahr mehr lauerte.

Da war er schon! Hinter einem Baum in Deckung, lugte Jobabs Kopf hervor, und er gab Ommo mit der linken Hand ein Zeichen. Dann verschwand er auch bereits wieder.

Ommo wußte, daß sein Blutsbruder sich nun im Gebüsch verstecken würde, um für alle Fälle gerüstet zu sein. Möglicherweise hatte er in dieser unglaublich kurzen Zeit schon ein Nachtlager für sie erkundet.

Während Ommo geduckt – man konnte ja nie wissen – ans Ufer watete, mußte er erneut an Jax denken, bei dem sie beide in die Lehre gingen.

Er war wütend auf seinen Meister, wie meistens, weil der sie in diese Gefahr gebracht hatte. Das sah dem alten Widerling wieder einmal ähnlich, sie ohne jede Vorwarnung dem Verderben in die Arme zu treiben!

Jax war ein strenger Meister und oft sehr ungerecht, ja, scheute sogar vor Schikanen nicht zurück. Aufgrund ihres Treueeids war es Jobab und Ommo jedoch unmöglich, die eiserne und unerbittliche Hand des alten Zauberers abzuschütteln, ohne sich der Schande und Ächtung auszusetzen, die sie dann im ganzen Lande Chaim verfolgen würden.

Unwirsch verwarf Ommo den Gedanken. Jetzt galt es, aufmerksam zu bleiben. Und es nützte schon gar nichts, sich einmal mehr über den gräßlichen alten Sklaventreiber aufzuregen.

Als Ommo an dem Baum angekommen war, hinter dem Jobab ihm das Zeichen gegeben hatte, war die Stelle leer. Ein kurzer Blick, und Ommo hatte Jobabs Zeichen entdeckt: einen kleinen trockenen Reisigzweig, der mit der Spitze in Richtung Norden wies.

Das Leben in der Wildnis, in der Jax hauste, hatte auch seine Vorteile, dachte Ommo grimmig. Zumindest lernte man dort das Fährtenlesen.

Eigentlich wären diese Zeichen nicht nötig gewesen. Denn aufgrund ihrer Blutsbrüderschaft und ihrer magischen Ausbildung konnten die beiden Lehrlinge durch Gedankenübertragung einander stets mühelos orten, sofern die fraglichen Entfernungen nicht allzu groß waren. Und so dauerte es kaum eine Viertelstunde, bis Ommo Jobab vor einer Höhle kauernd wiederfand.

»Sie ist nicht sehr groß, aber für zwei Personen reicht sie üppig«, meinte Jobab, der mit einem Stab in einem winzigen Topf herumstocherte, der auf dem Boden stand.

»Und die Zwerge?«

Jobab machte eine wegwerfende Geste. »Keine Ausdauer, dieses Gesindel«, knurrte er.

Der Inhalt des Topfes, eine dicke Masse, begann zu brodeln, vom magischen Feuer des Zauberstabs erhitzt. Ommo nestelte an seinem Gürtel und holte einen kleinen Beutel Salz hervor.

»Ich frage mich, was die ganze Sache soll«, grübelte er, während er eine Prise Salz in den Linsenbrei gab.

Jobab rührte das Gewürz mißmutig ein. Dann hob er den Kopf. »Typisch Jax«, brummte er.

Ommo nickte. Damit war eigentlich alles gesagt. »Natürlich hat der alte Knacker bereits gewußt, was da auf uns zukommen würde.«

Mürrisch schmeckte Jobab den Brei ab. »War auch schon mal besser«, bemerkte er und zog eine angewiderte Grimasse. Dann blickte er Ommo an, der sich neben ihn kauerte. »Selbstverständlich war sich Jax darüber im klaren. Was glaubst du, weshalb er uns sonst auf die Reise geschickt hat?«

Ommo legte die Stirn in Falten. »Meinst du, er will uns mal wieder loswerden?«

Achselzuckend erwiderte Jobab: »Da gäbe es zwar einfachere Methoden, aber bei dem alten Scharlatan weiß man nie.«

Scharlatan?

Das war wohl etwas zu hart formuliert, ein Produkt der Wut, die in beider Bauch kochte. Jax mochte zwar gemein sein, hinterhältig und ekelhaft, aber von Magie verstand er wirklich etwas. Das wußte ganz Chaim. Niemand, kein noch so mächtiger Zauberer, der sich ohne sehr, sehr guten Grund mit Jax angelegt hätte.

»Und ausgerechnet an den mußten wir geraten!« murmelte Ommo und holte seinen Löffel hervor. »Womit wir das wohl verdient haben?«

Jobab lachte freudlos. »Was glaubst du, welche Frage ich mir seit viereinhalb Jahren stelle?«

Ommo schob sich einen Löffel voll Brei in den Mund und begann zu kauen. Er war so sehr in Gedanken verloren, daß er gar nicht auf den Geschmack des Reiseproviants achtete. Nicht, daß sie zu Hause bei Jax besser beköstigt worden wären…

Auch Jobab mümmelte lustlos an seinem Essen. »Weißt du«, sagte er mit vollem Mund, »mir scheint fast, Jax hat diesmal etwas Größeres mit uns vor.«

Ommo hob erstaunt die Augenbrauen. »Wieso?«

Jobab schürzte die Lippen. »Nur so eine Vermutung.« Er grinste. »Und außerdem hat er da so eine Bemerkung zu Asmodel gemacht…«

»Zu Asmodel?« Immer noch kauend, zog Ommo seine völlig nassen Stiefel aus. Der Aufenthalt im Sumpf war ihnen nicht besonders gut bekommen.

Jobabs Appetit schien zu wachsen, jedenfalls schaufelte er inzwischen wahre Unmengen des Breis in sich hinein. Da er noch immer mit vollem Mund sprach, waren seine Worte oft nur schwer verständlich. Doch Ommo war an dergleichen gewöhnt.

»Na ja, ich habe gehört, wie er sich Asmodel gegenüber äußerte, daß es mit unserem Lehrlingsstatus bald zu Ende sei.«

Ommo blickte ihn fragend an. »Was kann das bedeuten?«

Jobab zuckte mit den Schultern.

»Entweder, er will uns wirklich loswerden«, überlegte er, »oder er rechnet damit, daß wir nicht lebend zurückkehren.«

»Was wohl auf das gleiche hinausläuft«, brummte Ommo. »Aber im Ernst. Meinst du, er glaubt, daß wir das Weite suchen?«

Jobab lachte hämisch. »Ich glaube, daß sich inzwischen ganz Chaim fragt, wie wir es bei dem alten Salzknaben überhaupt noch aushalten.«

»Nein«, widersprach Ommo kopfschüttelnd. »Das halte ich nicht für wahrscheinlich. Da überzeugt mich schon eher die Vermutung, daß er damit rechnet, daß wir wirklich den Tod finden.«

Jobab nickte grimmig. »Gut beobachtet«, knurrte er. »Und nachdem er es schon ein paarmal mit uns einzeln versuchte, und zwar ohne Erfolg, hat er uns diesmal gleich beide zusammen auf die Reise geschickt. Und das ausgerechnet zu Esoda. Wenn wir unterwegs nicht umkommen, wird die schon die Schmutzarbeit für ihn erledigen. Und dann kann Jax sich die Hände reiben und zu allem Überfluß auch noch den Traurigen mimen.«

Inzwischen hatte es Ommo den Appetit verschlagen. Gewiß, es war nichts Neues, daß Jax sich oft bemühte, sie von der Magie – und damit meinte er auch immer zugleich sich selbst – abzuschrekken, ja, sie Gefahren auszusetzen, denen sie kaum gewachsen waren. Das Schlimme daran war immer die Unsicherheit, die Unberechenbarkeit des alten Meisters.

Nie wußte man bei ihm, ob er auch wirklich auf der eigenen Seite kämpfte oder nicht. Und das war schon recht wichtig zu erkennen, wenn man im ohnehin sehr gefährlichen Land Chaim nicht untergehen wollte.

Seit fast fünf Jahren dienten – und litten – sie nun unter Jax. Als er sie knurrend und widerstrebend als Lehrlinge angenommen hatte, da war es ihnen fast wie eine Gnade erschienen, bei diesem berühmtesten Magier Chaims lernen zu dürfen. Doch diese Gnade hatte schnell ihren Pferdefuß offenbart: Jax war ein Ekel erster Güte.

Als allererstes hatte er ihnen einen fünfjährigen Treueschwur abverlangt. Nun gut, so etwas war durchaus üblich – aber normalerweise forderte ein bekannter Zauberer höchstens drei Jahre Dienst, und wenn es ganz schlimm kam, vielleicht vier, aber dann galt er auch schon als Menschenschinder – ja, das war das richtige Wort! Jax begründete seine Schikanen nie. Allenfalls brummte er etwas von den »Gefahren der Magie«, von denen diese »Grünschnäbel« ohnehin nichts verstünden, »und so weiter!«

Und so weiter, in der Tat! Inzwischen waren die fünf Jahre beinahe um, und weder Ommo noch Jobab waren der Überzeugung, daß sie sehr viel weiter waren als am ersten Tag.

Gewiß, der Meister hatte ihnen einige ganz interessante Tricks beigebracht, wie man zum Beispiel aus einem magischen Stab Feuer hervorschießen ließ, wie man einen magischen Spiegel benutzte – natürlich erst nachdem »man«, und das hieß unweigerlich »sie«, ihn geputzt hatten.

Und sie durften erfahren, daß sie selbst die sagenhaften Schatten-Meister Chaims waren – die Herren über ihr eigenes Schicksal, die über alle Dämonen und einseitig ausgerichteten Zauberer erhaben waren, weil in ihnen noch die Möglichkeit schlummerte, sich nach *allen* Seiten zu entwickeln. Weil sie, wie Jax widerwillig zugegeben hatte, vollständige *Menschen* waren.

»Was immer das heißen mag«, hatte er es sich nicht verkneifen können hinzuzufügen.

Doch was nützte dieses großartige Wissen, wenn sie, die »Herren ihres eigenen Schicksals«, sich durch einen voreiligen Eid an einen Sklaventreiber ausgeliefert hatten, der über sie verfügte wie über ein Stück Möbel? Oder Feuerholz, fügte Ommo mißmutig in Gedanken hinzu.

Jax hatte sie einzeln auf unglaublich gefährliche Reisen geschickt – natürlich ohne jede wirkliche Vorbereitung. Das war typisch für ihn. Dies war das erste Mal, daß sie gemeinsam in seinem Auftrag unterwegs waren.

Und so sehr er seinen Blutsbruder Jobab auch liebte und wußte, daß er sich bedingungslos auf ihn verlassen konnte, so schwach war dieser Trost doch auch. Denn er dachte an das winzige bißchen Magie, über das sie verfügten, um den Gefahren Chaims die Stirn bieten zu können.

Magische Feuerstäbe! Pah! dachte Ommo und murmelte halblaut vor sich hin: »Budenzauber!«

Jobab schob den Topf angewidert mit einem Fuß beiseite und holte eine Handvoll Beeren hervor, die er anscheinend unterwegs gesammelt hatte. Er bot Ommo einige davon an und meinte kauend: »Ist auch egal. Was haben wir schon zu verlieren? Zwei Zauberlehrlinge, die alles gelernt haben, nur nicht das Zaubern, die als Leibsklaven bei einem Winkelmagier schuften, und über die ganz Chaim lacht...«

Er schnappte mit der Hand nach einer Mücke.

Darauf wußte Ommo nichts zu erwidern. Jobab hatte natürlich recht: Einer der Reibungspunkte zwischen Jax und seinen Lehrlingen war stets die Tatsache gewesen, daß man dem alten Geizhals das Wissen förmlich aus der Nase ziehen mußte.

Daß er tatsächlich viel wußte, daran bestand kein Zweifel. Doch er hatte eine Art, sein Wissen zu vermitteln, daß einem oft die Haare zu Berge standen. Nicht selten verriet er einem erst, nachdem man ins Messer gelaufen war, was man hätte anders machen müssen.

»Erstens hört ihr ja sowieso nie zu«, pflegte er dann auf Vorhaltungen zu erwidern, »und außerdem prägen sich auf diese Weise die Dinge viel besser ein, hähä.«

Jobab streckte sich am Boden aus. »Feuchte Klamotten und goldene Träume, was will man mehr?« brummte er.

Das war eine Anspielung auf Esoda. Diese Zauberin trug auch den Beinamen »Hexe der goldenen Träume«. Wenn sie die ganzen Gefahren der Reise schadlos gemeistert hatten, würde die schlimmste aller Gefahren sie am Ziel erwarten...

Ommo schüttelte den Kopf und wechselte lieber das Thema. »Laß uns unser Nachtlager herrichten«, schlug er vor. »Es ist schon spät.«

Jobab nickte.

*

Die Herrin der Kristalle, die man auch die Hexe der goldenen Träume nannte...

Am Tag zuvor hatte Jax sie auf die Reise geschickt. Gemeinsam hatte er sie in seine Hütte gerufen, um ihnen mitzuteilen, daß sie bei Esoda die Kunst der magischen Fluchverhängung erlernen sollten.

Einerseits waren Ommo und Jobab entzückt gewesen, weil sie nun endlich weiterzukommen glaubten. Denn Jax hatte sich ihnen gegenüber stets zugeknöpft und mundfaul gegeben, vor allem in letzter Zeit.

Die einzigen Lehren, die er ihnen erteilt hatte, waren auf die Pflege des Haushalts beschränkt. Und das war es nicht gerade, was sie sich unter einer magischen Ausbildung vorstellten.

Doch natürlich hatte die Sache einen Haken gehabt.

»Es gibt wohl kaum jemanden in Chaim, der so geizig und habgierig wie Esoda ist«, hatte Jax ihnen anvertraut.

Die beiden Lehrlinge hatten sich verblüfft angeschaut.

War das etwa sein Ernst? Eigentlich waren sie der Meinung gewesen, daß es kaum jemanden in Chaim geben konnte, der so ungeheuer geizig und habgierig war wie Jax selbst, aber...

»Sie wird keinerlei Grund dafür sehen, euch ihre Magie beizubringen«, hatte Jax in gehässigem Ton hinzugefügt. »Ob sie es tut oder euch einfach kurzerhand im Sumpf versenkt, das hängt von ihr allein ab.«

Der alte Meister hatte den Kopf schräggelegt und sie böse angeblinzelt. »Vielleicht könnt ihr sie ja auch mit einem Geschenk bestechen.« Doch sein Gesichtsausdruck sprach Bände: Diese Möglichkeit schien er auszuschließen.

Zaghaft hatte Ommo gefragt: »Sollen wir ihr denn nichts überbringen?«

Jax hatte ihn in geheucheltem Erstaunen angeblickt.

»Ach«, seine Stimme war voller Spott gewesen, »der Herr Lehrling wünschen wohl noch, daß ich ihm das Bestechungsgeschenk in den Schoß lege, wie?« Und er hatte hämisch gekeckert. »Soweit kommt es noch!«

Jobab hatte dem Meister fest ins Auge gesehen und ihn geradewegs gefragt: »Warum sollte Esoda uns etwas beibringen, wenn wir nicht einmal eine Gegenleistung anzubieten haben?«

»Aber das ist es ja!« hatte Jax erwidert und sich dabei schallend lachend auf die Schenkel geklopft. »Da müßt ihr eben selbst dahinterkommen! Ihr müßt irgendeinen Dreh finden, sie dazu zu bringen – kapiert?«

»Und womit?« hatte Ommo zaghaft gefragt.

»Keine Ahnung. Ich kann euch nur eins verraten: Wenn ihr ihr wirklich ein Geschenk bringen wollt, dann sollte es verdammt kostbar sein. Sonst schaut sie es nicht einmal mit dem Hintern an.«

»Aber wir besitzen doch überhaupt nichts, und schon gar nichts Kostbares!« hatte Ommo protestiert.

»Das ist nicht mein Problem. Dann müßt ihr es eben jemand anderem abluchsen.«

Betreten hatten die beiden Lehrlinge die Köpfe gesenkt.

Während ihrer Lehrzeit bei Jax war es ihnen verboten, irgendwelche Arbeiten für andere durchzuführen, um sich damit vielleicht ein paar Kleinigkeiten zu verdienen. Sie durften nicht einmal

Talismane oder kleinere Gebrauchszauber zu Markte tragen; denn diese galten als Jax' Eigentum, solange ihre Lehrzeit noch nicht beendet war.

Zu allem Überfluß hatte Jax auch noch hinzugefügt: »Und wirklich interessantes Wissen kann man ohnehin nur stehlen.«

»Uninteressantes auch«, wäre es Ommo beinahe entfahren, doch er zügelte seine Zunge. Er war eher der Auffassung, daß dies eine Regel war, die allenfalls für Jax galt: *Dem* mußte man das Wissen wirklich immer erst stehlen. Denn freiwillig rückte er so gut wie nie damit heraus.

»Dazu habe ich gar kein Recht«, hatte er einmal auf entsprechende Vorhaltungen geknurrt. »Und keine Lust, hähä.«

Denn ein Mensch, so hatte er scheinheilig erklärt, habe nun einmal ein Recht auf seine Dummheit, und da sei es nicht seine Aufgabe, ihm dieses Recht zu rauben.

Damals hatten Ommo und Jobab sich fassungslos angesehen. Von der Verpflichtung eines Lehrers gegenüber seinen Schülern schien Jax wohl noch nie etwas gehört zu haben! Schließlich dienten sie bei ihm ja nicht um seiner häßlichen stechenden Augen willen, sondern um etwas zu lernen – eben um Wissen übermittelt zu bekommen.

Völlig ohne Zusammenhang schoß es Ommo plötzlich durch den Kopf, daß sie seit Jahren die einzigen waren, die jemals bei Jax erschienen waren, um bei ihm in die Lehre zu gehen.

Merkwürdig! Um die anderen Zauberer und Hexer Chaims rissen sich die jungen Leute förmlich, obwohl sie doch viel unbekannter waren. Ob das daran lag, daß sie es bei ihnen leichter hatten?

Hm, vielleicht hatte Jax aber auch einen Abwehrzauber gegen potentielle Lehrlinge ausgelegt. Aber wieso waren dann ausgerechnet sie beide, Ommo und Jobab, in der Lage gewesen, diesen zu überwinden?

»Wahrscheinlich durch unsere Blödheit«, knurrte Ommo vor sich hin. Und jetzt zahlten sie – mal wieder – den Preis dafür!

Jede Weigerung wäre unmöglich gewesen: Was Jax sagte, das war Gesetz. »Und damit basta!« würde der Meister hinzugefügt haben, wenn sie tatsächlich Einwände vorgebracht hätten.

Was tun? Achselzuckend hatten sie ihre wenigen Habseligkeiten zusammengesucht und waren erneut in Jax' Hütte erschienen, um die Reise anzutreten.

Der Meister hatte sie sich vor einer riesigen silbernen Mondsichel auf schwarzem Eisenuntergrund aufstellen lassen und sie mit einem kurzen Blitzzucken aus seinem magischen Stab ins Reich Esodas katapultiert.

Kaum hatten die beiden sich in einer Sumpfgegend wiedergefunden, als sie auch schon von einem bewaffneten Zwergenstamm angegriffen wurden.

Es waren etwa zwei Dutzend Winzlinge, die sie plötzlich umringten und mit ihren Speeren und Schwertern bedrohten. Völlig unverhofft waren sie aus dem Gestrüpp aufgetaucht und hatten Jobab und Ommo umzingelt, bevor diese auch nur ihre magischen Dolche hatten zücken können.

Das war eine böse Nachricht: Zwerge besaßen in Chaim keinen guten Ruf. Diese Wesen, von denen niemand so recht zu sagen wußte, ob sie nun eigentlich Kobolde oder mit diesen nur verwandt waren, galten als bösartig, kriegerisch und – dumm!

Dumm? Na ja, aber auch gerissen. *Heimtückisch* war das richtige Wort.

Zwerge pflegten gelegentlich Reisende zu überfallen und zu berauben – nachdem sie ihnen die unglaublichsten Martern angetan hatten. Das war nicht einmal bewußte Grausamkeit. Diese Wesen schienen es für völlig natürlich zu halten, anderen Leid zuzufügen, um ihren eigenen Willen durchzusetzen.

Zu allem Überfluß waren sie zwar klein, aber außerordentlich kräftig und zäh – wahre Bestien im Kampf. Na ja, das erzählte man sich jedenfalls.

Aber die Leute erzählten ohnehin viel zuviel, dachte Ommo. Vielleicht war ja alles gar nicht so schlimm. Eine sehr vage Hoffnung – und irgendwie glaubte er selbst nicht so recht daran. Vor allem nicht, als er die Meute ihrer Feinde vor sich sah.

Der Anführer der Zwerge, ein kleiner, knorriger Mann mit Säbelbeinen und einem langen Bart, der ihm schlohweiß bis zum Gürtel hinabreichte, hatte sie finster angesehen und ohne jede Einleitung verkündet: »Euch werden wir metzeln!«

»A... aber warum?« hatte Ommo gestammelt und dabei gleich verzweifelt nach einem Fluchtweg Ausschau gehalten.

»Warum?« hatte der Zwerg empört erwidert. »Euch springt die Habgier doch schon aus den Augen!«

»Habgier?« hatte Jobab verblüfft wiederholt. »Was gäbe es bei euch denn wohl zu stehlen?«

»Aha! Habe ich euch erwischt!« hatte der Zwergenhäuptling etwas unlogisch entgegnet. »Auf unseren Fluchkristall habt ihr es abgesehen! Ihr könnt es zugeben oder es sein lassen, es wird euch auf keinen Fall etwas nützen. Euch sei der Tod gewiß!«

Ein Fluchkristall?

Das klang nach einer wertvollen Sache, überlegte sich Ommo. Verdutzt spürte er, wie sich in seinem Inneren plötzlich tatsächlich die Habgier zu regen begann.

Wenn sie diesen Kristall an sich bringen konnten, würden sie vielleicht durch ihn die Fluchmagie erlernen, so daß sie die Reise abbrechen und zurückkehren durften – natürlich nicht, ohne ihrem Meister zuvor eins auszuwischen!

Doch bis dahin war es noch ein weiter Weg. Im Augenblick mußten sie sich zunächst einmal gegen die Zwerge wehren.

»Wir wissen überhaupt nichts von einem Fluchkristall!« verteidigte sich Ommo.

»Doch! Jetzt!« rief der Zwergenhäuptling und stach mit seiner Lanze nach Jobab. Der wich tänzelnd zurück, den magischen Dolch vorgereckt.

Dann brach die Hölle los! Mit einem wahnwitzigen Gebrüll stürzten sich die Zwerge auf Ommo und Jobab. Doch die Blutsbrüder waren vorbereitet und wehrten sich mannhaft.

Wie ein Wirbelwind jagte Jobab durch die Schar, nach rechts und links Blitzstrahlen aus Dolch und Stab hervorschießend. Getroffen stürzten die Gegner zu Boden.

Auch Ommo gelang es binnen einer Minute, vier Feinde niederzustrecken, und dann hielt er Ausschau nach dem Häuptling. Wenn er den erwischen konnte, würde der Angriff mit Sicherheit zusammenbrechen. Denn dann besaßen die Feinde keinen Anführer mehr.

Doch der Zwergenhäuptling war gerissen und hielt sich hinter seiner Leibgarde versteckt, von wo er seine Leute mit Rufen und Befehlen anfeuerte.

Inzwischen hatte Jobab eine Bresche in die Schar der Angreifer geschlagen, und Ommo folgte ihm, nach links und rechts Magie versprühend, vor der die magisch offenbar unbewehrten Zwerge entsetzt zurückwichen.

Eine Lanzenspitze streifte ihn an der linken Schulter, ohne ihn jedoch ernstlich zu verletzen. Dafür steigerte diese Wunde seine Wut, und er begann, mit wilden Sprüngen um sich zu treten, während er die Arme über dem Kopf wirbeln ließ und damit unter den Gegnern wütete.

Die Zwerge kämpften undiszipliniert, aber verbissen. Anscheinend hatten sie nicht mit einem solch starken Widerstand gerechnet.

Jobab war es, dem es schließlich gelang, die Reihe der Leibwächter niederzustrecken, um an den Häuptling heranzukommen. Doch bevor er ihn mit einem Strahl aus seinem magischen Stab treffen konnte, gab der Zwergenführer das Signal zum Rückzug. Seinen Leuten war dieser Befehl wohl sehr willkommen, denn sie schienen es kaum erwarten zu können, den Schauplatz ihrer Niederlage zu verlassen.

Sofort huschten Jobab und Ommo hinter einen Strauch, um Deckung zu suchen. Die Zwerge zogen sich ins Gestrüpp zurück. Da bemerkte Jobab Ommos Verletzung.

»Ist es schlimm?« fragte er besorgt.

Ommo schüttelte den Kopf. »Nur eine Streifwunde, weiter nichts.«

»Ich werde sie sofort behandeln«, entschied Jobab und nestelte am Verschluß seines Reisesacks.

Ommo wollte abwehren, doch Jobab schnitt ihm das Wort ab und gab zu bedenken: »Diese Zwerge sind heimtückisch, das hat man ja wohl gesehen. Möglicherweise sind ihre Lanzenspitzen vergiftet.«

Mit diesen Worten holte er einen winzigen Kristallstab hervor, mit dem er über Ommos Wunde strich, worauf diese sofort, wenngleich mit einem kurzen, zuckenden Schmerz, verheilte.

»Danke«, keuchte Ommo, vom Kampf noch ganz benommen. »Ich glaube allerdings nicht, daß wir sie endgültig besiegt haben.«

Auch Jobab schüttelte den Kopf.

»Nein, das wohl kaum. Sie werden mit Verstärkung zurückkehren. Wir sollten uns verstecken, denn sie sind in der Übermacht. Lange halten wir das sonst nicht durch.«

Doch das war leichter gesagt als getan.

Zwar gab es im Schilf jede Menge Unterschlupf, doch kannten sich die Zwerge in dieser Gegend sehr gut aus. So mußten Jobab und Ommo zu einer List greifen. Sie ließen sich ins Wasser gleiten, nachdem sie sich dicke Schilfrohre zurechtgeschnitten hatten, die sie wie Schnorchel in den Mund steckten. Auf diese Weise konnten sie auch unter Wasser Luft bekommen. Es war ein gutes, wenngleich auch ein wenig feuchtes Versteck.

Tatsächlich kamen die Zwerge mehrmals in ganzen Trupps zurück und durchkämmten das Gelände nach den beiden Lehrlingen. Erst gegen Abend stellten sie ihre Bemühungen ein, so daß Ommo und Jobab sich wieder aus dem Wasser wagen konnten. Endlich hatten auch die letzten Suchtrupps das Manöver aufgegeben.

In der Höhle auf ihren Decken liegend, berieten sich die beiden Lehrlinge.

»Dieser Fluchkristall muß einiges wert sein«, bemerkte Jobab nachdenklich.

»Meinst du, wir sollten es wagen?« fragte Ommo ohne weitere Erläuterung. Er wußte, daß Jobab dasselbe dachte wie er.

»Im Morgengrauen.«

Diese knappe Antwort genügte. Es war beschlossene Sache: Morgen früh würden sie versuchen, den Zwergen den Fluchkristall abzujagen.

Das war eigentlich nur recht und billig; denn die Winzlinge hatten sie ohne jeden Grund angegriffen. Ommo war überzeugt davon, daß die Angst der Zwerge, sie beide könnten den Fluchkristall rauben wollen, nur ein Vorwand gewesen war, die beiden Fremden gefangenzunehmen und womöglich nach schlimmsten Folterungen zu töten.

Jobab schien seine Gedanken erraten zu haben. »Ich bin sicher, daß sie den Kristall gestohlen haben.«

Ommo nickte stumm. Hoffentlich konnte er schlafen – ohne böse Träume.

2

Immer wenn Earlos über die Tageszeiten herrschte, waren die Tagesstunden kurz und düster, während sich die Zeit mit Vorliebe in der Nacht zu tummeln schien. Es war, als ob alles Leben erstarrte, und weiße, glitzernde Kristalldecken schmiegten sich dicht an die Kuppen der fernen Berge. So auch jetzt, zur Stunde Yain, da die Sonne zaghaft über den Horizont spähte und sich anscheinend nicht entscheiden konnte, den Kampf mit den Wolken und Nebelschwaden aufzunehmen, welche die Luft mit klammer Kälte erfüllten.

Diese unangenehme, ja tödliche Kälte bekamen auch Ommo und Jobab zu spüren, als sie, schlecht ausgeschlafen, auf der Fährte der geflohenen Zwerge durch das Gelände schlichen.

Noch ruhten die meisten Vögel und das Getier der Sumpflandschaft. Dies erschwerte freilich ihre Aufgabe eher, als daß es sie erleichterte. Denn es verlangte von ihnen, sich möglichst lautlos in einer ihnen weitgehend unbekannten Landschaft zu bewegen.

Dennoch kamen die beiden Lehrlinge einigermaßen schnell voran. Das war nicht zuletzt auf ihre reiche Erfahrung mit der Jagd zurückzuführen, die sie oft betrieben hatten, um die kärglichen Mahlzeiten aufzubessern, welche Meister Jax ihnen vorzusetzen pflegte.

Doch war jetzt nicht die Zeit, über die Vergangenheit nachzudenken – Gegenwart und Zukunft waren gefährlich genug. Und so verständigten sie sich mit Handzeichen, die im Dämmerlicht des Morgengrauens nur schwer auszumachen, ja eher zu erahnen waren, und hofften dabei, daß ihnen ihr geschärfter Instinkt die richtige Richtung anzeigte.

Der Boden war sumpfig, doch die Spur der Zwerge führte durch einigermaßen trittfestes Gelände. Dennoch mußten Jobab und Ommo streng darauf achten, nicht von dem schmalen, im hohen Sumpfgras kaum auszumachenden Trampelpfad abzukommen und so Gefahr zu laufen, im Schlamm des Moores zu versinken. Entsprechend mühsam war auch das Vorankommen, und es verlangte ihnen alle Kraftreserven ab.

Endlich wurden ihre Anstrengungen belohnt: Auf der Kuppe einer kleinen Anhöhe war von ferne das matte Nachglimmen eines erloschenen Lagerfeuers zu erkennen.

Dort mußten die Zwerge ihr Nachtlager aufgeschlagen haben. Mit Sicherheit hatten sie jedoch auch Wachposten aufgestellt, was den Lehrlingen zusätzliche Probleme bescherte.

Sollten sie versuchen, diese Wachen zu umgehen, um im Lager selbst den Fluchkristall zu entwenden? Oder war es ratsamer, sich einen dieser Posten zu schnappen, um ihn zu verhören?

Flüsternd berieten sie sich. Schließlich entschieden sie sich für die zweite Möglichkeit.

Es war zu riskant, in einem fremden Lager nach einem Kristall zu suchen, von dem sie noch nicht einmal wußten, wie er aussah, ganz zu schweigen von dem Gefäß oder dem Behälter, in dem er mit Sicherheit aufbewahrt wurde.

Außerdem würden die Zwerge wahrscheinlich ihren kostbaren Schatz ganz besonders scharf bewachen. Einen Wachposten zu überwältigen, war zwar nicht unbedingt einfacher. Es besaß jedoch den Vorzug, daß sie sich zunächst über die Lage informieren konnten, um nicht durch eigene Fehler doch noch zum Opfer der feindseligen Zwerge zu werden.

Nach einer kurzen Verschnaufpause machten sie sich wieder lautlos huschend auf den Weg, kaum von den tiefdunklen Schatten zu unterscheiden, welche Gras, Sträucher und Bäume hier warfen.

Die Sonne am fernen Horizont schien den Kampf mit den Nebelschwaden endlich aufgenommen, aber noch nicht eindeutig gewonnen zu haben. Das war Jobab und Ommo auch ganz lieb. Denn so konnten sie sich unbemerkt anschleichen, um dann später, bei besseren Lichtverhältnissen, die Gunst der Stunde zu einem Überraschungsüberfall auszunutzen.

Mit sicherem Gespür hatten sie den Wachposten auch schon bald erspäht. Er kauerte am Fuß einer großen Eibe und schien halb eingenickt zu sein. Es war ein gedrungener, muskulöser Zwerg, der sich in der Hocke an seiner aufrecht in den Boden gerammten Lanze festzuhalten schien.

Hinter einem Strauch lauernd, musterten die Lehrlinge die Umgebung. Schließlich gab Jobab Ommo ein Handzeichen. Dieser nickte und verschwand rechts von seinem Freund im Gesträuch.

Jobab griff an seinen Gürtel, wo er ein merkwürdig verknotetes Stück blauen Seils abnahm. Dann setzte er sich in Richtung des Wachpostens in Bewegung.

Ommos Aufgabe war es, die Wache durch ein Geräusch abzulenken. Dies durfte allerdings nicht zu laut sein, um nicht die anderen Zwerge im Lager zu alarmieren. Also blieb er in etwa zehn Meter Entfernung von dem Wachposten hinter einem Busch geduckt stehen und scharrte mit den Füßen am Boden.

Der Zwerg rührte sich nicht. Anscheinend war er wirklich fest eingeschlafen. Ommo konnte sich ein Grinsen nicht verkneifen. So etwas wäre unter Jax' Führung bestimmt nicht vorgekommen – oder höchstens nur einmal, fügte er in Gedanken hinzu.

Doch war jetzt wiederum nicht die Zeit, sich derlei Überlegungen hinzugeben. Ommo fand einen kleinen, runden Kieselstein und warf ihn ohne allzu großen Schwung auf den schlafenden Wächter.

Der Stein war gut gezielt, fast zu gut. Er traf den Zwerg an der linken Wange.

Oh, so schlecht geschult schien der Gegner auch wieder nicht zu sein! Erschrocken bemerkte Ommo, wie der Zwerg mit einer einzigen geschmeidigen Bewegung, die man einem solch knorpeligen, geradezu verkümmert wirkenden Wesen nie zugetraut hätte, in die Höhe schoß und seine Lanze abwehrbereit in Ommos Richtung hielt.

Da er sich im sicheren Schutz der Dunkelheit wußte, konnte Ommo es riskieren, einen zweiten Stein nach dem Zwerg zu schleudern.

Diesmal traf das Geschoß unmittelbar hinter dem Gegner auf einen Baumstamm. Der Zwerg fuhr herum und drehte somit unwillkürlich dem herannahenden Jobab den Rücken zu.

Der zögerte auch nicht lange: Mit einem gewaltigen Satz sprang er auf den Feind zu und hatte ihm auch schon, noch ehe der sich auch nur halb herumwenden konnte, das blaue Seil mit dem Knoten um den Hals gezogen.

»Ataxá!« wisperte Jobab kaum hörbar. Ommo war inzwischen hinter seiner Deckung hervorgekommen und hatte Stellung auf der gegenüberliegenden Seite des Baumes bezogen, den magischen Stab angriffsbereit auf das Lager der Zwerge gerichtet.

Jobabs Knotenzauber verfehlte seine Wirkung nicht. Die Kordel schnürte sich eng um den Hals des Zwergs und lähmte ihn am ganzen Körper. Fast wäre er, steif wie ein Brett, hintüber zu Boden gekippt. Doch Jobab hatte geistesgegenwärtig den linken Arm ausgestreckt, um ihn noch rechtzeitig aufzufangen und behutsam und lautlos auf den Waldboden zu legen.

Ein leiser Pfiff, und schon war Ommo bei ihm, um ihm dabei zu helfen, den gefangenen Zwerg ins dichte Buschwerk zu ziehen, wo die Deckung besser war und sie ihn ungefährdeter würden verhören können.

»Rede, oder ich schneide dir die Gurgel durch!« zischte Jobab den Zwerg an.

Der rollte völlig überrascht und verängstigt mit den Augen, die weißlich im matten Morgenlicht schimmerten. Um seiner Drohung Nachdruck zu verleihen, hatte Jobab ihm die scharfe Klinge seines magischen Dolchs an den Hals gelegt.

Ommo bemühte sich, ein finsteres Gesicht aufzusetzen, damit der Zwerg gar nicht erst auf dumme Gedanken kam. Diese List schien ihre Wirkung nicht zu verfehlen, denn der Gefangene nickte stumm, am ganzen Leib zitternd, obwohl er sich so gut wie nicht bewegen konnte.

»Was dich fesselt, ist ein Knotenzauber«, flüsterte Jobab dem Zwerg ins Ohr. »Ich allein kenne die Lösungsformel, du brauchst also gar nicht darauf zu hoffen, daß ein anderer dich befreien könnte. Beim geringsten derartigen Versuch schnürt sich der Strick noch enger zusammen – und was dann geschieht, kannst du dir wohl ausmalen«, fügte er hinzu. »Wenn du aber redest und nicht lügst, wird dir nichts geschehen. Wir wollen dich nicht töten, dafür haben wir gar keine Zeit.«

Ommo nickte bewundernd. Das war die richtige Art und Weise, mit einem solchen kriegerischen Wesen umzuspringen, eine Sprache, die es verstehen würde!

Vielleicht war er feige, vielleicht hatte er aber auch eingesehen, daß seine Lage hoffnungslos war; jedenfalls nickte der durch einen Zaubertrick Gefesselte erneut und erwiderte flüsternd, denn nur seine Lippen und Zunge vermochte er zu bewegen: »Wenn ihr mir euer Ehrenwort gebt, mich zu verschonen, so werde ich reden, und meine Rede sei frei von Falsch.«

Er sagte es flüsternd, ja kaum hörbar, womit er wohl anzeigen wollte, daß er keine List im Schilde führte, mit der er seine Lagergenossen verständigen und warnen wollte.

Außerdem hatte er die traditionelle Unterwerfungsformel des Gefangenen benutzt, so daß Ommo und Jobab davon ausgehen konnten, daß seine Bereitwilligkeit – zumindest für eine Weile – echt war.

»Du wirst nur durch Nicken oder Kopfschütteln antworten, es sei denn, ich befehle dir etwas anderes«, zischte Jobab.

Der Zwerg nickte.

»Also gut, fangen wir an. Weißt du etwas über den Fluchkristall, von dem euer Häuptling gesprochen hat?«

Der Zwerg nickte erneut.

»Befindet er sich im Lager?« wollte Jobab flüsternd wissen.

Wieder ein Nicken.

»Weißt du auch, wo?«

Der Zwerg zögerte, bis Jobab ihm die Klinge schärfer an die Kehle drückte. »Sprich, oder du bist ein toter Wicht!« zischelte Ommo den Gegner an.

Der Zwerg, der ihn anscheinend fast vergessen hatte, riß die Augen auf, als er den drohend auf seine Stirn gerichteten Zauberstab des Lehrlings erblickte. Dann nickte er zitternd.

»Ist der Kristall sehr groß?« fragte Jobab leise.

Der Zwerg schüttelte den Kopf.

»Beschreibe mir den Kristall und verrate mir auch, was es damit auf sich hat. Und wehe, ich ertappe dich beim Lügen!«

Jobabs böses Augenglitzern ließ keinen Zweifel daran zu, daß es ihm mit seiner Drohung sehr ernst war.

Der Zwerg schluckte schwer, bevor er antwortete. »Es... ist... ein... sehr kleiner... Kristall.« Es war nicht ganz klar, ob es die Furcht vor der Vergeltung durch den Häuptling und seine Stammesgenossen war oder die Fessel um seinen Hals, die ihm das Sprechen erschwerten. »Eine Kugel... So groß wie ein kleiner Apfel. Befindet sich in...« Der Zwerg verstummte.

Jobab blickte ihm tief in die Augen, jedoch ohne den Druck seiner Klinge an der Gurgel des Gegners zu verstärken. »Weiter!« drängte er.

»...befindet sich in einem schwarzen Lederbeutel«, hauchte der Zwerg kaum hörbar.

»Was hat es nun mit dem Kristall auf sich?« fragte Ommo ihn.

Der Zwerg schüttelte den Kopf. »Das weiß nur der Häuptling. Ein... großes... Geheimnis...«

»Du lügst!« fauchte Jobab ihn an. Die Knöchel seiner Finger, die den Dolchgriff umklammerten, wurden weiß.

Der Zwerg riß verängstigt die Augen auf. »Nein, nein... Der Häuptling hat ihn erst letzte Woche von einem Wanderzauberer ge... gekauft...«

»Gestohlen, wolltest du doch wohl sagen?« verbesserte Ommo mit drohendem Unterton.

Der Zwerg schluckte schwer und nickte.

Jobab blickte seinen Blutsbruder an. »Ein diebisches Pack, genau, wie wir es vermutet haben.« Dann wandte er sich wieder dem am Boden liegenden Wachposten zu. »Was weißt du nun über den Kristall?«

Zögernd gab der Zwerg zur Antwort: »Nur, daß er mit Flüchen zu tun hat. Muß eine... sehr mächtige Waffe... sein. Der Häuptling... läßt keinen an den Kristall heran.«

»Kein Wunder bei euren langen Fingern!« knurrte Jobab.

»Wo bewahrt der Häuptling den Kristall auf?« setzte Ommo das Verhör fort.

»Nachts trägt er ihn... nur ungern am Leib«, erwiderte der Befragte. »Er fürchtet, der Kristall könne ihm schaden.«

Jobab nickte. »Wahrscheinlich aus gutem Grund.«

»Vor allem dann, wenn er einen Fluch gegen diebische Zwerge in sich tragen sollte«, flüsterte Ommo hämisch.

Der Gefangene warf ihm einen entsetzten Blick zu.

Jobab winkte unwirsch ab. »Für so etwas haben wir jetzt keine Zeit. Wir müssen uns einen Plan zurechtlegen.«

Ommo nickte. Sie versteckten den Zwerg so lautlos, wie sie nur konnten, unter Reisig und Laub, damit seine Kameraden ihn nicht zufällig entdecken konnten. Dann huschten sie ein Stück seitwärts davon, wobei sie das Lager der Zwerge immer im Auge behielten. Inzwischen war es schon merklich heller geworden, und die Sonne schien ihren Kampf gegen die Wolken zu gewinnen.

»Wir müssen zunächst das Lager erkunden«, schlug Jobab vor. »Und zwar möglichst schnell. Bald wird der Tag anbrechen, und die Zwerge wachen auf.«

»Sollten wir es mit einem Überraschungsangriff versuchen?« flüsterte Ommo. »Oder soll einer von uns ins Lager schleichen, um den Kristall zu stehlen?«

»Der Zwerg behauptet, daß der Häuptling den Kristall nicht am Leib trägt. Er wird aber nie zweimal dieselbe Stelle als Versteck wählen, weil er vermutlich fürchtet, daß seine Stammesleute ihm diese Waffe entreißen könnten. Ich nehme jedoch an, daß er ihn in der Nähe des Lagerfeuers aufbewahren wird, wo er ihn besser im Auge behalten kann. Da dürfte es leicht sein, sich einzuschleichen, um den Kristall zu entwenden«, meinte Jobab.

Ommo wiegte zweifelnd den Kopf. »Wenn einer von denen aufwachen sollte...«

»Nein, wir werden zunächst das Lager erkunden, du hast recht«, gab Jobab zu. »Dann können wir weitersehen.«

So schlichen sie sich wieder durch die Schatten dem Lager der Zwerge entgegen. Doch ihre Vorsicht erwies sich zu ihrer großen Überraschung als unnötig: Als sie sich dem Lager näherten, stellten sie plötzlich fest, daß die Zwerge bereits das Weite gesucht hatten!

»Hat die etwa irgend jemand gewarnt?« fauchte Jobab kaum hörbar. »Wir waren doch völlig lautlos...«

Doch Ommo war beschäftigt. Neben der Glut des erloschenen

Feuers erblickte er einen dunklen Gegenstand, der wie ein faustgroßer Stein aussah, allerdings von sehr regelmäßiger Form. »Schau mal dort!« flüsterte er seinem Freund aufgeregt zu. »Das darf doch wohl nicht wahr sein...!«

Auch Jobab traute seinen Augen nicht. Seine gewöhnliche Vorsicht außer acht lassend, stürzte er aus der Deckung hervor und rannte auf den schwarzen Gegenstand zu. Ommo tat es ihm gleich – wie im Rausch überfiel ihn die Habgier.

Tatsächlich: Es war der gesuchte Kristall. In seinem kleinen schwarzen Lederbeutel wirkte er geradezu unscheinbar, als Jobab ihn mit zitternden Fingern hervorholte: eine dunkle, rauchig schwarze Kugel, die schwer wie Blei in der Hand wog, kaum apfelgroß.

»Wir haben ihn!« flüsterte Ommo überflüssigerweise.

Jobab warf ihm einen düsteren Blick zu. »Das wirft mehr Fragen auf, als es beantwortet«, warnte er. »Ich traue der Sache nicht.«

Natürlich hatte er recht. Wieso waren die Zwerge so plötzlich verschwunden, und weshalb hatten sie ihren Schatz zurückgelassen? War das etwa eine Falle?

Ohne ein weiteres Wort miteinander zu wechseln, stellten sich die beiden Zauberlehrlinge Rücken an Rücken auf und suchten mit argwöhnischen Blicken den Hügel ab. Doch es war nichts zu erkennen. Die Zwerge waren anscheinend schon vor längerer Zeit aufgebrochen und hatten ihren Wächter, möglicherweise als Tarnung und ohne diesem Bescheid zu geben, zurückgelassen.

»Dafür gibt es nur eine mögliche Erklärung«, meinte Ommo schließlich. »Dieser Fluchkristall muß seinen Namen wahrhaft verdienen.«

Jobab blickte ihn fragend an. »Meinst du, daß er seinem Besitzer ein solches Unglück beschert, daß er froh ist, ihn wieder loszuwerden, sobald ein anderer ihn haben will?«

Ommo schüttelte den Kopf. »Ich weiß es auch nicht. Immerhin haben die Zwerge sich wacker geschlagen, um den Kristall zu behalten.«

»Ja«, pflichtete Jobab ihm bei. »Aber sie haben auch schwere Verluste erlitten. Vielleicht ist ihnen die Sache eine Nummer zu groß geworden.«

»Wir müssen unbedingt unseren Gefangenen danach fragen«, entschied Ommo und setzte sich auch schon in Bewegung, ohne Jobabs Antwort abzuwarten. Ein schrecklicher Verdacht war in ihm aufgekeimt. Wenn der Zwerg...

Der Winzling war tatsächlich verschwunden! Kopfschüttelnd begutachteten Jobab und Ommo die blaue Schnur, deren Knoten fein säuberlich durchtrennt worden war.

*

Jax saß vor seiner Hütte, vor sich einen magischen Spiegel aus schwarzem, poliertem Stein, und schüttelte mißmutig den Kopf. Hinter ihm stand Asmodel und spähte über seine Schulter.

Unwirsch drehte Jax dem Dämon das Gesicht zu und raunzte ihn an: »Kümmre dich gefälligst um deinen eigenen Kram! Seitdem ich dich sichtbar gemacht habe, bist du noch lästiger als vorher!«

Asmodel zuckte mit den Achseln. »Was soll ich denn tun, Herr?« fragte er unbeeindruckt.

Jax, der inzwischen wieder in den Spiegel geschaut hatte, fuhr zornig herum.

»Das fragst du noch?« schnauzte er. »Zum Beispiel könntest du zur Abwechslung einmal kochen lernen! Dein Schlangenfraß ist ja ungenießbar! Schon mal was von Gewürzen gehört?« Und er hob drohend die rechte Hand wie zum Schlag.

Hastig wich Asmodel feixend zurück. Er machte eine gespielt höfliche Verbeugung und sagte dabei: »Sehr wohl, Herr, von Gewürzen hören.«

»Ich schneide dir gleich die Ohren ab und lege sie mit rotem Pfeffer in Essig ein!« fuhr Jax ihn an. »Was meinst du, was du dann erst von Gewürzen zu hören bekommst?! Und jetzt scher dich gefälligst davon, und mach das Frühstück fertig!«

Asmodel, ein mannsgroßer Hausgeist, dessen Konturen nur unscharf zu erkennen waren, gehorchte. Nach bester Dämonenmanier gab er den Druck, den er von seinem Herrn empfangen hatte, sofort weiter.

Er schnippte mit seinen krallenbewehrten Fingern, worauf ein kleines, knollennasiges Wesen plötzlich vor ihm in der Luft erschien. Grunzend verneigte sich das Wesen vor ihm und fragte: »Was ist denn nun schon wieder?«

»Das kannst du gleich erfahren!« knurrte Asmodel. »Wo bleibt das Frühstück des Herrn?«

Das Wesen hob gelangweilt die Schultern. »Weiß ich doch nicht. Interessiert mich auch nicht besonders.«

»Asmodi!« donnerte Asmodel. »Im Namen Jax', ich befehle dir...«

Da erscholl Jax' Stimme aus dem Hintergrund: »Wenn ihr euch nicht bald an die Arbeit macht...«

Der Zauberer brauchte seine Drohung nicht zu Ende zu sprechen, denn die beiden Hausgeister huschten sofort davon, um sich ihren Aufgaben zuzuwenden.

Brummend widmete Jax sich wieder seinem Spiegel. Was er darin gesehen hatte, gefiel ihm überhaupt nicht. »Wenn mich irgend etwas anwidert«, knurrte er in seinen schütteren Bart, »dann sind es Zwerge, die in Panik geraten.«

3

Ihre immer noch feuchten Kleider dampften in der nun ungewöhnlich heißen, geradezu sengenden Sonne. Jobab und Ommo fluchten vor sich hin, weil Jax ihnen befohlen hatte, während der Reise schwarze Kutten mit bleiernen Kettengürteln zu tragen.

»Das verlangt Esoda so«, hatte er behauptet. »Sie liebt die Verwaltung der Macht, wenn man es mal so ausdrücken soll, hähä, und dazu gehört nun mal eine große Konzentration.«

Natürlich hatte der Meister sich nicht dazu herabgelassen, diese Ausführungen zu erklären. Doch das Metall Blei war das Symbol der Konzentration, das stimmte schon, und die Farbe Schwarz war es auch.

Nicht, daß Ommo und Jobab schon viel davon bemerkt hätten...

»Konzentriert schwitzen, eh?« knurrte Ommo. Eigentlich war es eine kalte Jahreszeit, doch schien die Sonne inzwischen übermütig geworden zu sein und tobte sich nun nach Herzenslust am Himmel aus.

»An sich müßten wir ja froh sein, weil dadurch endlich die Kleider trocken werden«, brummte Jobab mißmutig.

»Ja, aber das macht den schweren Bleigürtel auch nicht wett«, erwiderte Ommo, nicht weniger schlecht gelaunt.

Doch beide wußten sie, daß die Hitze nur ein Vorwand für ihre üble Stimmung war. Stundenlang hatten sie versucht, das Geheimnis des Fluchkristalls zu ergründen, jedoch ohne Erfolg.

Ommo hatte es zunächst mit einer List probiert, indem er den Kristall in einen Bach legte, der in der Nähe des Zwergenlagers den Hügel hinabfloß.

»Wenn er uns nicht verrät, wie er funktioniert, lassen wir ihn einfach ins Wasser fallen. Das wird ihm dann die Seele aus dem Leib spülen«, hatte er gedroht.

Daraufhin hatte sich Jobab in eine gnostische Trance versetzt – jenen merkwürdig unscharfen Bewußtseinszustand hellsichtiger Wahrnehmung, ohne den keine Magie möglich war. »Kristall, Kristall, allüberall«, hatte er gemurmelt. »Gib uns dein Geheimnis preis – sag es laut, nein, sag es leis.«

Es war eine alte Zauberformel, die sie einmal Jax abgelauscht hatten. Doch der Kristall glitzerte stumm und reglos in der grellen Sonne, ohne auch nur die leiseste Vision zu erzeugen.

Jobab bündelte seine ganze Magie zu einem zweiten Geistkörper, den er an einer langen Kraftschnur aus seinem Bauchnabel hervortreten ließ: ein seltsam schimmerndes, beinahe durchsichtiges Spiegelbild seiner selbst. Diesen Geistkörper, den Jax den »magischen Doppelgänger« zu nennen pflegte, ließ er auf Walnußgröße schrumpfen, um ihn schließlich gegen den Kristall zu schleudern.

Normalerweise waren die Geistkörper eines Magiers feinstofflich genug, um in das ohnehin sehr wechselhafte Gefüge eines Kristalls einzudringen, erst recht dann, wenn man diesen zuvor mit einem entsprechenden Zauberspruch gewissermaßen »weichgeklopft« hatte. Und so waren weder Jobab noch Ommo auf das gefaßt, was nun geschah:

Kaum hatte der Geistkörper die glatte Oberfläche des Steins berührt, als sich diese einzuwölben schien, um plötzlich wie ein Katapult wieder hervorzuschießen und den magischen Doppelgänger mit unglaublicher Wucht zurückzuschleudern.

Mit einem gewaltigen Ruck kehrte der Doppelgänger in Jobabs Leib zurück – und warf ihn zu Boden!

Benommen schüttelte Jobab den Kopf. »Was war das denn?« murmelte er verblüfft, während Ommo ihm dabei half, sich wieder aufzurichten.

»Ich weiß es auch nicht«, gestand Ommo. »So etwas habe ich noch nie erlebt.« Dann hatte er eine Idee. »Ich glaube, der ist sehr gut geschützt. Wahrscheinlich muß man die richtige Formel kennen, um von ihm eine Gebrauchsanleitung zu erhalten.«

Jobab nickte nachdenklich. »Ja, das ist wie ein Schloß, zu dem man den richtigen Schlüssel braucht.«

»Aber ich vermute, daß er sein Wissen unter einer Bedingung preisgibt – nämlich, wenn er es schützen muß.«

»Wie meinst du das?« Jobab blickte ihn verwundert an. »Das ist doch ein Widerspruch...«

»Nicht unbedingt«, entgegnete Ommo. »Denk doch mal nach: Dieser Kristall verfügt über bestimmtes Wissen und gewisse Fähigkeiten, die er bewahren und schützen muß, dazu wurde er erschaffen oder wahrscheinlich verzaubert. Das kann er aber nur tun, wenn er selbst erhalten bleibt...«

Jobab hob erstaunt die Augenbrauen. »Du meinst...?«

Ommo nickte eifrig. »Ja, wenn wir ihm androhen, ihn zu zerschmettern, wird er sich uns vielleicht fügen, weil sein Wissen sonst für immer verlorengeht. Da ist es doch wohl besser, wenn er es nur einmal preisgibt, es dafür aber weiterbewahren kann.«

Jobab wirkte skeptisch. »Hm, ob das so einfach ist? Ich weiß nicht...«

»Ich will's jedenfalls versuchen«, schnitt ihm Ommo das Wort ab. Leider sprach ihm sein Freund aus der Seele: Er glaubte selbst nicht so recht an seinen Plan. Und außerdem würde er seine Drohung, das wußte er schon jetzt, niemals wahrmachen.

Denn selbst wenn sie dem Fluchkristall sein Geheimnis nicht entreißen konnten, würde er ihnen immer noch etwas nützen, nämlich als Bestechungsgeschenk für Esoda.

*

Natürlich war die Sache schiefgelaufen: Der Kristall hatte sozusagen geschwiegen wie ein Stein, selbst dann noch, als Ommo einen riesigen Felsbrocken drohend über ihn gehalten hatte.

Vielleicht war ihnen kein Erfolg beschieden, weil sie nicht die feste Absicht mitbrachten, den Stein nötigenfalls tatsächlich zu zerstören.

»Die Magie duldet keine Halbheiten«, hatte Jax mal in einer besser gelaunten Stunde ausgeführt. »Entweder man geht aufs Ganze, oder man packt besser gleich seine Sachen und wird Gärtner.«

Der alte Zauberer hatte nachdenklich seine Fingerringe gemustert. »Einen Gegenstand zu etwas zu zwingen, was er nicht wirklich will, das ist genau wie bei einem Menschen: eine ziemlich gefährliche Sache. Man muß den richtigen Druckpunkt finden, sonst erreicht man gar nichts – und zerstört schlimmstenfalls, was man eigentlich bewahren oder erhalten wollte.«

Nein, den richtigen Druckpunkt hatten sie offensichtlich nicht gefunden. Ein Jammer! Was hätten sie nicht alles mit dem Fluchkristall anfangen können! Allein schon, um es ihrem Quälgeist von Meister zu zeigen…

Es trug nicht gerade zur Besserung von Ommos Laune bei, daß er vor seinem geistigen Auge Jax' hämisch feixende Fratze zu erkennen glaubte. Vielleicht hatte der Zauberer sogar bei dieser Sache mal wieder seine Spinnenfinger im Spiel!

Auch die Tatsache, daß sie nun wenigstens den Gegenstand ihres Verlangens in ihrem Besitz wußten, konnte sie nicht darüber hinwegtrösten, daß ihr Sieg doch nur ein halber gewesen war. Gewiß, sie hatten den Winzlingen den Kristall abgejagt – aber es war sehr unwahrscheinlich, daß die Zwerge nur aus Angst vor ihnen geflohen waren. Immerhin waren sie in der Überzahl gewesen und hatten durchaus zu kämpfen verstanden.

»Möglicherweise haben sie unseren Gefangenen befreit, während wir mit dem Kristall beschäftigt waren«, murmelte Jobab finster.

Ommo schüttelte den Kopf.

»Das glaube ich kaum. Sie scheinen mit Magie nicht sehr vertraut zu sein, und ich hätte eigentlich erwartet, daß der Knotenzauber den Gefangenen eher erwürgt, als sich durchschneiden zu lassen.«

»Mag sein, mag sein«, gab Jobab zu und stampfte wütend mit dem Fuß auf.

Das Gelände war inzwischen weniger sumpfig geworden, und vereinzelte Baum- und Buschgruppen versperrten die Sicht bis an den Horizont.

»Wir wissen nur eins«, fuhr Ommo fort, »oder zumindest können wir es vermuten. Nämlich, daß der Kristall Unheil bringt, wahrscheinlich sogar recht gezielt.«

»Wie meinst du das?« fragte Jobab und schlug nach einer Mücke.

Ommo überlegte kurz. »Weißt du, ich habe mal von Fluchkristallen gehört«, antwortete er bedächtig. »Das mag vielleicht nur

Hörensagen gewesen sein, und bestimmt gibt es auch verschiedene Arten solcher Steine, aber wenn das stimmt, was man mir früher einmal als Kind erzählte...«

Er blickte Jobab vielsagend an.

Doch sein Blutsbruder reagierte nur gereizt. »Nun mach du nicht auch noch ein Geheimnis daraus. Als wenn wir nicht schon genügend Probleme hätten!«

Ommo zuckte mit den Schultern. »Ich dachte, du wüßtest vielleicht auch etwas darüber. Jedenfalls ist es so, daß ein Fluchkristall in der Regel dem Unheil bringt, dessen Schattenseele hineingebannt wird, und wenn es auch nur für noch so kurze Zeit sein mag.«

Jobab furchte die Stirn. »Schattenseele, hm?« machte er. Nachdenklich blickte er zu Boden. »Das erinnert mich an das, was Jax vor drei Tagen hat verlauten lassen, bevor wir überhaupt an eine Reise dachten.«

Ommo wußte, was Jobab damit meinte. »Verzurrt gefälligst eure Schattenseelen ordentlich!« hatte Jax gefaucht. »Ich habe keine Lust, ständig hinter ihnen herzujagen, weil die Herren Lehrlinge zu faul und zu triefelig waren, besser auf sie aufzupassen. Und außerdem gibt es Zauberer, die sich aufs Schattenschießen spezialisiert haben. Die holen euch dann schnell vom Himmel, das könnt ihr mir glauben, hähä!«

Und meckernd wie ein wildgewordener Ziegenbock war er in seiner Schilfrohrhütte verschwunden, nicht ohne mit einem schmutzigen Fuß einen harmlosen Stein beiseite getreten zu haben.

Die Schattenseele war ein merkwürdiges Wesen, das jedem Menschen eigen war, wenngleich die wenigsten darum wußten. Nachts ging sie auf Reisen und brachte am Morgen merkwürdig verzerrte Erlebnisse wieder, deren Erinnerung dem Menschen als Träume gegenwärtig wurden.

Nur ein Magier vermochte seine Schattenseele bewußt zu lenken, ihr bestimmte Form zu verleihen, sich mit ihrer Hilfe an andere Orte zu begeben – und dabei eventuell allerlei Unfug anzustellen.

Natürlich hatte Jax ihnen mit keiner Silbe verraten, wie man das machte, seine Schattenseele zu »verzurren«. Das sah dem alten Geizhals mal wieder ähnlich!

»Wer weiß, was dieser Wanderzauberer noch alles angestellt hat, bevor die Zwerge ihm den Fluchkristall entrissen«, murmelte Ommo.

Jobab nickte. »Daran habe ich auch schon gedacht. Vermutlich haben sie ihn getötet. Vielleicht ist es ihm noch im letzten Augenblick gelungen, die Schattenseele eines oder aller Zwerge in den Kristall zu bannen, und die Winzlinge haben die Kugel deshalb zurückgelassen.«

»Aber das erklärt doch noch immer nicht, wieso sie erst so heftig darum gekämpft haben«, argumentierte Ommo. »Wir wußten doch überhaupt nichts von dem Kristall, und trotzdem...«

Jobab wischte seinen Einwand mit einer Geste beiseite. »Ich weiß ja nicht, wie es dir ergangen ist, aber als ich von dem Fluchkristall hörte, da überkam mich eine nie gekannte Gier, ihn zu besitzen«, fing er an.

Überrascht rief Ommo: »Genau dasselbe ist mir auch passiert! Es war eine Habgier, wie ich sie noch nie erlebt habe!«

Jobab nickte erneut. »Und Habgier wiederum gebiert Angst. Das weiß schließlich jeder. Die Zwerge hatten einfach nur Angst, ihren Schatz wieder zu verlieren.«

»Ja, aber«, begann Ommo erneut. »Warum haben sie...?«

»Irgendwann«, fuhr Jobab unbeirrt fort, »haben sie begriffen, was gespielt wurde. Vermutlich waren sie so heilfroh darüber, es zu erkennen, daß sie sich sofort davongemacht haben, ohne auch nur an ihren Wachposten zu denken, den wir gefangengenommen haben. Sie haben gemerkt, daß ihnen der Kristall Unheil bringt – der Häuptling hat ihm ja sowieso nie so recht getraut –, und haben die entsprechende Konsequenz gezogen.«

Nachdenklich wog Ommo das Für und Wider dieser Deutung

ab. Schließlich gelangte er zu dem Schluß, daß Jobab recht hatte. »Wobei freilich noch völlig im dunkeln bleibt, wohin unser Gefangener verschwunden ist.«

»Das macht mir auch viel mehr Sorge«, gab Jobab zu. »Das Verhalten der Zwerge läßt sich noch einigermaßen logisch erklären. Aber wer hat unseren Gefangenen befreit?«

Wie eine Todesdrohung hing diese Frage über ihren Köpfen, während sie ihren beschwerlichen Marsch fortsetzten.

»Ein Gutes hat die Sache allerdings«, warf Ommo schließlich ein. »Vielleicht können wir den Kristall Esoda andrehen, damit sie uns die Fluchmagie lehrt.«

»Hm. Vielleicht«, entgegnete Jobab knapp.

*

Nun wurde die Landschaft felsig, kahl und gebirgig. Der Aufstieg war beschwerlich. Plötzlich blieb Jobab erstaunt stehen. Er zeigte mit dem Finger auf einen fernen Gebirgszug und fragte: »Siehst du auch diese dünnen flimmernden Linien, die zwischen den Gipfeln verlaufen wie silbrige Lichtfäden?«

Ommo spähte in die angegebene Richtung, konnte jedoch nichts erkennen. »Nein, ich sehe überhaupt nichts.«

»Aber das ist doch ganz deutlich!« beharrte Jobab. »Du mußt nur genau hinschauen.«

Ommo blinzelte angestrengt, doch ohne Erfolg. Er schüttelte den Kopf.

»Ich hab's!« rief Jobab. »Du mußt den Blick verstellen. Kennst du denn nicht den 180-Grad-Blick?«

Ommo zuckte mit den Schultern. Er hatte zwar schon von diesem wichtigen magischen Kunstgriff gehört, ihn jedoch nie geübt. »Nein, nicht wirklich.«

»Ich bringe ihn dir bei«, erbot sich Jobab.

Die nächste Stunde verging mit dem Üben. Jobab lehrte Ommo, wie er die Augen auf »unscharf« stellen mußte, die Augäpfel leicht vorgedrückt, um auf diese Weise sein Blickfeld auf 180 Grad zu erweitern. Dadurch wurden die Gegenstände zwar unscharf, doch war es nun möglich, auch die Kräfte und Energien zu erkennen, die in den scheinbaren »Lücken« zwischen verschiedenen Objekten vorhanden waren.

Zu Anfang strengte der Blick Ommo stark an. Doch nach einer Weile ging es recht gut, und auch er nahm die silbrigen Linien wahr. »Merkwürdige Gegend«, bemerkte er schließlich.

Jobab nickte. »Es heißt, daß Esoda auch die Herrin der Geomantie sei«, meinte er.

Ommo musterte ihn fragend. »Geomantie?«

»Das ist die Kunst, die Kraftlinien der Erde zu sehen, Orte der Kraft auszumachen und mit ihren Kräften zu arbeiten«, erklärte Jobab. »Ich habe es in einem alten Zauberbuch gelesen, das Jax irgendwann einmal herumliegen ließ.«

»Interessant«, gab Ommo zu. »Und was haben diese Linien dort zu bedeuten, wenn sie schon die Berggipfel miteinander verbinden?«

»Das weiß ich auch nicht«, gestand Jobab. »Ich weiß nur, daß es recht nützlich sein kann, sie zu erkennen.«

Wortlos gingen sie weiter. Der Marsch war anstrengend, und die Nachwirkungen der Ereignisse des Vortags trugen nicht dazu bei, ihre Laune zu heben.

*

Der Rest des Tages verlief ohne weitere Zwischenfälle. Zwar war der Weg beschwerlich, doch gönnten sich die beiden Lehrlinge auch Ruhepausen, und einmal kamen sie sogar an einen Gebirgsbach, aus dem sie ihre Wasservorräte auffrischen konnten.

Ein letztes Mal versuchte Ommo, dem Fluchkristall sein Geheimnis zu entreißen, indem er ihn erneut probehalber in das klare Wasser des Bachs hielt. Strömendes Wasser besaß die Eigenschaft, den magischen Schutz geladener Gegenstände aufzuweichen oder gar zu beseitigen. Doch in diesem Fall schien die Maßnahme nicht zu wirken: Der Fluchkristall gab sein inneres Wesen nicht preis.

Unermüdlich, wenn auch enttäuscht, setzten sie den Marsch fort. Endlich versank die rote, beinahe hämisch glühende Kugel der Sonne hinter den westlichen Bergen.

»Es wird Zeit, das Nachtlager aufzuschlagen«, bemerkte Jobab niedergedrückt.

Ommo nickte. Unterwegs hatten sie keinerlei Höhlen entdekken können, und so stand ihnen wahrscheinlich eine Nacht im Freien bevor – in dieser Jahreszeit wahrlich kein Vergnügen.

»Sollen wir uns ein Zelt bauen?« fragte Ommo.

Jobab verneinte.

»Das ist viel zu umständlich. Vielleicht finden wir eine windgeschützte Felsnische, vor die wir eine Decke spannen können. Ganz schön wäre es auch, wenn wir in dieser kargen Gegend wenigstens etwas Brennholz fänden.«

Ommo fand einige trockene Moose. Mühsam kratzten sie diese von den Felsen und sammelten sie ein. »Das Schlimmste liegt noch vor uns«, brummte Jobab.

»Ja, ich weiß«, erwiderte Ommo. »Esoda...«

»Nein, das habe ich nicht gemeint«, widersprach Jobab. »Schau mal dort vorne!«

Vor ihnen lag ein gähnender Abgrund. Eine Schlucht, so tief, wie sie sie noch nie zuvor gesehen hatten, und weit mehr als hundert Meter breit.

Betroffen blieben die beiden Lehrlinge stehen. Wie sollten sie jemals auf die andere Seite gelangen?

»Hinunterklettern?« murmelte Ommo und schüttelte gleichzeitig den Kopf. »Viel zu tief.«

»Ja«, stimmte Jobab zu. »Und außerdem riecht es hier geradezu nach Gefahr.«

Ommo wußte, was er meinte. Wenigstens hatten sie bei Jax gelernt, Gefahren rechtzeitig zu wittern. Das bedeutete zwar nicht unbedingt, daß sie ihnen auch aus dem Weg gehen konnten, doch immerhin ahnten sie es mit ihrem geschärften magischen Instinkt, wenn eine Gegend oder eine Situation bedrohlich war.

Allerdings half ihnen das jetzt auch nicht weiter. Sie mußten ruhen, ein Nachtlager finden – und, was noch viel ärger war, vermutlich jeder die Hälfte seines Schlafs darauf verwenden, den anderen zu bewachen.

»Das hat mir gerade noch gefehlt!« stöhnte Ommo. »Ich bin sowieso schon hundemüde…«

»Klagen nützt jetzt auch nichts.« Jobab stellte es ohne jede Bissigkeit fest.

Ommo seufzte.

»Dort vorne ist wenigstens eine Felsnische, wie wir sie suchen«, sagte er und zeigte auf sie. »Dann wollen wir losen, wer als erster die Wache übernimmt.«

Jobab schüttelte den Kopf. »Ich glaube, du bist müder als ich«, erklärte er. »Laß mich die erste Wache übernehmen, ich werde dich nach vier Stunden wecken.«

Ommo nickte dankbar. Jobab war wirklich ein Freund. Daran wenigstens gab es nichts zu rütteln.

So richteten sie sich denn notdürftig in der Felsnische für die Nacht ein, spannten eine ihrer Decken als Windschutz, entzündeten das gesammelte Moos, um etwas Wärme zu erhalten, und verpflegten sich mit Trockennahrung. Dann legte sich Ommo nieder und war auch sofort eingeschlafen.

4

Jax hockte auf einem niedrigen Holzschemel vor seiner Hütte in der Sonne und war damit beschäftigt, sich die Fingernägel zu schneiden. Das Wort »schälen« wäre eigentlich treffender gewesen, denn er benutzte dazu einen langen, spitzen, aber ziemlich stumpfen Dolch mit fein ziseliertem Griff.

An der Hüttenecke saß Asmodel mit mürrischem Gesichtsausdruck auf der Erde und sortierte getrocknete Zauberkräuter, die er in kleine hellbraune Ledersäckchen abfüllte.

Jax wirkte äußerst vergnügt und summte vor sich hin: »Bist du die Zwei, bin ich die Sechs, bist du die Drei, bleib' ich die Sechs. Ich nehm' euch mal, ich nehm' euch hops...«

Asmodel erhob sich stöhnend, um einen Teil der Beutel ins Innere der Hütte zu bringen. Kaum war er im Eingang verschwunden, als plötzlich ein Lichtblitz die Dunkelheit des Hütteninneren durchzuckte. Ein Klirren erscholl, ein Knall – und eine mit Bienenwachs versiegelte Flasche auf einem Holzregal zerplatzte mit Getöse.

Vor Schreck ließ Asmodel einen Topf mit Stinkharz fallen, den er gerade wieder hinaustragen wollte – Teile davon zerstoben in der Luft und verdampften mit schrecklichem Gestank auf der heißen Eisenplatte des Alchimistenofens. Dicke weißliche Schwaden quollen aus dem Hütteneingang hervor und umhüllten den alten Zauberer. Doch Jax wirkte ungerührt und hob gelangweilt den Blick.

»Die Nerven, was?« fragte er höhnisch.

Asmodel torkelte wütend und erschreckt zugleich vor die Tür. Seine ohnehin nie sonderlich scharfen Konturen – ihm eine festere Gestalt zu geben, hatte sich Jax strikt verweigert – wirkten zottig, seine Nase war rußbeschmiert und sein Haar versengt.

»Wa-was war das, Herr?« stammelte er. Der Hausgeist wirkte völlig verwirrt.

Jax widmete sich wieder seiner Nagelpflege. »Nichts Besonderes«, murmelte er wie geistesabwesend. »Nur eine kleine Sprengglyphe. Ein unerbetener Gruß der Dame Esoda.«

Asmodel starrte seinen Herrn fassungslos an.

»Aber das ist unmöglich«, protestierte er. »Ich habe sämtliche Geisterfallen aktiviert! Nicht das kleinste bißchen unerwünschter Magie kann zu uns durchdringen – und schon gar keine geladene. Ich habe wirklich alles getan, was...«

»Wetten, daß du den Bannstrahlteppich vergessen hast?«

knurrte Jax mit hochgezogenen Augenbrauen, während er einen schmierigen Nagelabschnitt begutachtete, der ihm zwischen die Füße gefallen war.

Asmodel hatte sich wieder ein wenig gefangen und grinste nun verschmitzt. »Die Wette halte ich, Herr. Um was soll es gehen?«

Jax machte eine wegwerfende Geste. »Versuch nicht wieder die alte Blufftour, das mußt du schon geschickter anstellen.« Da rutschte sein Dolch ab, und dunkelrotes Blut quoll plötzlich aus seinem rechten Mittelfinger hervor.

»Au, verdammt!« bellte der Zauberer empört. »Sieh doch nur, was du da schon wieder angerichtet hast, du nichtsnutziger Tölpel von einem Windbeutelgespenst!«

»Aber, Herr!« entgegnete Asmodel erschrocken und beleidigt. »Ich habe doch wirklich den Bannfluchteppich…«

Jax starrte ihn verblüfft an. Die Wunde schien vergessen. »Du hast *was?*« rief er und schoß in die Höhe. »Ist das dein Ernst?«

Ohne Asmodels Antwort abzuwarten, wiegte er nachdenklich den Kopf und pfiff beeindruckt durch die Zähne. »Soso! Dann ist die Sache allerdings ernster, als ich dachte. Hm. Hm.« Er kratzte sich mit einer frischgeschälten Fingerspitze in der Nase. »Hm.«

Dann griff er mit immer noch blutender Hand nach einem dikken, verstaubten Buch mit Ledereinband, das neben ihm auf dem Boden lag. Die Goldprägung des Deckels mußte schon vor Jahrhunderten verblaßt sein.

»Was habt Ihr vor, Herr?« fragte Asmodel, eingeschüchtert und neugierig zugleich.

»Was ich vorhabe?« fragte Jax brummend, während er in dem Wälzer blätterte. »Esoda einen Denkzettel zu verpassen, was sonst?« Dann vertiefte er sich mit gerunzelter Stirn in die vergilbte Schrift.

Asmodel rieb sich erwartungsvoll die durchsichtigen Geisterhände.

Leise, ja beinahe lautlos pfiff ein sanfter Wind um die Felsnische. Die Luft war kalt, die Nacht so finster, daß nicht einmal die Sterne das schwarze Tuch des Firmaments zu durchschimmern vermochten. Kalte Luft umschmeichelte regloses, starres Gestein, und nur das gelegentliche Rieseln vereinzelter Sandkörner, die sich aus den Felsbrocken lösten, erfüllte die Kulisse mit wahrnehmbaren Geräuschen.

Versteckt hinter der aufgespannten Decke lag Jobab tief schlafend am Boden. Sein Kopf ruhte auf dem Reisebündel, die Rechte hatte er fest um seinen magischen Stab geklammert.

Das trockene Moos, das sie mitgeführt hatten, um sich an seinem Feuer ein wenig zu erwärmen, war schon längst niedergebrannt. Ommo kauerte unmittelbar vor der Decke, die Arme fest um die angezogenen Beine geschlungen, um die Kälte ein wenig erträglicher zu machen.

Er sollte Wache halten, doch das fiel sehr schwer. Denn die Nacht war abweisend und finster, und ihre Ereignislosigkeit war nicht dazu angetan, seine Sinne wachzuhalten.

Ihre Ereignislosigkeit?

Erschrocken fuhr Ommo auf. Er war ja tatsächlich eingenickt! Doch was hatte ihn dann plötzlich geweckt? Vielleicht ein Stein, der, vom Wind gelöst, in die Schlucht gestürzt war? Oder ein vorbeihuschendes Nachttier?

Ommo schüttelte den Kopf, um seine Müdigkeit zu vertreiben. Irgend etwas stimmte hier nicht, soviel war sicher!

Die Erfahrung hatte ihn gelehrt, daß es unklug war, in der Dunkelheit seinen Blick stets nur auf einen Punkt zu richten. Tat man das, so konnte man zwar alle möglichen Dinge erkennen, doch waren es meistens die falschen. So ließ er seine Augen ununterbrochen hin und her schweifen, mit der rechten Hand den magischen Dolch abwehrbereit umklammernd, die Linke an den Stab gelegt, der lose in seinem Gürtel stak.

Doch es war nichts Verdächtiges zu sehen.

Ächzend erhob er sich. Seine Glieder waren kalt und klamm von der feuchten Nachtluft, und er mußte sich strecken, um wieder geschmeidig zu werden.

Langsam und vorsichtig ging er einige Schritte vor der aufgespannten Decke hin und her. Die Felsnische befand sich recht nahe an dem Abgrund, und er mußte aufpassen, nicht auszurutschen und in die Tiefe zu stürzen, was in der Dunkelheit allzu leicht geschehen konnte.

Wenn er doch nur wüßte, was das eigentlich war, wonach er Ausschau hielt...

Jäh zuckte er zusammen. Eine schwere eiserne Hand hatte sich von hinten auf seine rechte Schulter gelegt.

Geistesgegenwärtig wirbelte er nach links herum, riß den magischen Stab aus dem Gürtel und streckte den Dolch vor – doch es war zu spät. Vor ihm ragte eine riesige dunkle Gestalt empor, deren Umrisse er in der Finsternis nur undeutlich ausmachen konnte.

Sofort wollte er einen Schrei ausstoßen, um Jobab zu warnen, aber das Wesen ließ ihm keine Zeit: Mit lähmender Kraft packte es ihn erneut und legte ihm die andere Hand auf den Mund, rammte ihm mit einer blitzschnellen Bewegung das Knie in den Bauch, so daß er nach vorne zusammenklappte, verpaßte ihm einen knappen, kurzen Schlag in den Nacken – und plötzlich war alles um ihn herum noch schwärzer als je zuvor.

Jobab schien fest zu schlafen. In Wirklichkeit aber war er von Ommos Auf- und Abschreiten wach geworden und hatte hinter der Decke den Kampf mitangehört.

Er wußte, daß es zu spät war, um seinem Blutsbruder zu Hilfe zu eilen. Deshalb verhielt er sich zunächst ruhig, um die Entwicklung abzuwarten. Mit der Linken tastete er, den Arm quer über den Bauch gelegt, nach seinem magischen Dolch am Gürtel.

Er bemerkte, wie die Decke beiseite geschoben wurde, öffnete sein rechtes Auge einen Spalt und erblickte einen riesigen Ghul, der auf ihn zukam und sich über ihn beugte, um ihn zu begutachten. Im gleichen Augenblick hatte Jobab bereits sämtliche Muskeln zum Sprung angespannt und schnellte empor, den Stab zum Angriff vorgestreckt.

Doch der Ghul war schneller. Er blockte den Zauberlehrling mit dem linken Ellenbogen ab, wich einen halben Schritt zurück, machte eine schnelle Bewegung mit der rechten Hand – und plötzlich schaute Jobab auf einen silbrig leuchtenden Fünfzack, in dessen Mitte ein runder, tiefdunkler und schwarzglänzender Onyx eingelassen war.

Der Anblick lähmte ihn auf der Stelle. Er konnte sich nicht mehr rühren. Hilflos mußte er zusehen, wie der Ghul ihn mit offensichtlich geübten Händen auf den Boden legte. Nicht einmal eine Warnung konnte er ausstoßen.

Doch wäre dies wahrscheinlich ohnehin zu spät gewesen, weil das Wesen Ommo vermutlich bereits überwältigt hatte. Sonst wäre es wohl kaum bis zu Jobab vorgedrungen.

Zu seiner Überraschung bemerkte er plötzlich, wie sich der Vorhang erneut beiseite schob. Doch er beherrschte sich eisern, um sich nichts anmerken zu lassen und den Ghul nicht zu warnen. Offenbar war es Ommo doch gelungen, seine Fesseln – sofern der Ghul ihm wirklich welche angelegt hatte – binnen kürzester Zeit zu lösen. Auf jeden Fall stand Ommo nun hinter dem Gegner, holte kurz aus und rammte ihm von hinten seinen magischen Dolch in den Rücken.

Röchelnd sank der Ghul zu Boden. Sofort sprang Ommo auf Jobab zu, um ihn von seinen Fesseln zu befreien.

Jobab nahm gleich als erstes die Seile, mit denen der Ghul ihn gefesselt hatte, um damit nun seinerseits den Gegner endgültig unschädlich zu machen.

»Glaubst du, daß er allein gekommen ist?« fragte er dabei keuchend seinen Blutsbruder.

Ommo zuckte mit den Schultern. »Ich weiß es nicht. Möglicherweise sind noch andere in der Nähe.«

»Wie beruhigend«, erwiderte Jobab grimmig. »Dann müssen wir uns hier verschanzen und höllisch aufpassen, um...«

Ommo hatte sich vorgebeugt und den silbernen Fünfzack mit abgewendetem Blick aufgehoben. »Vielleicht ist das eine gute Waffe«, meinte er.

Jobab schüttelte den Kopf. »Das glaube ich nicht. Wenn dieser Fünfzack auch Ghule ausschalten kann, wenn sie ihn nur betrachten, dann wäre er nicht sehr brauchbar für sie. Ich nehme eher an, daß sie dagegen immun sind.«

Ommo mußte ihm recht geben. Vorsichtig verstaute er die Waffe in seinem Reisesack. »Was schlägst du vor?«

In der neu eingetretenen Finsternis war kaum etwas zu erkennen. Dennoch ließ Jobab seinen Blick umherschweifen.

»Ich glaube«, flüsterte er, »wir sollten als erstes unsere Decke wieder einrollen und uns auf den Weg machen.«

»Aber es ist doch stockdunkel!« widersprach Ommo leise. »Wo sollen wir denn hin?«

Jobab grinste unmerklich. »Nicht sehr weit. Wir bleiben hier in der Nähe, weil ich sicher bin, daß die Ghule ihren Gefährten suchen werden. Hier werden sie uns bestimmt nicht mehr vermuten, wenn sie ihn erst einmal gefesselt vorfinden. Wir zerren ihn draußen vor die Nische und suchen uns selbst ein Versteck oben auf dem Felsen.«

Das schien Ommo ein guter Plan zu sein.

So lautlos wie möglich packten sie wieder ihre Habseligkeiten ein und schleppten den äußerst schweren Ghul vor die Felsnische, wo sie ihn auf den Boden legten.

Das Wesen schien bewußtlos zu sein, die Dolchwunde hatte es anscheinend nicht tödlich verletzt. Das war ohnehin nur selten der Fall, wenn man mit magischen Dolchen kämpfte, es sei denn, man benutzte einen ausgesprochenen Todesdolch – doch die waren äußerst rar. Esoda freilich würde über einige dieser Waffen verfügen, überlegte Ommo mißmutig.

Dann versteckten die beiden Freunde sich auf dem Felsen. Es war ein sehr schwieriges Unterfangen, in völliger Finsternis hinaufzusteigen. Einmal wäre Jobab beinahe abgerutscht und in den

Abgrund gestürzt, hätte Ommo ihn nicht noch mit instinktiver Sicherheit am Kragen gepackt und mit aller Kraft gegen die Felswand gedrückt, bis sein Freund endlich wieder Halt gefunden hatte.

Oben angekommen, ruhten sie sich nach Luft ringend aus und versuchten, mit ihren Blicken die Dunkelheit zu durchdringen.

Es waren noch einige Stunden bis Morgenanbruch, und die Aussicht, den Rest der kalten Nacht auf diesem ungeschützten Felsen verbringen zu müssen, behagte ihnen nicht sonderlich. »Es gibt bestimmt gemütlichere Fleckchen«, begann Ommo – doch da überstürzten sich plötzlich die Ereignisse.

Ein grelles Blitzzucken, gefolgt von einem Donnergrollen – und einmal mehr waren die beiden Lehrlinge wie gelähmt. Ein dichtes Netz hatte sich um sie geschlungen, dessen Maschen aus einem hauchdünnen Nebelgespinst zu bestehen schienen, das sich eng um sie zurrte und jeden Widerstand unmöglich machte.

Fluchend versuchte Jobab sofort, mit seiner Dolchklinge das Netz zu durchtrennen, aber vergeblich. Auch Ommo unternahm es, sich mit aller Gewalt gegen die Maschen zu stemmen, doch mit ebensowenig Erfolg.

Sie waren gefangen.

Plötzlich wurde der Fels lebendig, und sie erkannten, wieso man sie so leicht hatte überwältigen können.

Überall hatten die Ghule gelauert. Es mußten Dutzende von ihnen sein! In der Finsternis waren sie nicht zu erkennen gewesen, während die Wesen, die anscheinend über eine ausgezeichnete Nachtsicht verfügten, sie geradezu mit offenen Armen empfangen hatten.

»Das ist alles meine Schuld«, murmelte Ommo niedergeschlagen. »Ich hatte schließlich Wache und…«

»Mach dir deswegen keine Sorgen«, beruhigte ihn Jobab. »Das hätte mir auch passieren können. Ghule sind dafür bekannt, daß sie lautlos durch die Nacht schleichen können. Das müssen sie auch, wenn sie den Toten auflauern wollen, von denen sie sich ernähren.«

Die Toten, von denen sie sich ernährten? Das jagte Ommo einen Schauer über den Rücken. Natürlich wußte er genausogut wie Jobab, daß Ghule wahre Ungeheuer waren, die von Leichen lebten, doch hatte er es bisher irgendwie vorgezogen, nicht darüber nachzudenken.

Und nun waren sie in der Gewalt dieser dämonischen Unwesen!

»Aber wenn ihre Nahrung aus Leichen besteht«, murmelte Ommo hilflos, »Ich meine... Wir sind doch gar nicht tot... und...«

Jobab schüttelte den Kopf, so gut das Netz es ihm ermöglichte.

»Gelegentlich helfen sie auch ein wenig nach, um ihre nächtliche Ausbeute zu vergrößern. Nicht umsonst sind Ghule die Schutzgeister aller Mörder. Und wenn sie es nicht selbst können oder wollen, so finden sie schon jemanden, der ihnen die Schmutzarbeit abnimmt.«

Wie beruhigend! Doch nun hatten sie keine Gelegenheit mehr, sich über ihre Lage zu beraten. Denn die Ghule nahmen das Netz mit ihren beiden Gefangenen auf, befestigten es an einer langen Stange und machten sich tänzelnden Schritts an den Abstieg.

*

Es war eine höchst unbequeme Reise, so in einer zu eng verschnürten Hängematte baumelnd durch eine nächtliche Felsengegend geschleppt zu werden.

Immerhin waren ihre Träger äußerst trittsicher und gerieten nie ins Stolpern, was die Qual ein wenig erleichterte. Doch achteten sie auch scharf darauf, daß die beiden Zauberlehrlinge nicht miteinander sprachen.

Als Jobab einmal im Begriff war, eine Bemerkung zu machen, schlug ihm einer der neben ihnen einhergehenden Ghule mit einem Knüppel auf die Schulter, als er gerade erst den Mund geöffnet hatte. Diese Wesen konnten wirklich ausgezeichnet in der

Dunkelheit sehen! Insgeheim mußten Jobab und Ommo diese Fähigkeit bewundern, auch wenn sie ihnen im Augenblick alles andere als gelegen kam.

Zu Anfang hatte Ommo noch versucht, die Schritte der Träger zu zählen, um sich ein Zeitgefühl zu bewahren und möglicherweise die Entfernung abzuschätzen, welche die Ghule mit ihren Gefangenen zurücklegten. Doch das erwies sich als zunehmend schwieriger.

Die Ghule kletterten nämlich behende wie die Bergziegen über allerlei Geröll und Gestein, erklommen einen Berg, um auf der anderen Seite einen schmalen Pfad wieder hinab in die Tiefe zu steigen, durchquerten steinige, ausgetrocknete Flußbetten, schwenkten mal nach rechts, mal nach links, schienen gelegentlich sogar beinahe einen Kreis zu schlagen – so daß er nach einer Weile völlig verwirrt war und den Versuch aufgab.

Die Zeit schien stillzustehen, und das Baumeln im Netz wurde immer unerträglicher und schmerzhafter. Sämtliche Glieder taten den beiden Lehrlingen weh, und sie mußten sich Mühe geben, um nicht vor Schmerz laut aufzuschreien, als ihre Träger plötzlich die Stange, an der das Netz befestigt war, ohne Vorwarnung losließen, und die beiden zu Boden stürzten.

Dann entfernte sich die Schar der Ghule. Nur drei von ihnen ließen sie zurück, um die Gefangenen zu bewachen. So blieben Ommo und Jobab schier endlos auf einem bitterkalten felsigen Steinboden liegen, der mit Geröll übersät war, das ihnen in die Glieder und ins Fleisch schnitt.

Ommos Arme und Beine waren bereits eingeschlafen, und Jobab hatte das Gefühl, als müsse sein Genick im nächsten Augenblick brechen, als man endlich das Netz von der Stange löste und die beiden Gefangenen befreite. Dafür aber legten die Ghule ihnen enge Handschellen an, nicht ohne auch ihre rechten Beine aneinander zu fesseln.

Dann stießen die Wächter sie unsanft in den Rücken und bedeuteten ihnen, vorwärts zu gehen.

Am Widerhall ihrer mühseligen Schritte entnahmen sie, daß sie sich in einer Höhle befinden mußten. Dieser Eindruck verstärkte sich noch, als sie nach einer Weile in einen schmalen Felsengang kamen, der endlich in eine riesige Grotte mündete, die – welche Erleichterung! – wenigstens mit Fackeln ausgeleuchtet war, was ihnen immerhin das Gefühl des Blindseins nahm.

In der Mitte der Felsenhalle erblickten sie ein hohes, schwarzglänzendes Podest aus Onyxgestein, auf dem ein reichverzierter silberner Thron stand, der mit seltsamen Mustern und Zeichen geschmückt war. Auf diesem Thron saß eine finstere Gestalt.

Es war ein einem Menschen nicht unähnliches Wesen von über zweieinhalb Meter Größe, dunkelhäutig und mit schwarz funkelnden, bösartig glitzernden Augen, welche die Gefangenen argwöhnisch musterten.

Das Monster wirkte merkwürdig verzerrt; so sahen seine Hände beispielsweise eher aus wie Echsenkrallen, die Ohren waren übergroß und an den Rändern schuppenartig gezackt. Und eine grünleuchtende Schlange schien aus dem schwarzgepanzerten Oberkörper hervorzuwachsen, um sich um den Hals des Wesens zu schlingen und, hinter seinem Kopf aufgereckt, die beiden Zauberlehrlinge mit rotfunkelnden Augen zu betrachten, während die lange schwarze, gespaltene Zunge gierig vor- und zurückzuckte.

»Wisset, ihr Wichte«, ließ das Ungeheuer seine Stimme erschallen, und es klang wie zorniges Donnergrollen, »ich bin Amaimon, der Herrscher der Dämonen im Reiche Esodas. Ihr befindet euch in meiner Gewalt. Und das werde ich euch spüren lassen.«

*

»Sag mal«, fragte Jax, in einer Hängematte in seiner Hütte schaukelnd und einen dicken alten Wälzer auf den Knien abstützend, »wie lange mußt du mir eigentlich noch dienen?«

Asmodel, sein Hausdämon, grinste und machte eine gezierte Verbeugung, die allerdings ziemlich ungeschlacht wirkte. »Noch ein kleines Weilchen, Herr«, erwiderte er.

»Hm.« Natürlich wußte Jax ganz genau, daß Asmodels Dienst, zu dem er ihn bei einer früheren Beschwörung unter Androhung furchtbarer Strafen gepreßt hatte, in etwa einem Jahr beendet sein würde. Danach war der Dämon frei und konnte kein zweites Mal zum Dienst gezwungen werden.

Allerdings durfte er aus freien Stücken weitermachen – und genau darum ging es Jax. Denn er wollte sich seinen Hausgeist möglichst billig erkaufen und dachte bereits jetzt darüber nach, wie er ihn unbemerkt übers Ohr hauen könnte.

Jax schüttelte den Kopf. Die Sache war nicht ganz ungefährlich: Es gab kaum etwas Schlimmeres als einen Dämon, der erkannt hatte, daß er reingelegt worden war. Da hieß es vorsichtig taktieren. Er war zwar ein großer Zauberer, aber noch lange nicht allmächtig.

»Noch nicht«, brummte er und wälzte sich aus seiner schimmeligen Hängematte. Als er Asmodels Grinsen sah, zuckte er kurz zusammen, fing sich aber sofort wieder.

Ob der Dämon etwas bemerkt hatte? Hm, schon möglich. Dämonen waren zwar meistens ziemlich dumm, aber darauf konnte man sich nicht immer verlassen. Schließlich war der Betrug ihr ureigenstes Metier.

Jax beschloß, die Angelegenheit für eine Weile zu vertagen.

5

Ommo und Jobab blickten sich erstaunt an. Amaimon? Von diesem »Dämonenherrscher« hatten sie noch nie etwas gehört. Und doch schien er durchaus über Macht zu verfügen: Die große Höhle wimmelte nur so von Ghulen und anderen finsteren Wesen, die stumm und ehrfürchtig den Worten ihres Meisters zu lauschen schienen.

Ommo schluckte schwer. Was sollten sie erwideren? Wahrscheinlich war es das Beste, den Mund zu halten, bis sie zum Sprechen aufgefordert wurden. Amaimon machte nicht den Eindruck, als würde er Unbotmäßigkeit widerspruchslos hinnehmen.

Der Dämonenherrscher nickte leise. War das etwa anerkennend gemeint? »Ich sehe, daß ihr vernünftig genug seid, keinen Widerstand zu leisten.«

Jobab zuckte wie beiläufig mit den Schultern, schwieg jedoch weiterhin.

»So wisset denn«, fuhr Amaimon fort, »daß ich euch nunmehr zu Tode foltern werde.«

Ommo mußte sich sehr beherrschen, um nicht vor Schreck zusammenzuzucken. Das waren ja schöne Aussichten! Er bemerkte, wie Jobab mutlos den Kopf senkte. Woher hätten sie auch Mut nehmen sollen?

Die Machtverhältnisse waren völlig eindeutig: Gegen eine solche Schar von Dämonen und Ungeheuern anzukämpfen, war völlig irrwitzig. Die Anstrengungen der Reise mit all ihren Enttäuschungen und Entbehrungen hatten die beiden Zauberlehrlinge über Gebühr erschöpft. Sie waren am Ende ihrer Kräfte angelangt. Und es wäre ohnehin wohl nur noch eine Frage der Zeit gewesen, bis irgendein schlimmes Schicksal sie ereilt hätte.

Warum dem nicht wie ein Mann ins Auge blicken? fragte sich Ommo. Und doch – von einem angehenden Magier konnte man ja wohl erwarten, daß er nichts unversucht lassen würde, um sich auch aus der hoffnungslosesten Situation einigermaßen unbeschadet zu befreien.

Immerhin war dies nicht die erste Gefahr, in der sich Ommo und Jobab wiederfanden, und wenn sie die anderen überlebt hatten, war es doch durchaus denkbar, daß sie auch diesmal...

Die Worte des Dämonenherrschers schnitten seinen Gedankengang ab.

»Oder habt ihr dagegen etwa Einwände?« fragte er drohend.

Was für eine Frage! Ob das nur eine Floskel war, wie sie primitive Wesen in solchen Situationen, in denen sie sich überlegen fühlten, so oft anzuwenden pflegten? Doch das Glitzern in den Augen Amaimons ließ Ommo daran zweifeln.

Natürlich verhieß keine Begegnung mit einem Dämon etwas Gutes, denn Dämonen waren ja geradezu die Verkörperung des Bösen. Andererseits – was wußte man über diese Wesen eigentlich wirklich? Zwar kannten sie Asmodel und seinen Diener Asmodi, doch das besagte nicht viel.

Wenn ein Fremder, dachte Ommo, als einzigen Bewohner Chaims ausgerechnet Jax kennengelernt hätte, würde er auch einen ziemlich verzerrten Eindruck von diesem Land bekommen haben. Man durfte nie vom Einzelfall aufs Allgemeine schließen, das konnte zu gefährlichen Fehleinschätzungen führen.

Immerhin galten Dämonen als ausgesprochen spitzfindig, und manche von ihnen liebten sogar das Wetten und das Glücksspiel – wobei man jedoch immer höllisch aufpassen mußte, daß sie einen nicht hereinlegten und ihrem Opfer buchstäblich das Fell über die Ohren zogen...

Plötzlich schoß ihm eine Idee durch den Kopf: Was, wenn der Dämonenherrscher es in Wirklichkeit darauf angelegt hatte, mit ihnen ein Wortduell zu versuchen? Nein, das erschien doch allzu unwahrscheinlich. Andererseits hatte Ommo nichts zu verlieren, also erwiderte er:

»Hoher Herr, erlaubt mir, Euch zu widersprechen! Sehr wohl haben wir dagegen Einwände vorzubringen, und es sollte Euer Schaden nicht sein, sie zu beherzigen.«

Ob das zu gewagt war? Zwar hatte Ommo sich um einen einigermaßen höflichen Ton bemüht, doch wußte man bei diesen oft sehr kleinkarierten Herrschern im Lande Chaim nie, was sie einem verübeln oder was sie gar anerkennen mochten. So blieb die Reaktion abzuwarten, und Ommo wurde zum Glück nicht enttäuscht.

Denn Amaimon hob leise den Kopf, um den Zauberlehrling aus zusammengekniffenen Augen genauer zu betrachten. Er wirkte geradezu interessiert.

»Große Worte, fürwahr!« bemerkte er mit donnernder Stimme. »Und welcher Wicht wagt es, sie auszusprechen?«

Trotz der unterschwelligen Drohung, die in seinen Worten mitschwang, schien Amaimon einem Rededuell doch nicht gänzlich abgeneigt zu sein. Jedenfalls konnte er das nur hoffen, dachte Ommo, und ließ sich erneut vernehmen. »Mein Name, hoher Herr, ist Ommo, Lehrling des großen Magiers Jax, vor dem ganz Chaim zittert und bebt, wenn er in Wut gerät.«

War das nur Wunschdenken, oder war der Dämonenherrscher beim Erwähnen von Jax' Namen tatsächlich eine Spur zusammengezuckt? Ommo wußte es nicht genau, und Amaimons Verhalten machte es ihm nicht leichter, es festzustellen. Denn der Herrscher schlug sich wie amüsiert mit den Handflächen auf die Oberschenkel und lachte schallend, daß die Höhle zu erbeben schien.

Stumm standen die Ghule um ihn herum und machten nicht einmal leise Anstalten, in das Gelächter ihres Herrn einzustimmen. Offenbar waren es äußerst freudlose Kreaturen ohne jeglichen Sinn für Humor. Denn es war eher unwahrscheinlich, daß sie der Situation aus dem gleichen Grund wie Ommo keine Komik zu entlocken vermochten!

»Jax? Daß ich nicht lache!« rief Amaimon, doch irgendwie wirkte es ein wenig gequält. »Ein Lehrling irgendeines Hinterhofzauberers wagt es...«

»Untersteht Euch!« entfuhr es Jobab, und er ballte seine gefesselten Hände drohend zu Fäusten. »Mit Euresgleichen würde Jax...«

Doch Ommo warf ihm einen Blick zu, der ihm bedeutete, zu schweigen, worauf Jobab sofort verstummte. Er besaß genug Vertrauen in seinen Blutsbruder, um ihn als Wortführer gewähren zu lassen.

Erstaunlicherweise reagierte Amaimon überhaupt nicht empört, sondern wiegte bedächtig den Kopf.

»Immerhin spricht es für Jax, wenn seine Lehrlinge es nicht zulassen, daß sein Name von einem anderen befleckt wird«, murmelte er anerkennend. »Das kann ich von mir selbst leider nicht immer behaupten.« Und er warf einen giftigen Blick in die Runde der Ghule, die jedoch nur teilnahmslos vor sich hin stierten.

Als hätte er bereits zuviel verraten, wischte der Dämonenherrscher seine eigene Bemerkung mit einer unwirschen Geste beiseite. »Doch genug des Geplänkels.« Er blickte Ommo tief in die Augen. »Ist der Name Eures Begleiters gar geheim?« Nun klang es wie Hohn, was er aussprach.

Jobab verneigte sich mit geradezu beleidigender Höflichkeit. »Ich habe nichts zu verbergen, hoher Herr«, erklärte er. Er sprach die Worte »hoher Herr« beinahe angewidert aus. »Ich bin Jobab, Lehrling des großen Meisters Jax, vor dem das ganze Land Chaim zittert und bebt, wenn er in Wut gerät.«

Amaimon nickte. »Also noch so ein Lehrling«, murmelte er. »Und? Sollte dies etwa Grund für mich sein, euch nicht meinen Dienstgeistern hier zum Fraße vorzuwerfen, nachdem ich mich an euren Qualen ergötzt habe?«

Gerne hätte Ommo eine Hand gehoben, denn diese Geste hätte zu dem gepaßt, was er sagen wollte. Doch da seine Hände gefesselt waren, blieb ihm nichts anderes übrig, als die rechte Augenbraue leicht anzuheben und in beinahe wegwerfendem Tonfall zu erwidern: »So wisset, hoher Herr, daß wir in wichtiger Mission im Auftrag unseres Meisters Jax unterwegs sind. Es wird ihm, und Ihr verzeiht dabei gewiß meine Untertreibung, kaum sonderlich behagen, zu erfahren, daß Ihr diese Mission dadurch vereitelt, daß Ihr seinen beiden Lehrlingen das Lebenslicht auslöscht.«

Der Dämonenherrscher klatschte begeistert in die Hände. »Wohl gesprochen, junger Mann!« rief er entzückt. »Hättet Ihr es anders formuliert, die Ghule wären bereits über euch hergefallen, um sich an euren Leichen zu laben. Jeder in Chaim weiß, daß dem Zauberer Jax das Leben seiner Lehrlinge keinen Pfifferling wert ist. Anders aber steht es um seine Mission! Wer diesem Magier in die Quere kommt, der hat wahrlich nichts zu lachen, das will ich getrost zugeben.«

Insgeheim freute sich Ommo diebisch darüber, daß das Gespräch die von ihm gewünschte Wendung zu nehmen schien. Doch noch war nichts wirklich gewonnen. Noch galt es, den Dämonenherrscher umzustimmen, damit er sie freiließ.

Bitter war auch, daß es angesichts eines Lügenwesens, wie es Dämonen ja zu sein pflegten, ausgerechnet die unangenehme Wahrheit war, die zum Erfolg führte.

Denn natürlich stimmte es, daß Jax keinen Finger rühren würde, um das Leben seiner Lehrlinge zu retten. Dagegen hätte er vermutlich das ganze Land Chaim mit Pest und Verderben überzogen, wenn es irgendein armer Tropf auch nur wagen sollte, sich ihm – und damit war in diesem Falle seine Mission gemeint, wenngleich Ommo diese nicht so recht zu definieren wußte – in den Weg zu stellen.

Um etwaigen Fragen zuvorzukommen, fuhr Ommo hastig fort, wobei er sich darum bemühte, möglichst unbekümmert zu erscheinen. »Hoher Herr, ich empfehle Euch dringend, nicht nach Art und Ziel unserer Mission zu fragen. Unser Meister Jax hat uns bei Androhung der Todesstrafe verboten, Fremden gegenüber davon zu sprechen.«

Das war natürlich gelogen; schön, dachte Ommo, daß er wenigstens diese eine Lüge unterbringen konnte. Nicht, daß Ommo von Natur aus ein begeisterter Lügner gewesen wäre, doch erschien ihm die Wahrheit einem Dämon gegenüber als viel zu schade.

»Hm.« Amaimon legte nachdenklich die schuppige Stirn in Falten. Dann schüttelte er den Kopf. »Lehrling Ommo, ich durchschaue Eure List. Doch seid versichert, mit leeren Drohungen kommt Ihr bei mir nicht weit. Solange Jax am Leben ist«, der Dämonenherrscher grinste breit und gehässig, »was hoffentlich nicht mehr allzu lange der Fall sein wird, solange also Euer Meister lebt, könntet Ihr Euch in jeder beliebigen Situation mit dieser Ausrede behelfen. Ihr seid Lehrlinge des Magiers Jax, das mag stimmen. Dies zu überprüfen, wäre uns ein leichtes. Doch zu allem Überfluß behauptet Ihr auch noch, im Dienste Eures Meisters unterwegs zu sein, einer Mission, über die Ihr, wohlgemerkt, kein Wort verlieren dürft. Das aber ist es, was äußerst fraglich sein dürfte.«

Er machte eine unheilverkündende Pause und fuhr dann fort: »Wie wäre es, wenn ich jedem von Euch ein Ohr abschnitte, um es Eurem Meister als Beweis dafür zu schicken, daß ich Euch in meiner Gewalt habe? Dann könnte ich eventuell eine Art Handel mit ihm abschließen: Euer Leben dürfte ihn zwar nicht sonderlich interessieren, doch möglicherweise könnte einer meiner Ghule«, und er warf einen finsteren Blick auf seine Dienstgeister, »Eure Mission übernehmen. Mit einiger Diplomatie ließe sich die ganze Sache als bedauerliches Mißverständnis darstellen, und ich nehme doch an, daß Euer Meister viel zu beschäftigt ist, um mehr Zeit darauf zu verschwenden, als unbedingt nötig.«

Jobab legte den Kopf schräg und blickte den Dämonenherrscher mißtrauisch an. »Hoher Herr«, versetzte er erneut in beleidigend höflichem Tonfall. »Was hättet Ihr davon?«

»Oh, eine ganze Menge«, antwortete Amaimon umgänglich. »Ich könnte euch meinen Ghulen zum Fraß vorwerfen, Leckerbissen, die ihr seid, wäre mit Jax in Verbindung gekommen, dies könnte wiederum spätere Geschäfte fördern und so weiter und so fort.«

Selbstzufrieden lächelte der Dämonenherrscher sie an. Es war ein Lächeln, wie es normalerweise Milch hätte sauer werden lassen können.

Nun war Ommo an der Reihe, den Kopf zu schütteln.

»Verzeiht, hoher Herr, wenn ich Euch darauf aufmerksam mache, doch in Euren Gedankengang hat sich ein kleiner, aber entscheidender Fehler eingeschlichen. Ihr scheint zu glauben, daß wir Euch drohen wollten. Fern möge es von uns sein, mit solch plumper List einen Herrscher wie Euch zu übertölpeln zu versuchen. Gewiß, Eure Macht ist groß, doch solltet Ihr wissen, daß es die unsere, wenngleich vielleicht auf andere Weise, nicht minder ist. So hätten doch wohl, scheint uns, beide Seiten nur zu gewinnen, wenn wir uns arrangierten.«

Amaimon blickte Ommo überrascht an. »Ja, habt Ihr denn überhaupt keine Angst, daß ich euch bei einem solchen Übereinkommen betrügen könnte?« erwiderte er offensichtlich verblüfft.

Jobab, der Ommos Taktik inzwischen durchschaute, erwiderte: »Nein, hoher Herr, warum sollten wir auch? Etwa, weil Ihr ein Dämon seid?«

Er stellte die Frage in ironischem Tonfall, als sei sie eigentlich viel zu absurd, um sie auszusprechen.

Der Dämonenherrscher wirkte, als hätte man ihn bei einem geheimen Gedanken ertappt, der ihm peinlich war. »Hm, ja«, meinte er. Inzwischen war seine Stimme merklich weicher geworden. »Ihr werdet doch wohl zugeben, daß es nicht alle Tage vorkommt, daß Menschenwesen wie Ihr, die darauf eingestellt sind, Dämonen wie mir«, und er blickte beinahe mitleidheischend in die Runde, »zu mißtrauen, mir statt dessen mit Freundlichkeit oder gar Vertrauen begegnen.«

»Da habt Ihr natürlich recht, hoher Herr«, pflichtete Ommo ihm bei. »Und es ist dies eine sehr bedauerliche Tatsache. Doch wären wir nicht Lehrlinge des großen Meisters Jax, von dem, wie Ihr wißt, bekannt ist, daß er allen Zauberern und Magiern Chaims weit überlegen ist, wenn er nur will«, diese letzte Bemerkung hinzuzufügen, konnte Ommo sich nicht verkneifen, »wenn wir nicht auch dazu fähig wären, uns von solchen läppischen Vorurteilen frei zu machen. Zwar mögen wir nur Lehrlinge sein, nicht einmal Gesellen der magischen Kunst, doch dürftet Ihr uns sehr wohl hinreichend Reife zutrauen, um über derlei kleinkariertes Denken in Begriffen wie Gut und Böse erhaben zu sein.«

Ommo konnte einen gewissen Stolz auf seine eigene, eigentlich doch recht unerwartete Beredsamkeit nicht verbergen. Amaimon bemerkte es anscheinend, war jedoch zu sehr mit dem Gesagten beschäftigt, um diese Schwäche des Zauberlehrlings auszunützen.

»Wohl gesprochen, wohl gesprochen«, anerkannte er beeindruckt. Dann lächelte er geheimnisvoll. »Doch ist es nicht vielleicht die Gefahr, ist es nicht der euch sichere Tod, der euch derlei geschmeidige Worte eingibt? Wohlan, ich will euch prüfen! So sagt mir denn, Menschenwesen, weshalb ihr vor einem Dämon Achtung haben solltet!«

Und er warf Ommo und Jobab einen lauernden Blick zu.

Ommo wußte, daß das Gespräch jetzt in die entscheidende Phase eingetreten war. Ein falsches Wort – und sie waren beide verloren.

Vorsichtig und behutsam überlegte er sich seine Antwort, bevor er weitersprach.

»Gewiß, hoher Herr, die meisten Menschen pflegen in Begriffen wie Gut und Böse zu denken, ich erwähnte es bereits. Doch wo wäre das Licht ohne den Schatten? Wo«, und er senkte bedeutungsvoll die Stimme, »wäre gar der Schatten ohne das Licht? Beide bedingen einander, beide sind füreinander bestimmt. Wahre Magie bedeutet, dies zu erkennen und vorurteilsfrei damit umzugehen. Wo viel Licht, so heißt es, da ist auch viel Schatten. Das will besagen, daß Ihr für das Wohlergehen Chaims und seiner Bewohner, und zwar für die Magier gleichermaßen wie für die Nicht-Magier, von ebenso großer Wichtigkeit seid wie alles, was Chaim hervorgebracht hat. Ziel des Zauberers und Magiers muß es sein, jenseits von Gut und Böse zu leben, um beidem zu seinem Recht zu verhelfen.«

Ommo merkte, wie seine Handflächen schwitzten. Die Situation war wirklich recht knifflig. Erschwerend kam hinzu, daß er noch nie auf diese Weise über die Magie nachgedacht hatte.

Blieb zu hoffen, daß seine Worte ihre Wirkung nicht verfehlten.

Nun schloß sich Jobab Ommos Argumentation an. »Kein Wesen gibt es, hoher Herr, dem nicht die Güte ebenso zu eigen ist wie die Boshaftigkeit. Dies zu erkennen, ist eine Frage des Fleißes, des Mutes und der Ernsthaftigkeit – also jener Eigenschaften, die den wahren Magier ausmachen. Aus diesem Grunde sehe ich mich außerstande, und ich spreche damit wohl auch für meinen Blutsbruder und Mitlehrling Ommo, ebenso wie für unseren mächtigen Meister Jax«, geschickt flocht er den Namen seines Meisters erneut ins Gespräch ein, um keinen Zweifel daran zu lassen, über welche Macht er gebot, »einen Dämon zu verachten. Sicherlich führt Ihr ein anderes Leben, als wir es tun, folgt Ihr anderen Gesetzen als die Menschenwesen, wie Ihr sie nennt. Doch kann ich Euch als Kampfmagier versichern, daß es mir fern läge, mir ein Wesen zum Feind zu machen, mit dem ich ebensogut in Frieden leben könnte, sofern beide nur ein klein wenig guten Willen aufbringen.«

»Kampfmagier seid ihr?« Nun wirkte Amaimon wirklich interessiert. »Dann ist doch der Krieg euer Geschäft?«

Jobab schüttelte verneinend den Kopf. »Im Gegenteil, hoher Herr. Gewiß, der Weg des Kriegers ist der unsrige, doch bedeutet dies nichts anderes, als nur dann zu kämpfen, wenn es sich wirklich nicht vermeiden läßt. Alles andere wäre eine Vergeudung von Kraft. Und Kraftvergeudung ist einer der schlimmsten Frevel, die ein Kampfmagier begehen kann.«

Stumm blickte der Dämonenherrscher die beiden Lehrlinge an. Er schien unschlüssig, ob er ihren Worten trauen durfte oder nicht.

Der innere Kampf war ihm anzumerken, und er versuchte auch nicht mehr, ihn zu überspielen. Ommo war beeindruckt.

Seine Taktik, von Jobab brillant aufgegriffen, schien noch schneller zum erwünschten Erfolg zu führen, als er in seinen kühnsten Träumen zu hoffen gewagt hätte.

Schließlich erklärte Amaimon: »Wohlan. Eure Worte sind nicht ohne Eigennutz gesprochen, das sehe ich sehr deutlich, doch habt ihr auch nie das Gegenteil behauptet. Ich erkenne an, daß ihr über ein reiches Wissen über das Wesen der Dinge im Lande Chaim verfügt. Ja, das Leben selbst scheint euch seine Geheimnisse offenbart zu haben. Zwar vermute ich auch, daß ihr selbst nicht so recht um die wahre Tiefe eurer Erkenntnis wißt, doch will ich es wagen: Ich werde euch freilassen. Und zum Zeichen, daß ich es ernst meine, will ich euch beschenken.«

Der Dämonenherrscher schnippte mit den schuppigen Krallenfingern, worauf einer seiner Ghule dienstfertig ans Podest eilte.

Amaimon beugte sich vor und flüsterte dem Dienstgeist etwas ins Ohr. Der nickte gehorsam und huschte lautlos davon.

Die drei Ghule, die Ommo und Jobab bei der Audienz unentwegt bewacht hatten, lösten nun ihre Fesseln.

Die Lehrlinge massierten sich ihre taubgewordenen Handgelenke und streckten unauffällig ihre Glieder, um sie wieder geschmeidig zu machen. Dann verneigten sie sich vor dem Dämonenherrscher.

»Wir sind uns der Ehre Eures Vertrauens bewußt«, murmelte Ommo. »Und wir wollen stets Euer Andenken bewahren, und –«

Unwirsch winkte der Dämonenherrscher ab. Der Ghul, den er fortgeschickt hatte, kehrte zurück und überreichte ihm eine winzige schwarze Lederpuppe aus Echsenhaut. Die Puppe stellte ein Männchen dar, ohne Gesichtszüge, doch mit sehr kleinen Rubinsplittern, welche die Augen symbolisierten.

Amaimon schleuderte sie Jobab vor die Füße.

»Nehmt dieses Geschenk!« donnerte er in alter Befehlsmanier. Ommo durchschaute, was in dem Dämonenherrscher vorging. Er mußte vor seinen Ghulen sein Gesicht wahren, durfte sich keine Schwäche anmerken lassen, sondern mußte den Anschein erwekken, seine Entscheidungen nach wie vor völlig souverän zu treffen.

Jobab verneigte sich erneut und nahm die Puppe mit fragendem Ausdruck vom Boden.

»Wenn ihr meiner Hilfe bedürft, so ruft diese Puppe in meinem Namen an, und meine Hilfe wird euch zuteil werden. Und nun zieht fort von hier!« Mit einer lässigen Gebärde beendete der Dämonenherrscher die Audienz.

Die drei Ghule führten Ommo und Jobab hinaus, nicht ohne ihnen am Höhlenausgang ein kleines Paket zu überreichen, das mit Proviant gefüllt war.

Erleichtert blickten die beiden Zauberlehrlinge sich um. Sie befanden sich auf einer Ebene, die mit vereinzelten Bäumen und Sträuchern bewachsen war. Die Sonne war inzwischen aufgegangen und tauchte alles in kühles, aber freundlich-helles Licht.

Jobab zwinkerte Ommo verschmitzt zu. Ommo verstand, was sein Blutsbruder meinte.

Sie hatten einen Dämon dazu überreden können, sie nicht nur freizulassen, nein, ihnen sogar noch ein Geschenk und die Versicherung seiner Hilfe mitzugeben. Das war wahrhaft ein Gesellenstück der Magie!

Und doch war Ommo sich nicht ganz sicher, ob sie nicht ein wenig unfair gehandelt hatten.

Jobab schien seine Gedanken zu erraten. Er brummte nur: »Man muß die Dämonen ja nicht gleich lieben – aber man weiß nie, wann man sie mal brauchen kann.«

6

Jax saß mal wieder vor seinem magischen Spiegel in der Sonne vor der Hütte. Entzückt schlug er sich schallend lachend auf die Schenkel. »Schlitzohrmagie!« japste er erneut.

Asmodel, der das Geschehen über Jax' Schulter hinweg verfolgt hatte, blickte den Magier fragend an.

Ausnahmsweise schien Jax in aufgeräumter Stimmung zu sein, weshalb er seinem Dienstgeist auch erklärte, was ihn so fröhlich machte.

»Dieser Esoda habe ich es aber wirklich heimgezahlt!« prustete er und konnte sich beinahe nicht halten vor Freude. »Immerhin war Amaimon bis gestern abend noch ihr treuester Verbündeter. Und wer hat ihn hinters Licht geführt? Na?« Er blinzelte Asmodel an.

Bewundernd antwortete der Dienstgeist: »Eure Lehrlinge, Herr.«

Jax wirkte ein wenig verschnupft, aber nicht wirklich verärgert. »Hm«, machte er. »Ja, so kann man es natürlich auch sehen.«

Asmodel, der ja selbst ein Dämon war, fand die Sache nicht ganz so komisch wie sein Herr. Andererseits mußte er zugeben, daß ein Dämon, der sich überlisten ließ, es wirklich verdient hatte, daß man ihn aufs Kreuz legte. Das war ein typisch dämonischer Gedankengang.

Plötzlich runzelte Jax mißtrauisch die Stirn. »Hoffentlich habe ich nichts übersehen«, murmelte er düster.

Asmodel grinste hoffnungsvoll. Die Sache versprach, interessant zu werden.

*

Es war Nacht, zur Stunde Athar. Ommo schlug die Augen auf. Wo war er?

Instinktiv tastete er nach seinem Gürtel. Stab und Dolch waren noch da. Er drehte den Kopf zuerst nach links, dann nach rechts: nicht die Spur eines Lagerfeuers. Das ließ ihn emporschießen. Was war los? Und wo war er? Er sprang auf.

Am Himmel hatten sich die Wolken verzogen, und der Mond warf einen schwachen Schimmer über die Lichtung, an deren Rand Ommo sich befand. Wieder dieser Geruch der Gefahr! Mißtrauisch spähte er um sich, doch es war nichts zu erkennen.

Er hatte nicht die leiseste Erinnerung daran, wie er hierhergekommen war.

Nicht die leiseste Erinnerung? Rasend schnell begann sein Gehirn zu arbeiten. Amaimon – ja, das wußte er noch, der Dämonenherrscher, den sie dazu überredet hatten, sie freizulassen.

Gedächtnisfetzen, die ihm durch den Kopf schossen: die Freude über ihre neugewonnene Freiheit; die Mattigkeit in ihren Gliedern; ja, da war eine Ebene gewesen; und später – er furchte die Stirn. Was war später gewesen? Was war später?

Wieder ein Bild vor seinem geistigen Auge: ein Wald, eine Lichtung, und plötzlich – das Nichts.

Wie war das passiert? Was war geschehen?

Ommo war sich im klaren, daß er mit diesen Fragen nicht weiterkam. Also begann er, die Sache logisch zu durchdenken.

Jobab war nicht zu sehen. Im matten Schein des Mondes und der Sterne erblickte er jedoch sein Bündel, das unweit von seiner eigenen Ruhestelle am Boden lag.

Hm.

Die Luft war feucht. Ein leises Rauschen im Hintergrund – ein Fluß vielleicht? Keine Spur von einem Feuer, das hatte er bereits festgestellt. Daraus konnte er nur schließen, daß sie keine Zeit mehr gehabt hatten, ein Feuer zu entfachen.

Sein Hungergefühl gab ihm recht: Offenbar hatte er auch seit Stunden nichts mehr gegessen.

Hm. Jobab verschwunden. Gedächtnislücken. Jobabs Gepäck noch hier. Kein Feuer, keine Verpflegung. Eine fremde Gegend, von der er nicht genau wußte, wie er dort hingelangt war.

War er etwa einem Vergessenszauber anheimgefallen? Möglich, aber unwahrscheinlich. Dafür funktionierte sein Gedächtnis wiederum zu gut.

Ommo verhielt sich ruhig, mißtrauisch. Wo war Jobab? Das war jetzt das Wichtigste. Er mußte Jobab suchen, womöglich sogar befreien. Gefahr: Er wußte nicht einmal, in welcher Richtung. Wo war sein Freund geblieben? Wo war sein Blutsbruder?

Ommo atmete tief durch, um nicht in Panik zu geraten. Das konnte er jetzt wirklich am wenigsten gebrauchen. Sein eigenes Bündel war noch da. Er öffnete den Verschluß, suchte tastend nach einem bestimmten Beutel, fand ihn, holte ihn hervor.

Ein Schnupfkraut, das sein Geruchsvermögen erhöhte. Ommo gab eine Prise davon auf seinen Handrücken, sog sie mit dem linken Nasenloch ein, dann nahm er mit dem rechten Nasenloch eine zweite Prise zu sich. Ein kurzes Niesen – und schon spürte er, wie seine Nase zu prickeln begann.

Nachdem er das Schnupfkraut wieder verstaut hatte, hob er Jobabs Bündel auf und schnupperte daran, um die Witterung aufzunehmen. »Ich komme mir vor wie ein Hund«, brummte er.

Aha – schon hatte er eine Spur! Doch sie schien zum Fluß zu führen, der Feuchtigkeit entgegen.

Stolpernd und tastend, den magischen Dolch kampfbereit in der Rechten, mit der Linken Jobabs und sein eigenes Bündel über der Schulter haltend, folgte Ommo der Fährte.

Das Schnupfkraut verstärkte zwar seinen Geruchssinn, leider aber nicht seine Trittsicherheit. Er mußte sich sehr beherrschen, um nicht laut loszufluchen, als er bei seinem angestrengten Versuch, der Spur zu folgen, mit gesenktem Kopf beinahe gegen einen Baum gerannt wäre.

Auch sein Sehvermögen wurde durch das Schnupfkraut nicht eben verbessert, im Gegenteil: Die erhöhte Witterung wurde sogar mit einer gewissen Beeinträchtigung der Sehkraft erkauft. Ommo konnte von Glück sagen, daß die Wolken sich einigermaßen verzogen hatten, wenngleich sie sich im Süden bereits wieder zusammenbrauten.

Er wagte es auch nicht, seinen magischen Leuchtstab zu aktivieren, denn damit hätte er etwaige Gegner nur auf sich aufmerksam gemacht. Immerhin war er so vorsichtig, gelegentlich seine eigene Spur mit einem Nebelzaubersalz zu verwischen, das er in unregelmäßigen Abständen hinter sich auf den Boden streute.

Schade, daß er keinen Unsichtbarkeitszauber dabei hatte! Doch die waren ja ohnehin sehr selten, und es hätte Jax überhaupt nicht ähnlich gesehen, seinen Lehrlingen etwas von seinem Zaubervorrat abzugeben.

Jobabs Spur führte zunächst direkt auf den Fluß zu. Leider war nicht auszumachen, ob er allein gegangen oder von irgendwelchen Feinden mitgeschleppt worden war. Ommos Witterung bezog sich auf Jobab allein, und es war zu dunkel für ein ganz gewöhnliches Fährtenlesen.

Der Fluß war relativ breit, und Jobabs Spur führte flußabwärts. Schließlich, nach einem fast zweistündigen Marsch, gelangte Ommo an einen großen See.

Er versteckte sich am Ufer und bemerkte den dunklen Schatten einer Insel. Dorthin schien Jobabs Spur zu führen, wenngleich das nicht mehr mit letzter Sicherheit zu sagen war, da das Wasser sie natürlich fast gänzlich verwischt hatte. Die Insel schien gute dreißig Meter entfernt zu sein.

Hm. Das war ein Problem. Wie sollte Ommo dort hinüber auf das andere Gestade gelangen, noch dazu unbemerkt? Außerdem war er sich nicht einmal sicher, ob Jobab sich wirklich dort auf der Insel befand.

Nicht einmal sicher? Na ja, sein Instinkt ließ daran zwar keinen Zweifel, doch konnte man sich darauf auch nicht immer verlassen. Erst recht nicht, nachdem sein Selbstbewußtsein als angehender Magier doch einen argen Schock erlitten hatte.

Schließlich geschah es nicht alle Tage, daß er mit einem schwerwiegenden Gedächtnisverlust aufwachte, nachdem man ihm – obwohl das bisher immer noch eine reine Vermutung blieb – seinen eigenen Blutsbruder völlig unbemerkt entführt hatte. Das war schon eine arge Schmach, die alles wieder verdarb, was er durch sein geschicktes Taktieren bei Amaimon an Zuversicht und Selbstbewußtsein hinzugewonnen hatte.

Doch war jetzt keine Zeit, sich über seine gekränkte Eitelkeit Gedanken zu machen.

Jobab war in Gefahr, das stand außer Zweifel. Und nur Ommo konnte ihn retten. Er war fest entschlossen, alles nur Mögliche zu tun, um seinen Blutsbruder und Freund zu befreien. Das Problem war nur, genau festzustellen, was eigentlich möglich war und was nicht.

Ommo schürzte nachdenklich die Lippen. Die Insel wirkte unbewohnt, aber er war überzeugt davon, daß dieser Schein trog. Da kam ihm eine Idee...

*

Die Hütte des Magiers wurde nur notdürftig von drei schwarzen Kerzen erhellt. Jax hatte den größten Teil seines Gerümpels beiseite geräumt, um auf den Boden mit Kreide einen dreifachen magischen Kreis zu malen. Dieser war mit seltsamen Symbolen, Schriftzügen und Namen versehen, und in den vier Himmelsrichtungen standen winzige silberne Schalen, die mit Wasser gefüllt waren.

Mit grimmigem Gesichtsausdruck stand Jax in der vollen Montur des Magiers in der Mitte des Kreises: eine schwarze Seidenrobe, die ihm bis zu seinen schmutzigen Knöcheln reichte, ein dreifach gewundener grüner Gürtel, der seine schmale Hüfte umschlang, ein Stirnband aus dunkelrotem Leder, in welches dumpf schimmernde Edelsteine aller nur erdenklichen Farben eingelassen waren – und natürlich der hohe Hut des Meisters der Magie, ein spitzes, steifes Ding, fast einen Meter hoch, mit goldenem Sechszack und silbernem Fünfzack bestickt und mit einer winzigen Kristallkugel an der Spitze, die das Licht der Kerzen brach und den alten Zauberer in einen bläulichen Schimmer tauchte. Mit beiden Händen hielt er ein langes, reich verziertes magisches Schwert, das von unglaublicher Kostbarkeit zu sein schien, erst recht, wenn man es mit der ärmlichen Ausstattung der Schilfrohrhütte verglich.

Jax' spärlicher weißer Bart zitterte empört, als der Zauberer mit gespannten Lippen die Beschwörungsformeln aussprach: »Aaaa – raaa – thron! Aaaa – raaa – thron! Aaaa – raaa – thron!«

Die ganze, durch den Zauber zum Tempel gewordene Hütte schien zu beben, als Jax mit einem donnernden »Aí!« den rechten Fuß aufstampfte und das Schwert mit einer geschmeidigen Bewegung zu Boden sausen ließ, um es im letzten Augenblick abzubremsen, so daß die Spitze dicht über dem nördlichen Rand des innersten Kreidekreises zu schweben kam.

Jax befand sich nicht allein in der Hütte. Aufgeregt huschte sein Dienstgeist Asmodel hin und her, speiste die große kupferne Räucherpfanne mit bestialisch stinkenden Weihrauchmischungen, warf seinem Herrn unentwegt scheue, fragende Blicke zu und verscheuchte seinen eigenen Diener Asmodi mit einer wichtigtuerischen Gebärde, als dieser es einmal wagte, seinen Kopf durch die

Türöffnung zu stecken, um das ganze Geschehen mit neugierigen Blicken zu mustern.

Jax, der sonst keine Gelegenheit auszulassen pflegte, seine Dienstgeister und Lehrlinge zurechtzustutzen, bemerkte diesmal von alledem nichts. Zu sehr war er in seine Arathron-Beschwörung vertieft, die seine ganze Konzentration erforderte. Asmodel, der es natürlich nicht mehr gewöhnt war, selbständig und ohne peinlichst genaue Anweisungen zu arbeiten, schien zusehends nervöser zu werden. Zittrig klapperte er mit der Räucherpfanne, und beinahe hätte er den gesamten Inhalt eines Weihrauchglases auf einmal auf die glühenden Kohlen geschüttet, wäre ihm nicht im letzten Augenblick wieder eingefallen, daß Jax ihm ebendies streng verboten hatte.

Dumpfe grünliche Nebelschwaden erfüllten die Hütte, und selbst Asmodel, der als Dämon nun gewiß nicht zimperlich war, hatte Mühe, sich ein Husten zu verkneifen. Dennoch glänzten seine stofflich gewordenen Augen, als er seinem Herrn bei dessen wuchtiger Beschwörung zusah.

Auch Jax schien, mißmutig, wie er war, weil ihm diese umständliche Beschwörung abverlangt wurde, das Ganze dennoch zu genießen. Wie jeder gute Zeremonialmagier befand er sich in seinem Element wie ein Fisch im Wasser, sobald er im Kreis stand und mit den Kräften hantieren konnte, deren Beherrschung ihn zum Meister machte.

»Ich beschwöre dich, Arathron!« bellte er in einem solch herrischen Ton, daß selbst der abgebrühte Dämon Asmodel bleich um die Nase wurde. Mit drei blitzschnellen Bewegungen hatte Jax außerhalb des Kreises ein Dreieck in den Boden gezeichnet, das sofort zu leuchten begann. Schnell zog er die Spitze des Schwerts wieder zurück in den schützenden Kreis.

»Im Namen deiner Kraft!« fuhr der alte Zauberer fort, und die Weihrauchschwaden verdichteten sich so sehr, daß er beinahe wie eine einzige grünlich schimmernde Wolke aussah, die mit einem spitzen Magierhut und einem Schwert bewaffnet war.

»Fluch und Unheil!« donnerte es aus der Weihrauchwolke. »Fluch und Unheil! Fluch und Unheil! Dreimal vermaledeites Unheil! Dreimal vermaledeites Unheil! Dreimal vermaledeiter Fluch!«

Asmodel spitzte die Ohren. Was Flüche anging, so war er als Dämon immer sehr hellhörig. Natürlich hatte ihn Jax nicht vorher in Ziel und Zweck seiner Beschwörung eingeweiht. Der alte Zauberer war der Meinung, daß dies die Aufmerksamkeit seiner Dienstgeister nur ablenkte.

»Fluch und Unheil!« wiederholte Jax, und seine Stimme schien an Heftigkeit immer noch zuzunehmen.

Mit dem Schwert zog er einen kleinen Kreis über dem Dreieck. Ein Blitz, ein Donnern, ein Krachen – da erschien in dem eng umgrenzten spitzen Raum ein Abbild des Fluchkristalls, der sich im Augenblick im Besitz von Ommo und Jax befand.

»Fluch und Unheil werde ich sammeln!« donnerte Jax. »Fluch und Unheil werde ich leiten!«

Wie auf ein Stichwort schaufelte Asmodel frisches Weihrauchharz auf die glühenden Kohlen. Zischend verdampften die darin enthaltenen Öle, und der Kopf des Dämons verschwand im grünlichen Nebel.

Langsam drehte sich der alte Zauberer mit hoch erhobenem Schwert im Kreis, siebenmal gegen den Sonnenlauf. Dann zuckte sein Schwert herab, stach in die Kristallkugel, und er schrie: *»Intravit!«*

Mit unglaublichem schwarzen Glühen schwoll die Kugel an und wurde immer größer. Mit rasend schneller Bewegung schlug der Meister der Magie ein rotleuchtendes Pentagramm über sie und rief mit aller Macht: »Fluchkristall, walte deiner Kräfte! Fluch und Unheil seien dir zuteil! Fluch und Unheil allenthalben! *Bahlasté Ompehda!«*

Mit einem grellen Lichtblitz explodierte die Erscheinung, und Jax hatte Mühe, nicht das Gleichgewicht im Kreis zu verlieren.

Er warf Asmodel einen kurzen, befehlenden Blick zu, worauf

der Dienstgeist mit flinker Bewegung einen Kolben voll mit Magie geladenen Wassers über die glühenden Kohlen in der Räucherpfanne goß. Zischend erstarb die Glut, und ein letztes Mal bäumten sich die Nebelschwaden auf, verdichteten sich zu einem Pilzgewächs aus Dampf und Ruß – während Jax mit aller Wucht die Spitze seines Schwerts in den Boden zwischen seinen Füßen rammte und die Abschlußformel donnerte: *»Q'att!«*

Die Beschwörung war beendet. Jax riß sich Hut und Stirnband vom Kopf, fuhr sich mit der Handfläche über die schweißnasse Stirn und grinste selbstzufrieden. Asmodel schnippte mit seinen Krallenfingern, worauf Asmodi sofort die Hüttentür öffnete, um die Weihrauchschwaden entweichen zu lassen.

»Das wäre geschafft«, knurrte Jax und versuchte ungeschickt, aus seiner Robe zu schlüpfen.

Vorsichtig trat Asmodel in den nicht mehr wirksamen Schutzkreis, nahm das Schwert auf, nachdem er es mit Gewalt aus dem Erdboden hatte reißen müssen, und begutachtete die stahlharte Spitze. Er entdeckte keinerlei Scharten, nickte befriedigt und verstaute das Schwert wieder in seinem geheimen Versteck.

*

Gerade wollte Ommo sich auf den Weg machen, als er plötzlich spürte, wie sein Rücken warm wurde. Was bedeutete das denn nun schon wieder? Vorsichtig betastete er Jobabs Bündel und sein eigenes. Wo war eigentlich der Fluchkristall? Da fiel es ihm wieder ein: Der befand sich in seinem eigenen Reisesack. Einer plötzlichen Eingebung folgend, berührte er seinen Sack an eben der Stelle, wo er den Kristall vermutete.

Richtig! Von dort entsprang die Hitze. Hm. Das konnte nur bedeuten, daß irgend jemand den Kristall aktiviert hatte.

Düster schüttelte Ommo den Kopf. Dagegen war er machtlos, denn der Kristall hatte ihm sein Geheimnis nicht preisgegeben, so daß er nicht wußte, wie er ihn anwenden oder sich vor ihm schützen konnte.

Es hätte auch nichts mehr genützt, die Kugel einfach zu vergraben oder wegzuwerfen. Der Kontakt war nun hergestellt, und Ommo konnte nur hoffen, daß sich die Tätigkeit des Fluchsteins nicht gegen ihn selbst richten würde.

Eine äußerst vage Hoffnung, mußte er zugeben.

7

Als die Gliederschmerzen unerträglich wurden, wachte Jobab endlich auf. Sofort wich die Betäubung von ihm, und sein Verstand begann, rasend schnell zu arbeiten.

Zwei kurze Blicke nach links und nach rechts, und er hatte festgestellt, daß er sich in einem Gitterkäfig befand, dessen Stäbe aus Kristall zu bestehen schienen. Der Käfig war sehr eng, und Jobab hatte kaum Bewegungsspielraum, was auch die Verkrampfung seiner Muskeln erklärte.

Es war Nacht. Eine leichte Brise wehte Feuchtigkeit herbei, woraus er sofort schloß, daß er sich in der Nähe eines Gewässers befinden mußte, möglicherweise an einem Fluß oder auf einer Insel. Doch wie war er hierher gekommen? Er konnte sich an nichts mehr erinnern. Da war die Sache mit Amaimon gewesen, der Marsch über die Ebene – und plötzlich das Nichts.

Es blieb ihm nicht viel Zeit, um über seine Lage nachzudenken, denn kaum hatte er die Augen geöffnet, als auch schon zwei Wesen auf ihn zukamen.

In der Dunkelheit konnte er nur erkennen, daß sie sehr groß waren – offensichtlich Menschen.

Wortlos berührte einer der Männer den Kristallgitterkäfig, worauf sich die Stäbe plötzlich in Nichts auflösten. Der zweite bedeutete Jobab mit einer unwirschen Geste, aufzustehen, und der Zauberlehrling gehorchte stumm. Was blieb ihm auch anderes übrig?

Die Männer nahmen ihn rechts und links am Arm und führten ihn einen steinigen Pfad entlang. Als Jobab sich kurz umblickte, sah er, wie die Stäbe des Kristallgitterkäfigs hinter ihm wieder aufleuchteten. Das Gefängnis war also wieder intakt. Seltsam.

Doch seine beiden Wächter duldeten kein Zögern und zerrten ihn unerbittlich weiter.

*

Mit langen, kräftigen Zügen näherte sich Ommo lautlos schwimmend der Insel. Gut, daß Jobab ihn erst vor kurzer Zeit während eines mehrtägigen Jagdzugs in ein fernes Seengebiet das Schwimmen gelehrt hatte. Solche Fertigkeiten waren immer äußerst nützlich.

Mißmutig mußte Ommo wieder daran denken, daß ihr Meister Jax sich nicht den Teufel darum scherte, ob seine Lehrlinge solche lebenswichtigen Kenntnisse und Fähigkeiten erlangten oder nicht. Das meiste von dem, was sie in dieser Hinsicht wußten, hatten sie sich selbst beigebracht – wobei sie oft nur mit Mühe und Not und sehr viel Glück den Konsequenzen ihrer eigenen Fehler und Ungeschicklichkeiten entgangen waren.

Ommo schüttelte den Gedanken ab. Jetzt gab es Wichtigeres. Das Wasser war eisig kalt, doch zu seiner Überraschung mußte Ommo feststellen, daß der so plötzlich heißgewordene Fluchkristall in seinem Reisesack ihn wohlig wärmte. Was immer die Aufladung bedeuten mochte, wenigstens in diesem Punkt war sie geradezu ein Segen und kein Fluch!

Vorsichtig spähte er nach allen Seiten, bevor er es wagte, an Land zu gehen. Noch immer wirkte das Schnupfkraut wie erwünscht, und es dauerte nicht lange, da hatte Ommo Jobabs Spur wieder aufgenommen.

Behutsam und sorgfältig darum bemüht, lautlos aufzutreten und keine am Boden liegenden trockenen Äste zu zerbrechen, schlich er weiter, immer der Witterung nach.

Die Insel wirkte wie ausgestorben, doch Ommo wußte, daß

dem nicht so sein konnte. Irgend etwas – oder irgendwer – mußte Jobab hierher verschleppt haben. Anders war es nicht zu erklären, daß dieser seinen Blutsbruder, ohne Bescheid zu geben, verlassen hatte.

Schließlich gelangte Ommo an eine Lichtung, wo er sich zunächst hinter einem Baum versteckt hielt, um die Lage zu erkunden. Die Wolken hatten inzwischen sowohl den Mond als auch die Sterne wieder verdeckt, was die Sicht erheblich erschwerte. Um so erstaunlicher war es, daß der ihm unmittelbar gegenüberliegende Teil der Lichtung relativ hell schimmerte. Als Ommo genauer hinsah, erkannte er ein weißlich leuchtendes Gittermuster.

Merkwürdig. Ob das ein Käfig war?

Zweifelnd schüttelte er den Kopf. Ein leuchtender Käfig? Woraus sollte der denn wohl sein?

Ommo beschloß, der Sache nachzugehen. Wenn Jobab, und soviel war inzwischen sicher, mit Gewalt auf die Insel gebracht worden war, so bestand immerhin die Möglichkeit, daß man ihn in diesem Käfig – aus welchem Grunde auch immer – gefangenhielt. So schlich er sich vorsichtig am Rande der Lichtung, immer Deckung suchend, von Baum zu Baum, bis er sein Ziel erreicht hatte.

Tatsächlich – es war wirklich ein Käfig! Er schien aus Kristallstäben zu bestehen, eine sinnreiche Konstruktion, die ihm trotz der Gefahr und der Sorge um das Schicksal seines Freundes eine gewisse Bewunderung entlockte.

Behutsam und lautlos legte er seinen und Jobabs Reisesack hinter einem Strauch nieder und schlich sich auf allen vieren an den Käfig heran.

Seine Ahnung hatte ihn nicht getrogen – Jobabs Witterung war sehr frisch. Man hatte ihn wohl tatsächlich erst vor kurzer Zeit hierhergebracht.

Ommos Herz klopfte schneller, obwohl ihm Verstand und Sinneswahrnehmung sagten, daß seine Hoffnung unbegründet war. Und so war er trotz allem sehr enttäuscht, feststellen zu müssen, daß der Käfig tatsächlich leer war.

Der Zauberlehrling war sich bewußt, daß er sich nicht allzu lange in unmittelbarer Nähe des Käfigs aufhalten durfte. Wenn man Jobab tatsächlich darin gefangengehalten hatte, so war der Käfig mit Sicherheit auch scharf bewacht. Zwar befand sich Jobab nicht mehr hier, so daß man wahrscheinlich auch die Wachen wieder abgezogen hatte, doch konnte er jederzeit zurückgebracht werden. Deshalb schlich sich Ommo so schnell und so leise wie möglich wieder zurück an die Stelle, wo er das spärliche Gepäck abgelegt hatte.

Dort hielt er eine Weile inne, um sich auszuruhen. Seine Kleidung war noch immer naß von dem Wasser des Sees. Dummerweise hatte er vergessen, sie vor dem Schwimmen auszuziehen und in dem Reisesack zu verstauen.

Er schüttelte mißmutig den Kopf. Nein, er war wirklich noch kein richtiger Magier. Denn ein Magier dachte an alles.

Seufzend nahm er die Bündel auf und machte sich wieder auf den Weg. Inzwischen war er immerhin ein wenig zuversichtlicher, Jobab bald zu finden – egal, was das Schicksal mit ihnen vorhaben mochte.

Jobabs Witterung führte ihn einen schmalen, steinigen Weg entlang, der sich mitten durch einen dichten Nadelwald schlängelte. In der Ferne erblickte Ommo schon bald den Widerschein von Lagerfeuern. Vorsichtig verließ er den Pfad, um sich durch das Unterholz an das Lager anzuschleichen.

Seine Vermutung erwies sich als richtig: Die Feuer, es waren vier an der Zahl, erhellten eine große Lichtung. Und auf dieser Lichtung bildeten Hunderte von schwerbewaffneten, grimmig dreinblickenden Kriegern mit breiten, metallbeschlagenen Ledergurten und unglaublich langen Schwertern einen Halbkreis um einen quadratisch behauenen, fast zwei Meter hohen, leuchtenden und durchsichtigen Kristall.

Auf diesem Stein, den Kriegern den Rücken zukehrend, thronte ein Wesen, wie es Ommo noch nie in seinem Leben gesehen hatte.

Es war ein Mann mit einem riesigen Krokodilkopf! Seine breiten Schultern und der muskulöse Hals mündeten in den grünen, schuppig gepanzerten Schädel einer Echse. Tiefschwarze Augen blitzten seitlich an seinem Kopf, und das Maul war leicht aufgesperrt, gefährlich glitzernde Reihen spitzer Zähne offenbarend.

Atemlos beobachtete Ommo, was auf der Lichtung vorging: Der Echsenköpfige verhörte gerade seinen Blutsbruder Jobab, der, von zwei Kriegern bewacht, die ihn rechts und links am Arm festhielten, in aufrechter und furchtloser Haltung vor ihm stand.

*

Jobabs Gehirn arbeitete fieberhaft. Er wußte nicht, mit wem er es zu tun hatte, aber das Aufgebot an bewaffneten Kriegern verhieß nichts Gutes. Dennoch hatte der Krokodilköpfige auf dem Kristallpodest, so furchteinflößend er auch aussah, etwas Beruhigendes, ja, geradezu Weises an sich.

Seit seine Wächter ihn vor den Thron geführt hatten, es mußte schon etwa eine halbe Stunde her sein, war kein einziges Wort gefallen. Insgeheim mußte Jobab die Disziplin der Kriegerschar bewundern, die das Kristallpodest reglos, ohne auch nur mit einem Muskel zu zucken, umringte.

Wer eine solche Truppe befehligte, der mußte über ungeheure Macht verfügen. Da galt es natürlich, vorsichtig zu sein.

Plötzlich nickte der Echsenköpfige. Es war eine kaum merkliche und doch kraftvoll-bestimmte und herrschaftliche Geste. Sofort ließen die beiden Wächter Jobabs Arme los.

»Mein Name ist Suchos«, dröhnte es aus dem Krokodilmaul. Doch obwohl die Worte herrisch klangen, hatten sie auch einen freundlichen Unterton, der Jobab überraschte. »Du bist Jobab, Lehrling des Zauberers Jax. Offenbare mir deine Mission.«

Jobab war erschüttert. Woher wußte der Krokodilköpfige seinen Namen? Und – dieser Gedanke war noch viel wichtiger – was wußte er bereits über seine Mission? Nun war ihm klar, daß das halbstündige Schweigen eine Prüfung dargestellt hatte, mit der Suchos hatte feststellen wollen, wie stark Jobabs Nerven waren.

Jobab blieb keine andere Wahl, als die Herausforderung anzunehmen. Und so verneigte er sich höflich, aber ohne jeden Hauch von Unterwürfigkeit, und erklärte: »Hoher Herr, ich weiß jetzt zwar Euren Namen, doch nicht, wer Ihr wirklich seid. Ohne Euch beleidigen zu wollen, muß ich die Beantwortung Eurer Frage ablehnen. Da Ihr meinen Meister, den großen Magier Jax, zu kennen scheint, werdet Ihr verstehen, daß ich, der ich zudem sein zur Treue verpflichteter Lehrling bin, nicht seinem Gebot zuwider handeln darf, kann und will, niemandem etwas von meiner Mission zu offenbaren.«

Suchos nickte. »Wohl gesprochen, Zauberlehrling, oder sollte ich lieber sagen, wohl gelogen? Nie hat Euch Jax verboten, von Eurer Mission zu anderen etwas zu verlautbaren.« Nun blickten ihn die Augen des Krokodilköpfigen böse funkelnd und drohend an.

Jobab hatte Mühe, Haltung zu bewahren. Dieses Wesen wußte ja alles! Er schluckte unmerklich, atmete tief durch und erwiderte: »Ich sehe mich von Euch berichtigt. Doch werdet Ihr mir mit Sicherheit darin beipflichten, daß es keines gesonderten Gebots meines Meisters bedarf, Schweigen über diese mir aufgetragenen Missionen zu bewahren. Heißt es doch in der Ausbildung eines jeden Magiers: Wisse, wolle, wage, schweige. Mit anderen Worten – und ich bitte, dies nicht als Spitzfindigkeit auszulegen –, das Schweigegebot gilt ständig oder ein für alle Male. Insofern habe ich auch nicht gelogen.«

Auf Suchos' Gesicht erschien etwas, das einem zahnigen Grinsen glich. Er nickte bedächtig.

»Gut, Zauberlehrling. Ihr wißt eine spitze Zunge zu führen. Doch wird Euch die in Esodas Reich nicht viel nützen.«

Jobab lächelte. »Hoher Herr, sie hat mir doch schon recht viel genützt, muß ich sagen.«

»Wie Ihr meint! So wisset denn, daß ich der Herrscher der Nacht der Zeit bin. Kein Plan, keine List in Esodas Reich bleiben mir verborgen. Ihr sollt Esoda aufsuchen, um von ihr zu lernen, was nur wenige Sterbliche lernen dürfen. Ich werde Euch dabei helfen, sie in Sicherheit zu erreichen.«

Jetzt wurde Jobab mißtrauisch. »Verzeiht die Frage, hoher Herr, aber warum wollt Ihr das tun?«

Suchos wischte den Einwand mit einer unwirschen Handbewegung fort. »Seht, was ich Euch zu zeigen habe.« Er neigte den Krokodilkopf leicht nach links, dann wieder nach rechts, um Jobab schließlich direkt ins Auge zu blicken.

Plötzlich fand sich Jobab in eine unwirkliche Zeit versetzt: Alle Konturen der ihn umgebenden Wesen und Dinge verloren sich im Unendlichen, die Sicht begann zu flimmern wie die Luft über einer heißen Metallplatte, und seltsame, nie gehörte Klänge umschmeichelten sein Ohr. Ein zart pastellfarbener Strudel von Kraft umhüllte seinen Kopf, schien ihn mitzureißen in schwindelerregende Höhen, obwohl er gleichzeitig merkwürdigerweise mit beiden Beinen fest auf dem Boden stehenblieb. Da erkannte er: Dies war eine Vision.

Wundersame, nie vernommene Töne drangen an sein Ohr, und er sah ein Bild, wie es nur den tiefsten Träumen zu entsteigen pflegt: zwei gigantische, fledermausähnliche Wesen mit Echsenköpfen und Flügeln und geschuppten Leibern, die miteinander kämpften, bis sie in einem Wirbel verschwanden. Und aus diesem Wirbel erhob sich eine riesige, zottige Gestalt, wie ein gewaltiger Bär, und auch er verglühte in einem strahlenden Licht, das sich kometengleich in den Himmel hob.

Und Jobab erschauderte. Denn er wußte nicht, aber er ahnte, was diese Vision besagte: den Zusammenprall gewaltiger Kräfte, aus denen etwas emporstieg, das größer war als die Summe der einzelnen Teile.

Kaum war ihm dies klargeworden, als er völlig unverhofft seinen Blutsbruder erblickte, der in eine merkwürdige, geradezu greifbar schwarze Kraft gehüllt am Boden saß. Er konnte den Ort nicht bestimmen, aber er sah, daß Ommo zwei große, faustdicke Bergkristalle in den Händen hielt und sie gegeneinanderschlug, mit einer solchen Wucht, daß bläuliche, blitzartige Flammen aus ihnen hervorzuckten.

Es war ein gespenstisches Glühen, das von den Steinen ausging, und Jobab spürte, wie sich seine Nackenhaare zu sträuben begannen.

Es war nicht die Angst, die diese Reaktion bewirkte. Es war das Grauen angesichts einer Kraft und Macht, die sein Blutsbruder dort entfesselte – einer Kraft und Macht, wie sie keinem Sterblichen zustand.

»W-w-warum tut Ihr dies?« konnte Jobab nur noch stammeln.

Der Krokodilköpfige lachte schallend, und plötzlich fand sich der Zauberlehrling in seiner alten Wirklichkeit wieder.

»Vielleicht, weil es mir Vergnügen bereitet?« dröhnte Suchos, und sein Echsengebiß glitzerte im Schimmern des Kristallpodests.

*

Ommo bemerkte, wie der Echsenköpfige zu Jobab etwas sagte, konnte ihn aber nicht verstehen. Das verwunderte ihn, denn er hatte eigentlich nicht nur ein ausgezeichnetes Gehör, die ganze Szene spielte sich auch in Hörweite, also nicht sehr weit von ihm entfernt, ab.

Hm. Ein Dämpfungszauber vielleicht? Viele Magier und Herrscher Chaims benutzten dergleichen, wenn sie bei Besprechungen auf jeden Fall unbelauscht bleiben wollten.

Gerade schickte er sich an, den Kopf zu heben, um die Ohren noch mehr zu spitzen – als plötzlich eine zugleich unsichtbare und doch geradezu greifbar feste Dunstwolke sein Gesicht zu umhüllen begann. Hastig wich er zurück, doch es war schon zu spät: Die Wolke hatte ihn bereits umhüllt wie giftiges Gas.

Giftiges Gas? Entsetzt spürte Ommo noch, wie der Gedanke sich in seinem Geist festbohrte und sich immer wiederholte, als würde er von den Wänden seines Schädels widergespiegelt, unendlich oft widerge...

Giftiges Gas... Giftiges Gas... Giftiges Gas...

Endlich löste sich der Bann. Doch was war das? Eine merkwürdige Trägheit überfiel den Zauberlehrling. Die Gefahr war richtig zu riechen, war handfest, war wirklich – und doch war es ein wohliges, behagliches Gefühl des Fallens, des Sinkens in verlockende Tiefen aus weichen Pastelltönen, ein Strudel der Wärme, ja Geborgenheit...

Plötzlich erblickte Ommo sich selbst, wie er auf dem Boden saß – nicht auf dem Waldboden der Insel, irgendwo anders, im Irgendwo und Irgendwann. Er war seltsam bewußt und handlungsunfähig zugleich, war er es selbst, der diese Szene mitansah, und war auch die Gestalt, die auf dem Boden – ja, was war denn das?

Ommos zweite Gestalt saß in eine schwarze Kraftwolke gehüllt am Boden und schlug zwei große, faustdicke Kristalle gegeneinander, daß die Funken nur so stoben: bläuliche, blitzartige Flammen. Doch die Flammen und Blitze erhellten nichts, ließen keine Konturen seiner Umgebung schärfer werden, obwohl er sich nun sicher war, daß auch noch andere (aber wer?) anwesend waren (aber warum?).

Das war eine Vision, ein Omen, begriff Ommo, und es betraf ihn unmittelbar selbst. Doch wie bei den meisten Omen würde er seine Bedeutung wohl erst erkennen, *nachdem* es Wirklichkeit geworden war. Jede andere Sicht, jede weitere Erkenntnis blieben ihm verwehrt – es war eine Vision des reinen Handelns, die ihm zeigte, was er tat (oder – was er tun *sollte?* Ommo wußte es nicht), nicht aber, *wo, wann* und vor allem *weshalb* er es tat. Kein Zusammenhang, keine Erklärung – oft lebte man, so dachte er unwillkürlich bei sich, besser ohne solche Omen und Vorzeichen einer Zukunft, die sich, allem Anschein zum Trotz, doch nicht wirklich hinter den Schleier blicken ließ. Eine höhnische Zukunft, die um so rätselhafter blieb, je mehr sie vorgab, sich zu enthüllen...

Plötzlich löste sich die Vision auf, und ein Kraftstrudel packte den Zauberlehrling und riß ihn von den Beinen.

Noch hatten die Umrisse nicht ihre alte, vertraute Schärfe wiedergewonnen, gerade setzte Jobab an, den Kopf zu schütteln, um klarer sehen zu können – da blitzte es unmittelbar vor dem Kristallpodest auf, und Ommo erschien, seinen eigenen und Jobabs Reisesack auf dem Rücken.

Beinahe wäre auch Jobab, so erstaunt und entsetzt er auch war, in schallendes Gelächter ausgebrochen, als er Ommos verdutztes Gesicht sah.

Es war offensichtlich, daß sein Blutsbruder beim Anschleichen vom Kraftstrahl des Krokodilköpfigen überrascht und unversehens an diesen Ort katapultiert worden war, ohne jede Vorwarnung. Jobab wußte, daß er selbst in der gleichen Situation nicht weniger verblüfft dreingeblickt hätte – und doch war es sehr komisch anzusehen.

Geistesgegenwärtig verneigte er sich noch einmal vor dem Krokodilköpfigen und sagte: »Möge es Euch stets Vergnügen bereiten.«

Suchos wirkte erfreut, was jedoch nichts an seiner feierlichen, majestätischen Haltung änderte. Er nickte.

»Für diese Antwort will ich euch beide belohnen«, versprach er. »Zwei Geschenke seien euer: erstens die Mitteilung, daß ihr eine gefährliche Last mit euch tragt. Ich rate euch nur, sie weise einzusetzen und euch ihrer im richtigen Augenblick zu entledigen.«

Ommo, der sich inzwischen aufgerichtet hatte, fragte: »Und das zweite Geschenk?«

Suchos blickte ihn lange wortlos an. Dann erwiderte er: »Nur eine Kleinigkeit: Ich werde euch einen Führer mitgeben, der euch auf kürzestem Weg zu Esoda bringt. Euer Meister in allen Ehren, aber je früher ihr Esodas Reich verlaßt, um so besser für alle Beteiligten.«

Er legte den Kopf ein wenig schräg, und die beiden Lehrlinge waren sich unschlüssig, ob er scherzte oder nicht, als er fortfuhr: »Vielleicht ist dies wiederum der Grund, weshalb es mir Vergnügen bereitet...«

Nun ging alles rasend schnell. Jobabs beide Wächter packten ihn und Ommo mit festem Griff, nicht unfreundlich, und führten sie fort, den Waldpfad entlang, bis sie ans Ufer der Insel gelangten.

Dort erwartete sie die nächste grauenvolle Überraschung: Mit weitaufgesperrtem Maul lauerte ein riesiges Krokodil am Ufer.

Wollten die beiden Wächter sie etwa diesem Untier zum Fraß vorwerfen?

Doch als das Monstrum sie erblickte, schloß es schnappend sein Maul und kehrte ihnen den Rücken zu, wobei es gewaltige Wassermassen verdrängte und die Wellen ans Ufer schwappten.

Stumm deuteten die Wächter auf den Krokodilrücken.

Jobab traute seinen Augen nicht.

»Sollen wir etwa auf diesem Ungeheuer –«

Auch Ommo schluckte schwer und ungläubig. »A-auf – einem – Krokodil?« stammelte er fassungslos.

Die Wächter nickten stumm, machten kehrt und verschwanden wieder im Wald. Ungeduldig peitschte das Krokodil mit seinem Schwanz das Wasser, daß ihnen die Tropfen ins Gesicht spritzten.

Die beiden Lehrlinge blickten einander an. Das konnte ja heiter werden! »Schätze, es gibt nur eine Art zu sterben«, brummte Jobab, nahm seinem Blutsbruder sein Reisebündel ab und stieg vorsichtig und mißtrauisch auf den schuppigen Rücken des Krokodils.

Ommo folgte ihm zögernd. Wenn das der Führer war, der sie »sicher« zu Esoda bringen sollte, dann hätte er gerne gewußt, wie »sicher« der Weg erst ohne dieses Untier gewesen wäre.

*

Asmodel rieb sich die Hände. Das tat er immer, wenn es etwas Schlimmes zu erwarten gab. Die Beschwörung, die er mitangesehen und sogar unterstützt hatte, schien darauf hinzuweisen, daß Jax endgültig mit seinen beiden Lehrlingen gebrochen hatte, ja, zu ihrem erbitterten Feind geworden war. Das freute sein Dämonenherz.

Als der alte Zauberer, wieder in seine normale schmutzige Kutte gehüllt, vor die Tür stapfte, um den Weihrauchschwaden im Inneren seiner Hütte zu entgehen, die trotz Asmodis Entlüftungsaktion nicht zu weichen bereit schienen, scharwenzelte der Hausgeist begierig hinter ihm her.

»Was habt Ihr denn dort getan, Herr?« fragte er. Er wagte es nicht, seiner Vermutung Ausdruck zu verleihen, denn die Erfahrung hatte ihn gelehrt, daß Jax solche Eigenmächtigkeiten stets nur sehr ungnädig aufzunehmen pflegte.

Der alte Magier machte eine wegwerfende Geste. »Ach, nichts Besonderes«, brummte er kaum hörbar. »Dieser Fluchkristall, den die beiden da ergattert haben, ist nur eine Art Medium. Verstehst du?«

Asmodel war über Jax' plötzliches Interesse an seinem Verständnis zwar überrascht, doch tröstete ihn dies auch nicht darüber hinweg, daß er leider tatsächlich nichts verstand. Er schüttelte den Kopf.

Jax nickte. »Hab' ich mir gedacht.« Mit einem langen, spindeldürren Finger bohrte er sich im linken Ohr. »Was man in den Kristall hineingibt, das lenkt er auf das gewünschte Ziel.«

Sein Ton ließ keine Unklarheit darüber aufkommen, daß er nicht bereit war, die Angelegenheit näher zu erklären.

Frustriert zuckte Asmodel mit den Schultern und versuchte es wenigstens mit einer weiteren Frage: »Und wer ist das Ziel?«

Er leckte sich gierig mit der Zunge über die Lippen. Wenn sein Herr ihm vielleicht doch eine Antwort darauf...

Doch Jax blickte ihn nur vielsagend an und schwieg.

8

Daß es ein merkwürdiges Gefühl war, auf einem Krokodil zu reisen, welches mit wahnwitziger Geschwindigkeit flußabwärts schwamm, war keine sonderliche Überraschung. Überraschend war dagegen, daß sie sich schon bald daran gewöhnten und die Erfahrung als ausgesprochen angenehm empfanden.

Zunächst war es merklich frisch. Doch nachdem die Sonne aufgegangen war und wieder zunehmend heiß auf sie herabstrahlte, verschaffte ihnen der »Fahrtwind« Kühle und Erleichterung.

Denoch konnten sie nicht vergessen, daß die größte und schlimmste Gefahr noch vor ihnen lauerte, daß das Schwierigste noch nicht überstanden war: Nun würde es nicht mehr lange dauern, und sie würden Esoda gegenübertreten, der gefürchteten Herrin der Kristalle und der goldenen Träume.

Um die Stunde Ourer legte das Krokodil ohne irgendwelche Vorankündigung plötzlich am Ufer an. Mit einem ungeduldigen Schwanzpeitschen bedeutete es ihnen, an Land zu gehen, und Ommo und Jobab beeilten sich, ihm zu gehorchen. Mit diesem Ungeheuer wollten sie sich nicht im letzten Augenblick noch anlegen!

Prompt verschwand das Krokodil auch wieder in den Fluten und war nicht mehr zu sehen.

Jobab schüttelte den Kopf. »Eigentlich ein ganz praktisches Transportmittel«, murmelte er.

»Ja, wenn man sich erst einmal daran gewöhnt hat«, pflichtete ihm Ommo bei.

Sie musterten die Gegend. Etwa eine Viertelstunde Fußmarsch entfernt erblickten sie vor sich einen Wasserfall, über dem auf einem vorragenden Felsen ein Schloß thronte.

»Das ist mit Sicherheit der Palast der Hexe!« rief Ommo erregt.

Jobab nickte mißmutig. Er befingerte den magischen Dolch, der wieder in seinem Gürtel stak. »Jetzt geht es um die Wurst«, knurrte er.

Doch obwohl sie mit weiteren Hindernissen und sogar Verteidigungsmaßnahmen der Zauberin Esoda rechneten, gelangten sie zu ihrer Überraschung ohne jeden Zwischenfall nach kurzer Zeit an die Mauern des Schlosses.

Gerade hatten sie das große hölzerne Haupttor entdeckt, als es sich auch schon wie von Geisterhand gezogen – was möglicherweise sogar den Tatsachen entsprach – öffnete, um sie einzulassen.

Mißtrauisch blickten Ommo und Jobab einander an. Doch dann zuckte Jobab nur wortlos mit den Schultern. Was blieb ihnen anderes übrig, als sich in die Höhle der Zauberin zu wagen?

So traten sie denn mit gemischten Gefühlen ein.

In einer kargen steinernen Halle wurden sie von einem Zwerg empfangen, der in das purpurne Samttuch eines Hoflakaien gekleidet war. Er verneigte sich stumm und bedeutete ihnen, ihm zu folgen. Offensichtlich wurden sie also bereits erwartet.

Sie schritten durch einen langen, breiten Gang, der mit reich verzierten Wandteppichen geschmückt war, deren merkwürdige und seltsame Muster Ommo und Jobab zu begutachten leider keine Zeit blieb. Auffallend waren vor allem die kräftigen und doch zugleich auch weichen, betörenden Farben des Gewebes.

Nun betraten sie einen riesigen Saal aus Marmor, der großzügig mit Nischen ausgestattet war, in denen aus silbernen Gefäßen bunte Wasserstrahlen wie Springbrunnen emporschossen.

Erhellt wurde der Saal – ja, wovon eigentlich? Obwohl keinerlei Lichtquelle auszumachen war, glänzte alles, selbst die tiefdunkelroten üppigen Bodenteppiche und die Birkentäfelung, in einem silbrigen Schimmer. Doch wiederum blieb den beiden Zauberlehrlingen keine Zeit, um das Geschaute zu bestaunen, denn eine Frau kam ihnen entgegen, deren Anblick ihnen den Atem verschlug.

Sie war in ein silbrig durchschimmerndes Gewand gehüllt, das alle Körperformen genauestens andeutete, ohne sie jedoch wirklich zu offenbaren. Dichtes silbernes Haar fiel ihr lose wie ein metallener Wasserfall auf die Schultern, und ihre Gesichtszüge waren edel, ja sogar unglaublich schön, weich, verführerisch.

»Lieber Besuch!« rief die Frau mit einer glockenhellen Stimme, die Ommo und Jobab unwillkürlich erzittern ließ. »Da seid ihr ja endlich, meine teuren Gäste!«

Und die Frau umarmte erst Jobab, dann Ommo, wobei sie jedem Lehrling einen Kuß auf die linke und die rechte Wange hauchte. Ommo spürte, wie er errötete, während Jobabs Muskeln sich leicht verspannten.

Sollte das etwa die gefürchtete Zauberin Esoda sein? Die Herrin der Kristalle und der goldenen Träume, die Herrscherin über die Fluchmagie und das Unheil?

Wo waren denn eigentlich ihre Kristalle? schoß es Ommo durch den Kopf. Doch Jobabs Worte lenkten ihn sofort ab: »Ihr – seid – Esoda?« stammelte sein Blutsbruder. Offensichtlich war er genauso verblüfft wie Ommo. »Die Herrin der… Fluchmagie?«

Esoda (denn daß es sich um diese handelte, daran war kein Zweifel mehr, nachdem sie anmutig – und doch so befehlend! und doch so überzeugend! und doch so betörend! – genickt hatte) zog leicht die Augenbrauen hoch.

»Zweifelt ihr etwa daran?« fragte sie in gespieltem Erstaunen. »Warum?« Und sie schürzte die Lippen, wie um sich zum Spaß beleidigt zu geben.

»Aber – Ihr seid doch – so schön…« brachte nun Ommo fassungslos stotternd hervor.

Wieder lachte Esoda glockenhell auf. »Alles Tarnung!« rief sie fröhlich. Und da geschah Entsetzliches…

Mit einem Mal hatte sich die Zauberin verwandelt, ohne jeden Übergang, ohne jede Vorwarnung: Plötzlich war aus ihr eine runzlige kleine alte Hexe mit einem Gesicht voller Warzen geworden, die mit bösartig funkelnden Augen die beiden Lehrlinge anblitzte und mit krallenähnlichen Händen nach ihnen griff.

»Gebt mir sofort den Fluchkristall, sonst seid ihr des Todes!« kreischte die Vettel schrill und unerbittlich.

Jobab wich tänzelnd zurück und hatte im selben Augenblick bereits Dolch und Stab gezückt.

»Dachte ich es mir doch, daß die Sache einen Haken hat!« murmelte er.

Auch Ommo war nicht untätig: Mit einem einzigen Ruck holte er Dolch und Stab hervor und richtete beide auf die Zauberin.

»Weshalb sollten wir Euch wohl den Fluchkristall aushändigen?« höhnte er. »So ganz ohne Gegenleistung?«

»Ist es etwa keine Gegenleistung, wenn ich euch euer schändliches, kleinliches Insektenleben lasse?« schrillte die Hexe empört. »Ein Schnippen mit den Fingern, und ich habe euch den Garaus gemacht. Wißt ihr etwa nicht, wer ich bin? Ich bin die Herrin der Nacht, des Unheils und des Todes, die Herrin des Bösen, die da waltet über alles, was kreucht und fleucht.«

»Papperlapapp!« machte Jobab. Ommo war klar, was sein Blutsbruder bezwecken wollte. Er hatte vor, die Hexe bis aufs äußerste zu reizen, damit sie entweder einen Fehler beging oder möglichst bald ihre Trümpfe ausspielte. Nichts war unerträglicher als dieses angespannte Warten auf den nächsten Zug des Gegners.

Deshalb beschloß Ommo, in die gleiche Kerbe zu schlagen.

»Herrinnen der Nacht und all dessen, was da kreucht und fleucht, gibt es in Chaim mittlerweile im Dutzend billiger«, höhnte er. »Und Gestaltwandlung ist auch nicht gerade der letzte Schrei der Magie, muß ich sagen. Ziemlich geschmacklos das Ganze, findest du nicht?« fragte er, an Jobab gewandt.

Der nickte vergnügt. Jetzt, da die endgültige Auseinandersetzung stattfand, fühlte er sich in seinem Element. Jobab war der geborene Kämpfer, Ommo dagegen der – wenn auch etwas zurückhaltende – Denker des Gespanns. Beide wußten sie nun, daß Jax nicht untertrieben hatte – es ging tatsächlich um Leben und Tod.

Wie sie es da noch bewerkstelligen sollten, unter Esoda die Fluchmagie und die Zauber des Unheils zu erlernen, war im Augenblick ein Rätsel. Doch Ommo beschloß, sich lieber den dringenderen Aufgaben der jetzigen Situation zu widmen.

Und so rief er mit fester Stimme: »Esoda, wir sind nicht gekommen, um gegen Euch Krieg zu führen. Und doch werden wir es tun, so Ihr uns dazu zwingen solltet. Wir wollen Euch einen Vorschlag machen. Ihr lehrt uns die Magie des Fluchs und des Unheils, wie wir es wünschen, und dies im Auftrag unseres Meisters Jax, vor dem, wie Ihr sehr wohl wißt, ganz Chaim zu zittern hat, wenn er in Wut gerät. Im Gegenzug werden wir Euch diesen Fluchkristall überlassen.«

Jobab nickte bekräftigend. »Es ist nicht sinnvoll, wenn sich Magier bekämpfen und bekriegen, die miteinander viel mehr ausrichten könnten als gegeneinander.«

»Magier wollt ihr sein?« lachte die Hexe plötzlich schrill auf. Sie stieß ein derart spitzes und grelles Keckern aus, daß selbst der alte Jax noch hätte neidisch werden können. »Von euch Grünschnäbeln lasse ich mir überhaupt nichts vorschreiben! Wisset, daß die Magie des Unheils nicht zuletzt auch darauf fußt, daß man sich nimmt, was man will, ohne dafür irgendwelche Gegenleistung zu erbringen!«

Ommo lächelte selbstsicher. »Ihr glaubt wohl, damit hättet Ihr Euren Teil bereits erfüllt und unseren Vorschlag angenommen?« fragte er spöttisch. »Nun, was Ihr uns da offenbart, das weiß jedes Kind in Chaim, selbst ein Grünschnabel wie ich.«

Und er kicherte leise und höhnisch, um die Hexe noch mehr aufzubringen.

»Ich kann Euch auch im Gegenzug eine weitere Lektion in der Magie des Unheils erteilen«, fuhr er fort, »obwohl sie nicht zu dem Gebiet gehört, welches ich mit eifrigem Bemühen studiert habe.«

Bewußt wählte Ommo eine reichlich verschnörkelte Sprache, wie sie sonst nur an den Höfen Chaims üblich war. Solange die Hexe sie nicht als ebenbürtige Gegner akzeptierte, war ein magischer Kampf unausweichlich. Deshalb mußte er beweisen, daß sie beide durchaus mit den Gepflogenheiten Chaims und seiner Magie wohlvertraut waren.

»Es ist diese Lektion die folgende: Was man durch Kampf und

Krieg nicht erreicht, erreicht man vielleicht durch List und Betrug. Und damit wären wir wohl quitt, edle Dame, oder wollt Ihr mir widersprechen?«

Kaum merklich hatten die beiden Lehrlinge ihre Stellung verändert, um Rücken an Rücken kämpfen zu können. Denn es war mit Sicherheit damit zu rechnen, daß Esoda zunächst ihre Dienstgeister und Gefolgsleute ins Gefecht werfen würde.

Die Magier Chaims liebten das persönliche Risiko nur selten. Darin waren sie alle wie Jax: Wenn sie eine Schmutzarbeit von einem anderen erledigen lassen konnten, so taten sie dies auch nach Kräften.

Und da war es sehr wahrscheinlich, daß sie schon bald von wahren Heerscharen, und zwar von allen Seiten zugleich, angegriffen werden würden, während Esoda das Geschehen steuerte und lenkte.

Die Zauberin schien nicht zu einem Wortduell aufgelegt zu sein. Ommo hegte den Verdacht, daß sie ohnehin nicht sonderlich sprachgewandt war. Als Herrin von Träumen würde sie der Gefühlsmagie näher stehen als der des Denkens und des logischen Kalküls. Diesen Punkt galt es im Auge zu behalten, weil er ihre Reaktionen unberechenbar machen würde.

»Du willst mich wohl zum Narren halten, du scheußliche kleine Rotznase?« gellte die Hexe.

Und dann ließ sie einen Schwall von Schimpfwörtern auf die beiden Lehrlinge niederprasseln, daß Ommo seine Mutmaßung, was ihre mangelnde Redegewandtheit betraf, schleunigst wieder zurücknehmen mußte. Er bekam Ausdrücke zu hören, die ihm die Schamröte bis in die Ohren trieb, und selbst Jobab wirkte ziemlich blaß um die Nase.

Doch all dies, da konnte er sich mit eiskalter Klarheit sicher sein, war vermutlich nichts mehr als ein bloßes Ablenkungsmanöver. Und so ließ er seine Blicke unentwegt zur Seite huschen, um sein Gesichtsfeld auszuweiten und gegen etwaige andere Angreifer auf der Hut zu sein.

Die ließen nun auch nicht mehr lange auf sich warten:

Plötzlich verfinsterte sich der ganze Saal, so daß die beiden Lehrlinge kaum mehr die Hand vor Augen sehen konnten. Geistesgegenwärtig rissen sie noch im selben Augenblick die Verschlüsse ihrer Reisesäcke auf, die sie auf dem Boden abgestellt hatten, um sofort nach zusätzlichen magischen Waffen greifen zu können.

Ommo tastete auch auf der Stelle nach dem Fünfzack, den er dem Ghul abgenommen hatte. Doch dann schüttelte er den Kopf. Solange es dunkel blieb, konnte er die Hexe nicht richtig erkennen und sie mit dem Fünfzack folglich auch nicht hypnotisieren.

Da spürten seine Fingerspitzen die Hitze des Fluchkristalls, und er zog ihn vorsichtig und zögernd hervor, um ihn lautlos neben seinen Sack auf den Boden zu legen. Das war die allerletzte Waffe, die ihnen zur Verfügung stand, wenn alles andere verloren war.

Alles geschah blitzschnell: Ein Ruck, und Jobabs Rücken schmiegte sich gegen seinen. Ommo spürte, wie sein Blutsbruder bereits den Kampf aufgenommen hatte – offensichtlich wurde er also bereits angegriffen, obwohl Ommo selbst nichts davon wahrnahm. Doch es blieb ihm nicht viel Zeit, um darüber nachzudenken oder gar nachzufragen.

Denn nun erschien ein riesiges fledermausartiges Wesen vor seinem Gesicht. Obwohl es den ganzen Saal auszufüllen schien, wirkte es doch kaum größer als eine Handspanne.

Sofort begriff Ommo, womit er es zu tun hatte – eine Illusion der Hexe, mit der sie ihn von etwas Wichtigerem ablenken wollte. Entsprechend ruckte sein Kopf beiseite – ein Kampfschrei, und schon hatte der Blitz aus seinem magischen Stab ein riesengroßes, buckeliges Schattenungeheuer erlegt, das auch sofort röchelnd zu Boden sank.

Inzwischen erhellten auch die magischen Blitze aus Jobabs Waffen den Saal, wenngleich auch nur immer für kurze Zeit und äußerst notdürftig.

Dennoch genügte es, um die Schar der Angreifer auszumachen:

Flügelwesen, Schattenungeheuer, schleimig-wabernde, alptraumhafte Kreaturen, die unablässig ihre Gestalt veränderten und mit drohend aufgesperrten Mäulern auf sie zugekrochen kamen.

Hastig zog Ommo mit seinem magischen Dolch einen schützenden Sechszack in die Luft, der sofort mannsgroß und golden vor ihm aufleuchtete. Dann griff er mit der Rechten, immer noch den Dolch haltend, in seinen Reisesack und holte den Fünfzack hervor. Diesen schleuderte er mit aller Wucht von sich, als er den schrillen Befehl der Hexe vernahm: »Erledigt sie sofort!«

Ein Scheppern – ein Schrei – und die Hexe verstummte. Doch Ommo freute sich zu früh – keine Sekunde später erscholl ihre meckernde Stimme auch schon wieder in seinem Rücken, auf Jobabs Seite. Dann war sie plötzlich links von ihm zu hören, dann wieder rechts, dann erneut hinter ihm.

Offenbar beherrschte die Zauberin auch die Kunst der Stimmenverlagerung. Das war ein Problem; denn auf diese Weise war nie klar zu erkennen, wo sie sich gerade aufhielt, so daß man sie nicht zu fassen bekam.

Auch Jobab hatte inzwischen eingesehen, daß sie nur zum entscheidenden Erfolg kommen würden, wenn sie die Befehlshaberin der Ungeheuerschar ausschalteten. Ein Monster nach dem anderen sank, von seinen Blitzen getroffen, röchelnd und zuckend zu Boden, und doch kam die gewaltige, grauenerregende Masse der Angreifer immer näher und näher. Da hatte er einen Einfall. Unter Aufbietung all seiner Konzentrationsreserven bündelte er die Magie in seiner Wirbelsäule und ließ die Kraft aus seiner linken Fingerspitze, dicht unterhalb der Spitze des magischen Stabs, hervorschießen, wirbelte den Arm im Kreis und zog auf diese Weise einen vorübergehenden Schutzkreis aus Licht- und Bannkraft in die Luft. Das gab ihm Zeit, um in seinen Reisesack zu greifen, wo seine geübten Finger sofort die kleine Puppe wiederfanden, die ihm der Dämon Amaimon gegeben hatte.

Ohne sie erst hervorzuholen, rief er: »Amaimon zu mir! Hilf uns in unserer Not! Ich erinnere dich an dein Versprechen!« Der letzte Satz war wohl notwendig, denn bei Dämonen wußte man nie, was ihre Zusagen wirklich wert waren.

Plötzlich schien das Gemäuer des Schlosses zu erbeben. Eine donnernde Gestalt stampfte durch die Reihen der Angreifer und schleuderte sie beiseite wie Strohhalme. Tatsächlich, es war Amaimon höchstpersönlich!

Ommo rang unterdessen mit einem gewaltigen Flügelwesen, das in jeder seiner Krallen einen riesigen, faustdicken Bergkristall trug. Er verlagerte sein Gewicht kurz auf das linke Bein, knickte, für das Wesen völlig überraschend, im Knie ein, legte mit einem Klatschen den magischen Dolch an den Stab und ließ die Magie beider Waffen gleichzeitig in einem Strahl auf das Ungeheuer schießen. Das Untier, das sich im Lichtblitz als eine Mischung aus Fledermaus und Flügelechse herausstellte, stieß einen Schrei aus, löste den Griff um seine Steinwaffen und taumelte zu Boden, wo es noch einmal kurz aufzuckte und verendete.

Polternd fielen die beiden Kristalle Ommo zu Füßen. Nun hörte auch er den Dämon Amaimon, der in seinem Rücken die Stimme erhob und donnernd befahl: »Quält die Kristalle! Das wird Esoda Euch gefügig machen!«

Entsetzt sah Jobab, wie Amaimon sich plötzlich wieder auflöste. War ihm etwas zugestoßen, oder hatte er es vorgezogen, sich von dem Kampfgetümmel zurückzuziehen? Ach, Dämonen waren wirklich sehr unzuverlässige Verbündete!

Die Kristalle quälen? Irgendwo, ganz weit im Hinterkopf, wußte Ommo, was damit gemeint war – doch es wollte nicht wirklich in sein Bewußtsein aufsteigen.

Er hatte die Vision offenbar wieder vergessen, die ihm unter dem Einfluß Suchos' zuteil geworden war. Wie ein zu enger Gürtel schien sich eine Schlinge um seinen Kopf zu legen und ihn daran zu hindern, die Anweisung des Dämons zu begreifen. Ein unerklärlicher Bann hielt seinen Geist gefangen, drohte ihn zu lähmen und auszuschalten.

Was war das nur – Kristalle quälen? Irgend etwas gerade eben, das ihn ganz leise, nicht greifbar, an etwas zu gemahnen schien – ein vages Wissen – eine Spur – eine Hilfe...

Nein, es blieb ihm nur eines übrig, wenn er nicht diesem seltsamen Zauber verfallen wollte – völlige Gedankenleere.

Ommo atmete tief ein, wedelte mit Stab und Dolch wahllos hin und her, um die Angreifer wenigstens auf Abstand zu halten, und versuchte, jeden bewußten Gedanken aus seinem Kopf zu verbannen.

Das immerhin hatte er von Jax gelernt – die gnostische Trance, die darin bestand, aus einem Zustand der absoluten Erregung oder des ebenso absoluten Sinnesreizentzugs heraus eine schlafwandlerische Hellsichtigkeit und Sicherheit im Tun zu entwickeln. Und doch fiel es ihm ausgerechnet jetzt, da es doch so sehr darauf ankam, schwer, sie sofort in der gewünschten Tiefe zu erreichen.

Was hatte Jax immer gesagt? »Nur den Atem beobachten, immer nur den Atem. Wenn du das vergißt, bist du ein toter Mann.« Wie wahr!

Und der alte Magier hatte hinzugefügt: »Nicht daß es schade um dich wäre, du Nichtsnutz! *Atmen sollst du, nichts anderes!«*

Jeden Tag hatten er und Jobab eine ganze Stunde im Freien sitzen müssen, ob es nun sengend heiß war oder eiskalt, ohne zu denken, ohne auch nur der leisesten Versuchung nachgeben zu dürfen, selbst ganz besonders dringenden Fragen und Erkenntnissen nachzuforschen.

»Wenn du nicht auch auf einem lärmenden Marktplatz Gedankenleere herzustellen vermagst, kannst du gar nichts, bist du als Magier nicht einmal die Lumpen wert, die du am Leib trägst«, hatte Jax immer wieder gefaucht. »Ob in Freude oder Leid – der wahre Magier kann seine Gedanken und Gefühle immer zügeln und beherrschen – deshalb ist er ja auch ein Meister der gnostischen Trance. Von daher kommt alle Magie – und daran scheitern auch alle Magier.«

Unerwartet ernst geworden, hatte der alte Mann dann seinem Lehrling tief in die Augen geblickt. »Egal, wie es mit dir enden mag

– diesen einen Satz darfst du in deinem ganzen Leben nicht vergessen: *Wer seine Gedanken beherrscht, beherrscht die Welt!*«

Aber jetzt, im Schlachtgetümmel?

Ommo seufzte und strengte sich noch stärker an. Natürlich – *gerade* im Schlachtgetümmel!

Endlich hatte er den gewünschten Erfolg: Ohne zu denken, griff er nach den beiden am Boden liegenden Kristallen, seinen Stab und den Dolch fallen lassend, und schlug sie mit aller Wucht zusammen.

Ein greller blauer Blitz erhellte plötzlich den Saal, und zu seinem Erstaunen sah er, wie etwa ein halbes Dutzend Schattenwesen zuerst entsetzt vor ihm zurückwichen, um sich schließlich dampfend aufzulösen.

Jobab hatte den blauen Kristallblitz aus dem Augenwinkel beobachtet, und Suchos' Vision fiel auch ihm wieder ein. Nun wußte er, was los war: Natürlich konnte man der Herrin der Kristalle nur dadurch den Garaus machen, daß man an den Festen ihrer Macht rüttelte – und das waren eben die Kristalle!

Diese Erkenntnis verlieh ihm neue Kraft, und mit einem gewaltigen Schrei ließ er seine Magie wieder unter den Angreifern wüten.

Doch das erwies sich mittlerweile als unnötig. Ommo, noch immer tief in seiner magischen Trance, schlug nun unentwegt die beiden eroberten Kristalle zusammen, bis auch der letzte Angreifer sich wie ein böser Traum in der Finsternis verloren hatte.

Und nun wich auch die Finsternis selbst zurück – und offenbarte Esoda, die in ihrer häßlichen alten Hexengestalt mit haßverzerrtem Gesicht auf sie zukam, einen über einen Meter langen Fluchfetisch schwingend.

»Ich verfluche…«

Hinterher wußte Jobab selbst nicht mehr, was ihn dazu gebracht hatte, den Fluchkristall im selben Augenblick zu packen, als er erkannte, daß Ommo ihn aus seinem Sack hervorgeholt hatte. Vielleicht war es das schiere Glück, vielleicht die Intuition, die den großen, den wahrhaft großen Magier ausmachte, vielleicht gar eine Gedankenübertragung Ommos.

Jedenfalls griff er mit todsicherer Hand nach der kleinen schwarzen Kugel und schleuderte sie der Hexe mit einem Wutschrei entgegen.

Esodas Augen weiteten sich, als sie das Geschoß auf sich zufliegen sah. Sie brach ihren Fluch mitten im Satz ab, ließ den Fetisch zu Boden fallen und griff mit gierigen Händen nach der schwarzen Kugel.

Ommo und Jobab wirbelten herum, um die Zauberin unter Beschuß zu nehmen, doch das entsetzliche Bild, das sich ihnen bot, ließ sie erstarren:

Angstverzerrt versuchte Esoda, den Fluchkristall wieder abzuschütteln! Ihr Mund stieß stumme, unhörbare Schreie aus, und der Schmerz durchzuckte sichtlich ihren Körper. Die Zauberin wollte den Fluchkristall wieder loslassen, doch der haftete an ihr wie ein böses Omen!

Esoda rang nach Luft, lief blau im Gesicht an, ihre Augen traten hervor – und lautlos röchelnd sackte sie zusammen, die Spinnenfinger immer noch widerwillig um die schwarze Kristallkugel geschlungen.

»Io Pan!« schrien Ommo und Jobab gemeinsam wie aus einem Munde. Es war der alte Schrei des Triumphes der Magie. Sie hatten gesiegt.

Doch plötzlich erschütterte ein erneutes Donnergrollen den Palast der Zauberin.

Ein gleißender Lichtblitz, heller als tausend Räucherfeuer, durchzuckte den Saal. Er blendete die beiden Lehrlinge, ließ ihre Muskeln sich verkrampfen. Und während sie wie Steine zu Boden stürzten, erschien plötzlich vor ihnen die Gestalt ihres Meisters Jax, in eine schwarze Kutte mit bleiernem Kettengürtel gehüllt.

9

Ommo und Jobab erwachten gleichzeitig. Sie fühlten sich völlig zerschlagen. Matt drehten sie den Kopf, erblickten zunächst einander und dann, als sie die Augen hoben, ihren Meister Jax, der am gegenüberliegenden Ende des Saals, murmelnd über die verschrumpelte Esoda gebeugt, dastand.

Zuerst begriffen sie nicht, was er dort tat – doch dann schossen sie empört in die Höhe.

»Was macht Ihr da?« riefen die beiden Zauberlehrlinge wie aus einem Munde. »Wollt Ihr sie etwa wiederbeleben?«

Ohne den Kopf zu wenden, schnauzte Jax sie an: »Allerdings. Weil sie euch nämlich ein Geschenk gemacht hat, wie ihr es noch nie erhalten habt – und dafür hättet ihr sie beinahe noch umgebracht!«

Verwirrt blickten die beiden Freunde sich an. Träumten oder wachten sie? »Ein böser Alptraum«, murmelte Jobab gedankenabwesend.

Doch Ommo schüttelte den Kopf. »Das sieht mir aber verdammt echt aus.«

Jax, der mit seinen Luchsohren die leise Unterhaltung natürlich mal wieder mitbekommen hatte, drehte sich zu ihnen um. Er stemmte die Arme in die Hüften, legte den Kopf schräg auf die linke Schulter und musterte sie mit einem unentzifferbaren Blick.

»Wenn die Herren Lehrlinge vielleicht die Güte hätten, mir eine bescheidene Minute zuzuhören«, schnarrte er.

Achselzuckend zogen Jobab und Ommo eine Schnute, sahen ihren Meister jedoch erwartungsvoll an.

»Esoda hat euch die Chance gegeben«, fuhr Jax mit erhobenem Zeigefinger fort, »ihre Magie des Fluchs und des Unheils aus erster Hand kennenzulernen – gewissermaßen in der Praxis, hähä.«

Der dürre Körper des alten Zauberers bog sich vor Lachen.

Doch dann wurde seine Miene wieder ernst. Unter buschigen Augenbrauen blickte er sie stechend an.

»Aber, so leid es mir tut, dies zugeben zu müssen, da ihr sonst ja sowieso nur nichtsnutzige Tagediebe seid...« Er machte eine Kunstpause.

Jobab winkte gelangweilt ab. »Jetzt will er uns mal wieder eine Standpauke halten«, knurrte er leise. »Das kennen wir schon.«

»Gar nichts kennt ihr!« belferte Jax zurück. »Da will euch mal jemand loben, und was ist der Dank?« Er schüttelte den Kopf und murmelte in seinen Bart: »Hopfen und Malz verloren.«

Dann fuhr er fort: »Na ja. Wie dem auch sei. Also, hört gefälligst zu, ihr Holzköpfe! Tatsache ist nämlich, daß ihr zu gut wart.« Erwartungsvoll richtete er seine Augen auf sie.

Seine Worte verfehlten ihre Wirkung nicht. Verblüfft und entgeistert starrten Ommo und Jobab zunächst auf ihren Meister, dann auf die reglos am Boden liegende Zauberin.

»Ihr wart zu gut, weil ihr Esoda nämlich stärker zugesetzt habt, als sie erwartet hat. Wenn es euch nicht gelungen wäre, euch zuerst mit Amaimon und dann sogar noch mit Suchos zu arrangieren, und das auch nur deshalb, weil ihr euch so«, es schien den alten Miesepeter Überwindung zu kosten, das Wort auszusprechen, *»reif,* ja ja, ihr habt schon richtig gehört, also weil ihr euch so reif verhalten habt, dann hättet ihr die Begegnung mit Esoda vermutlich nicht überlebt.«

Mißmutig fügte er hinzu: »Schade.«

Nun verstanden Ommo und Jobab die Welt überhaupt nicht mehr. Daß sie gegen Esoda gesiegt hatten, war nicht zu übersehen, doch worauf wollte Jax nun hinaus?

»Dann habt Ihr also mal wieder von allem gewußt und wahrscheinlich sogar Eure Finger dabei im Spiel gehabt?« fragte Ommo lauernd, und auch Jobab blickte Jax finster an.

Jax nickte triumphierend. »Was habt ihr denn geglaubt? Natürlich habe ich ein bißchen nachgeholfen, weil ich Esoda noch eine kleine Gemeinheit schuldig war. Der Fluchkristall, den ich aktiviert habe, hat sie wirklich umgehauen, hihi. Ja ja, Arathron-Beschwörungen sind schon was Feines.«

Keckernd lachte der alte Magier. Dann richtete er seinen wakkelnden dürren Zeigefinger auf die beiden Lehrlinge.

»Aber das ist jetzt erledigt, und nun dürft ihr die Gute gefälligst wieder zum Leben erwecken.«

Jobab und Ommo schauten einander an, seufzten und traten achselzuckend näher. Sie wußten aus Erfahrung, daß es keinen Zweck hatte, sich gegen Jax und seine Befehle zu stellen.

»Ist der Fluchkristall noch geladen?« fragte Ommo mißtrauisch. Denn natürlich hatte er inzwischen begriffen, daß Jax ihn magisch präpariert hatte.

Jax schüttelte den Kopf. »Nicht direkt.«

Ommo seufzte ein zweites Mal. Daß der alte Menschenschinder auch nie etwas geradeheraus sagen konnte! Gemeinsam mit Jobab machte er sich daran, die alte Hexe wiederzubeleben.

Das erforderte, wie sich erwies, ihre gesamte Kunst; denn der Fluchkristall hatte Esoda wirklich sehr böse zugesetzt. Obgleich sie die Zauberin des Fluchs und des Unheils war, vielleicht aber auch gerade deswegen, hatte sie die eigene Art von Energie nicht sehr gut vertragen.

Behutsam lösten sie den Kristall aus ihren Fingern, worauf die Alte immerhin wieder zu atmen begann. Dann bestrichen sie sie, magische Zauberformeln murmelnd, mit ihren dünnen Heilungsstäben. Und schließlich, nach fast zweistündiger Arbeit, öffnete Esoda die Augen und richtete sich ächzend auf.

»Danke«, sagte sie mit ihrer früheren, angenehmen Stimme, die sie auch bei ihrer ersten Begegnung benutzt hatte. Nach und nach verwandelte sie sich wieder in die hübsche junge Frau mit dem silbernen Schleiergewand.

Sie winkte Jax zu sich, und die beiden Lehrlinge beobachteten erstaunt, wie der alte Knurrhahn gehorsam zu ihr schritt. Flüsternd berieten die beiden Zauberer sich miteinander. Jax machte einige abwehrende Bewegungen, um schließlich doch grunzend und grimmig einzuwilligen und sich achselzuckend an Ommo und Jobab zu wenden.

»Ihr habt wirklich mehr Glück, als die Magie erlaubt«, brummte er mürrisch. »Esoda hat mir einen Rat gegeben, so von Zauberin zu Magier«, er warf ihr einen giftigen, aber doch auch bewundernden Seitenblick zu, »und ich kann ihn schlecht ausschlagen. Aber bevor ich euch meine Entscheidung mitteile, will ich euch nur noch daran erinnern, daß ich euch losgeschickt habe, die Magie des Fluchs zu erlernen, weil nur zu heilen vermag, wer auch verfluchen kann. Darum heißt Esoda auch die Hexe der goldenen Träume. Beides, Töten wie Leben spenden, sind nur zwei Seiten ein und derselben Medaille. Aber das habt ihr ja schon Amaimon erklärt.« Jax senkte die Stimme. »Wenn auch vielleicht nicht ganz aus uneigennützigen Motiven.«

Er nickte anerkennend. »Nein, ich kann nicht umhin, zuzugeben, daß ihr euch ganz gut geschlagen habt. Hiermit verleihe ich euch den ersten Gesellengrad. Wollt ihr mir weitere fünf Jahre Treue schwören?«

Verdutzt sperrten die beiden Lehrlinge den Mund auf. In Ommos Gehirn begann es rasend schnell zu arbeiten: Aha, der alte Meister hatte ihnen endlich den Gesellengrad verliehen, und im gleichen Atemzug erwartete er von ihnen, daß sie ihre Fron bei ihm freiwillig verlängerten. Das war wirklich unerhört! Und doch war es auch…

Jobab schüttelte ungläubig den Kopf. »Hm.«

Ommo ergriff schließlich das Wort: »Verehrter Meister, wir danken Euch für die Ehre, die Ihr uns zuteil habt werden lassen. Selbstverständlich werden wir mit Freuden den ersten Gesellengrad annehmen. Was aber einen erneuten Treueschwur angeht, so wären davor wohl noch einige Fragen zu klären…«

Jobab nickte zustimmend. Ommo hatte ihm aus der Seele gesprochen.

Auch Jax nickte, wenngleich aus völlig anderen Gründen. »Gerissenes Bürschchen, wie?« knurrte er. »Na schön, als Gesellen werdet ihr vermutlich noch frecher sein. Aber das geht keinen Dritten etwas an. Kehren wir erst einmal nach Hause zurück.«

Jobab schwante Fürchterliches. »Müssen wir als Eure Gesellen etwa immer noch Euren magischen Spiegel putzen?« fragte er mißtrauisch.

Jax tat empört über diese Unterstellung. »Aber nein, nicht doch«, säuselte er. »Dafür seid ihr doch jetzt schon viel zu fortgeschritten. Nein, nein, jetzt dürft ihr euch natürlich meiner Kristallkugeln annehmen und die putzen.«

Jobab seufzte. »Ohne Einweihung – Spiegel putzen. Mit Einweihung – Kristallkugeln putzen. Das nennt einer Leben.«

Und doch mußten sie alle lachen.

10

Es war am Tage Sol, um die Stunde Salla. Nervös betastete Ommo seinen Gürtel.

»Hast du auch deine Fluchlinge eingesteckt?« fragte er zaghaft.

Jobab nickte. Ein leises Lächeln spielte um seine Mundwinkel, stürzte aber sofort wieder ab, als die sägende Stimme des alten Zauberers die Luft zerschnitt.

»Ruhe!« bellte Jax schnarrend. »Wie soll sich ein Mensch bei diesem Gequassel konzentrieren?«

Jobab warf ihm einen mürrischen Blick zu, hob die Augenbrauen und sah Ommo achselzuckend an, den Kopf schräggelegt. Vorsichtig, um es vor seinem Meister zu verbergen, tippte er mit dem Zeigefinger an seine Schläfe.

Besorgt schaute Ommo zu Jax hinüber. Für gewöhnlich entging dem Luchsauge des alten Magiers nichts – vor allem dann nicht, wenn man etwas vor ihm verheimlichen wollte.

Doch wenn Jax es gesehen hatte, ließ er es sich nicht anmerken.

Es stimmte – man mußte sich wirklich konzentrieren. Aber das hinderte ihn in der Regel nicht daran, auch die kleinste Frechheit unerbittlich zu ahnden. Ommo seufzte. Das alles verhieß nichts Gutes.

»Stimmt«, brummte Jax, als hätte er in Ommos Gedanken gelesen. »Das verheißt nichts Gutes.«

Ommo schwieg verblüfft. Was hätte er auch sonst tun sollen?

Jobab ächzte leise unter dem gewaltigen Gewicht seines Gepäcks, das er auf dem Rücken schleppte. Jax hatte darauf bestanden, daß sie fast ihre gesamte magische Ausrüstung mitnahmen. Selbstverständlich hatte der alte Meister es nicht für nötig gehalten, auch nur ein erklärendes Wort darüber zu verlieren, weshalb er selbst so gut wie nichts mit sich führte, wenn man von seiner fadenscheinigen schwarzen Robe absah, die um den Bauch mit einem schmierigen, vormals weißen Gürtel gerafft war, in dem wiederum ein paar sehr leichte magische Dolche staken.

Allein die vielen Wackersteine, deren Aufladung Aufgabe der winzigen Fluchlinge war, hatten ein schon unvorstellbares Gewicht. Ommo schüttelte den Kopf und zupfte am Gurt seines Rucksacks. Doch das machte die Last auch nicht leichter.

Jax hatte inzwischen die Stirn in tiefe Falten gelegt und brummte leise, kaum hörbar, in seinen schütteren langen Bart hinein. »Wenn das mal gutgeht, wenn das mal gutgeht.« Auch er wiegte den Kopf unschlüssig hin und her, und seine langen Spinnenfinger schienen sich in der Luft dicht über dem Boden, über den er sich tief gebeugt hatte, verkrallen zu wollen.

Jobab konnte sich ein Schmunzeln nicht verkneifen. Das sah dem alten Miesepeter aber gar nicht ähnlich, daß er beim Fährtenlesen unsicher wurde. Doch dann mußte er daran denken, daß eigentlich alles an dieser Reise ungewöhnlich war: Noch nie waren die beiden Gesellen gemeinsam mit dem Zaubermeister durch Chaim gezogen. Für gewöhnlich hatte Jax sie entweder allein oder zusammen auf Reisen geschickt – und das waren nicht immer gerade die ungefährlichsten gewesen.

Grollend erinnerte sich Jobab daran, daß die größte Gefahr auf ihren bisherigen Unternehmungen in der Regel Jax selbst gewesen war – denn der alte Zauberer ersparte seinen Schülern nichts, und häufig hatte er ihnen die unglaublichsten Fallen gestellt.

Eigentlich, dachte Jobab, war es geradezu ein Wunder, daß sie noch am Leben waren. Und das hatten sie bestimmt nicht ihrem Meister zu verdanken, im Gegenteil. Wäre der nicht gewesen...

»Gedankenstille!« bellte Jax plötzlich so laut, daß die Worte weit über die Steppe hallten und sich am Horizont verloren.

Die Gesellen gehorchten sofort: Plötzlich erstarrten sie; ihre Augen wurden glasig, weil sie den Blick nach innen richteten, und ihre Atmung verflachte sich deutlich. Es dauerte keine Sekunde, da war auch schon der letzte, winzige Gedanke aus ihrem Bewußtsein verbannt, und die gnostische Trance durchflutete ihren Geist.

Diese gnostische Trance war eine eigenartige Sache. Sie diente dazu, die magische Kraft, die gemeinhin Magie genannt wurde, im Zauberer zu aktivieren, was ihn wiederum dazu befähigte, alle Register seiner schwarzen Kunst zu ziehen.

Obwohl der Geist dabei gedankenleer war, blieb das Bewußtsein erhalten. Es war fast wie im Traum, wo sich die Grenzen oft verschieben und die Gegenstände andere Konturen annehmen.

So wußte Jobab – und »wußte« es zugleich auch nicht, weil es kein wirklicher Gedanke war –, daß Jax den Befehl nur gegeben hatte, um nicht von der summenden Statik ihrer vielfältigen Gedanken gestört zu werden. Andererseits war es dem Gesellen in diesem Zustand unmöglich, dazu innerlich Stellung zu beziehen – das hätte das sofortige Ende der Trance bedeutet.

Der Befehl hatte Ommo in einer etwas ungünstigen Körperhaltung erwischt: Gerade hatte er sich mit seiner schweren Last vornübergebeugt, um sich am rechten Knie zu kratzen. Nun war er dazu verdammt, in dieser Stellung reglos zu verharren, bis sein Meister die gnostische Trance aufhob – und dabei durfte Ommo noch nicht einmal an die Schmerzen denken, die sein Rückgrat nun durchströmten.

Es fiel ihm schwer, doch hatte jahrelange Übung auch sein Gutes: zwar dauerte es bei ihm eine Sekunde länger als bei Jobab, bis die gnostische Trance einsetzte, aber dann hatte er den gewünschten Zustand erreicht.

Jax' Befehl bedeutete höchste Alarmstufe. Obwohl die beiden Gesellen darüber nicht im herkömmlichen Sinne »nachdenken« konnten und durften, war ihnen doch bewußt, daß große Gefahr im Anzug war.

Oder doch nicht? Plötzlich schlug sich Jax heftig keckernd mit der flachen Rechten auf die schmutzige Stirn. »Das gibt es doch gar nicht«, krächzte er. »Das ist ja fast unmöglich!«

Es gab viele verschiedene Formen der gnostischen Trance, und die der Gedankenstille schloß jede äußere sprachliche Wahrnehmung aus. Ommo und Jobab verharrten gehorsam in ihrer unbequemen Stellung. Jax schien sie vergessen zu haben. Wie gebannt starrte er auf die unsichtbare Ätherspur am Boden.

Neben ihm schwebte ein krallenbewehrtes Wesen mit unscharfen Konturen in der Luft, eine dämonische Fratze als Gesicht, die fürchterlich und grauenerregend grinste.

Mißmutig blickte Jax zu dem Dämon empor. »Was gibt es da wieder zu lachen?« knurrte er.

Doch der Dämon beachtete ihn nicht und glotzte über seine Schulter hinweg die beiden verkrampft-reglosen Gesellen an. Ihr Anblick schien ihn zu erheitern.

Aufmerksam geworden, schaute auch Jax zurück, sah Ommo und Jobab, grunzte und rief: »Entwarnung, ihr Trottel!«

Wiederum dauerte es nur eine Sekunde, da hatte sich die gnostische Trance verflüchtigt, und die beiden konnten sich wieder bewegen.

Ommo streckte sich ächzend, um sein müdes Kreuz wieder geschmeidig zu machen. Seit vier Stunden hatten sie keine Rast gemacht, und nun stachen die sengenden Sonnenstrahlen auf sie herab. Matt wischte er sich den Schweiß von der Stirn und blickte seinen Meister benommen an.

»Falscher Alarm«, murmelte Jobab wütend.

Obwohl er gute zehn Schritte von Jax entfernt war, verstand dieser ihn besser, als es dem Gesellen lieb sein konnte.

»Möchte der Herr Gesell vielleicht«, schnarrte Jax mit gespielter Höflichkeit, »selbst die Leitung dieser Expedition übernehmen? Ist er doch«, der alte Magier legte den Kopf schräg auf die Schulter und schielte Jobab böse funkelnd an, »schon von Geburt an so gebildet, so weise und so erfahren, um sich ein derartiges Urteil anzumaßen.«

Jobab winkte müde ab. »Geschenkt«, knurrte er. Doch in seiner Stimme schwang unerbittlicher Zorn.

Ommo schüttelte den Kopf. »Ein starkes Stück«, brummte er und sah den Meister finster an.

Jax nickte bedächtig. »Mag schon sein, mag schon sein.« Dann schnippte er mit den Fingern der rechten Hand, und der Dämon drehte sich in der Luft schwebend wieder mürrisch in Marschrichtung und setzte seinen Weg fort.

»Wahrscheinlich konnte Asmodel mal wieder nicht die Klappe halten«, vermutete Jobab verstimmt. »Gedanklich, meine ich natürlich.«

Ommo nickte. Das war es. Ganz gewiß hatte der Dämon dem Befehl »Gedankenstille« nicht Folge geleistet. Wie hätte er auch? Dafür waren Dämonen nicht ausgebildet.

Aber es war wirklich eine Gemeinheit von Jax, diesen Alarmbefehl dazu zu mißbrauchen, die Gedankentätigkeit seiner Umgebung einzuschränken, damit er sich besser konzentrieren konnte. Von einem Meister der Magie durfte man ja wohl erwarten, daß er auf derlei Hilfsmittel und Tricks – Schikanen, fügte Ommo in Gedanken hinzu – nicht angewiesen war, sondern seine Konzentrationsfähigkeit selbst in einer lärmenden Menschenmenge aus eigener Kraft bewahren konnte.

Wahrscheinlich war Jax nur mal wieder zu faul gewesen, sich ein wenig anzustrengen – und das, wie hätte es anders sein können, auf *ihre* Kosten!

Mittlerweile dienten Ommo und Jobab schon seit sechs Jahren bei Jax – die ersten fünf Jahre als Zauberlehrlinge, das letzte bereits im Gesellengrad. Nicht, daß es zwischen diesen beiden Graden einen wirklichen, praktischen Unterschied gegeben hätte – der knurrige alte Zauberer triezte seine Gesellen nach wie vor, als wären sie Leibeigene, und auch die Ausbildung machte kaum merkliche Fortschritte. Immerhin – manchmal merkten sie dann doch, daß sie etwas gelernt hatten, vor allem in Augenblicken der Gefahr wie gerade eben.

Jax hatte sich wieder in Bewegung gesetzt, dem Dämon folgend, der ihm als Fährtensucher diente. Verdrossen rückten die beiden Gesellen ihr Gepäck zurecht und folgten ihm, schwitzend und leise fluchend.

Wenn diese Reise so weiterging, dann würden sie wirklich nichts zu lachen haben. Zu allem Überfluß wußten sie noch nicht einmal, wohin der Meister sie zu führen gedachte. Wenn es darum ging, Informationen weiterzugeben, war Jax außerordentlich mundfaul – ganz anders als bei jenen Gelegenheiten, wenn er seine Schüler mal wieder zurechtstutzte, und das war recht häufig der Fall.

»Wenn man wenigstens wüßte, wohin es eigentlich geht«, brummte Jobab.

»Das würde auch nichts ändern«, entgegnete Ommo. »Ob auf Reisen, ob zu Hause – immer ist Tortur angesagt.«

Jobab nickte grimmig. »Das kann man wohl behaupten. Manchmal frage ich mich, warum der alte Knurrhahn es eigentlich nötig hat, uns herumzuscheuchen, als wären wir die letzten Trottel.«

Inzwischen hatte Jax sein Tempo beschleunigt und ging ihnen schon an die dreißig Schritte voraus. Doch wieder mal hatte sein Gehör nicht versagt – man hätte eigentlich glauben können, daß er mit seiner Fährtensuche viel zu sehr beschäftigt war, um auf das Gespräch der Gesellen zu achten, doch weit gefehlt: »Weil es Spaß macht, hähä!« rief er schrill und lachte so heftig, daß sein ganzer hagerer Körper in Bewegung geriet und die beiden Gesellen schon meinten, seine Knochen klappern zu hören. »Und außerdem stärkt das die Glieder!« fügte er hämisch hinzu und warf ihnen dabei einen giftigen Blick zu.

Ommo furchte verwundert die Stirn. »Die Glieder stärken?« murmelte er.

»Na, eure natürlich!« bellte Jax und legte noch einen weiteren Zahn zu. Bei diesem Marschtempo war es den beiden unmöglich, sich gleichzeitig zu unterhalten und mit dem unglaublich leichtfüßigen alten Mann Schritt zu halten. Keuchend und stöhnend mühten sie sich, den Abstand zu ihrem Meister wenigstens zu halten. Das schwere Gepäck machte es ihnen unmöglich, Jax einzuholen.

So ging es weiter. Zum Glück war das Gelände flach, wenngleich der sandige Boden sich mit der steigenden Sonne immer mehr erhitzte und alles daransetzte, die nur durch dünne Ledersohlen geschützten Fußsohlen der drei einsamen Wanderer zu braten.

Nach etwa einer Stunde kamen sie an einer kleinen Baumgruppe vorbei, die einen spärlichen, aber äußerst einladend wirkenden Schatten warf. Doch Jax schritt unbeirrt weiter, ja, er würdigte die Bäume nicht eines einzigen Blickes.

»Warum machen wir denn nicht mal eine Pause?« rief Ommo seinem Meister zu.

Jax blieb abrupt stehen und drehte sich um. Er stemmte die Fäuste in die Hüften und legte mal wieder den Kopf schräg. Das war seine typische Standpaukenhaltung, und die beiden Gesellen blickten einander stumm und mit herabgezogenen Mundwinkeln an.

»Wer rastet, der rostet!« schnarrte Jax. »Eine alte Bauernregel, hähä! Wäre ja noch schöner, wenn sich die Herren Gesellen einen lauen Lenz machten und sich im Schatten herumsuhlten, anstatt zu arbeiten. Meine Herren«, näselte er, »wo bleibt Ihr wertes Pflichtgefühl?«

Jobab ballte die Fäuste, doch Ommo legte ihm beschwichtigend die Hand auf den Arm. »Jedes Lasttier muß auch einmal ausruhen dürfen, sonst bricht es zusammen.« Er sprach es mit lauter Stimme und schaute seinem Meister dabei offen ins Gesicht. »Das ist ebenfalls eine alte Bauernregel.«

Jax schüttelte mißmutig den Kopf. »Wer redet denn hier von Lasttieren? Gesellen der Magie sollten eigentlich etwas mehr Durchhaltevermögen...«

»Ia, Ia!« machte Jobab plötzlich, einer Eingebung folgend, und es klang so herzzerreißend lebensecht nach einem verzweifelten Esel, daß selbst Jax sich nicht mehr beherrschen konnte und laut loslachte.

»Also gut«, gab er schließlich nach. »Dann machen wir jetzt eine Viertelstunde Pause.«

Seufzend ließen sich die Gesellen nieder und rückten die Tücher zurecht, die ihre Köpfe vor den sengenden Sonnenstrahlen schützen sollten. Summend und quietschvergnügt kam Jax auf sie zu und kauerte sich vor ihnen zu Boden.

»Das ist noch gar nichts«, meinte er tröstend. »Es kommt alles noch viel schlimmer.«

Jobab verdrehte zornig die Augen. »Wer den Schaden hat...« murmelte er.

Doch Ommo hatte aufgehorcht. »Wieso kommt es noch schlimmer, Meister?« fragte er. Eine Weile wiegte Jax stumm den Kopf hin und her, dann erwiderte er schließlich: »Natürlich, ich habe es euch ja noch gar nicht gesagt. Wir reisen nämlich ins Reich der toten Götter.«

Ommo und Jobab starrten ihn fassungslos an. War das etwa ein mieser Witz?

Doch Jax' Miene ließ keinen Zweifel zu: Es war dem alten Meister ernst mit seiner Aussage. Der Zauberer grinste verschmitzt und meinte: »Kein Grund zur Panik. Was habt ihr schon zu verlieren? Ihr beschwert euch doch sonst auch ständig über euer Sklavenleben, nicht wahr?« Selbstzufrieden und gehässig musterte er die beiden. »Dann wird es ja wohl nicht so schlimm sein, wenn eine gütige Mörderhand dem ein Ende setzt, nicht wahr?«

»Ausflug auf die Schlachtbank«, murmelte Jobab, doch es wirkte wie schlechter Galgenhumor.

Das Reich der toten Götter, soviel wußten die beiden immerhin, war, gelinde gesagt, alles andere als ein beliebtes Ausflugsziel. Ommo wiegte verwirrt den Kopf hin und her.

»Aber... aber... was wollt... Ihr dort, Meister?« stammelte er.

Jax zuckte mit den Schultern und ließ etwas Sand durch seine schmierigen Finger rieseln. »Nichts Besonderes. Mich mal umschauen«, gab er zurück. »War noch nie da. Es soll dort einen Todeszauber geben, den ich gut gebrauchen kann.«

Jobab schüttelte fassungslos den Kopf. »Wahnsinn, absoluter Wahnsinn«, protestierte er leise. Fragend blickte er Ommo an. Doch der wußte auch keine Antwort. »Kanonenfutter«, fuhr Jobab kaum hörbar fort. »Schlachtvieh – das sind wir. Nicht mehr und nicht weniger. Ferien am Marterpfahl.«

11

Wie immer, wenn er ihnen etwas Scheußliches in Aussicht stellte, hatte Jax auch diesmal nicht übertrieben: Es kam tatsächlich nur noch schlimmer. Denn um die Stunde Neron gelangten sie in die Region der Nebelschleier.

Diese Zone galt allgemein als eines der gefährlichsten Gebiete Chaims. Wer unversehens in sie hineingeriet, verlor jede Orientierung und gelegentlich sogar, wenngleich meist nur für kurze Zeit, seine eigene Identität.

Das Übelste daran war, daß die Region der Nebelschleier keine festen, scharf umrissenen Grenzen besaß. Es gab Geographen Chaims, die sogar die Auffassung vertraten, daß die Region hin und her wandere wie eine Art Wirbelsturm; die Magier, Zauberer und Hexen Chaims wiederum waren überwiegend der Meinung, daß es sich bei diesem Gebiet um einen Ort der Einweihung handele, der sich je nach den Fähigkeiten und Eigenarten des Einzuweihenden beliebig ausdehnen und zusammenziehen konnte.

Die gewöhnlichen Bewohner Chaims dagegen hielten dieses Gebiet für eine dampfende Moor- und Sumpflandschaft und versuchten verständlicherweise stets, ihr möglichst fernzubleiben. Man wußte also nichts Genaues. Vielleicht hatten sogar alle drei Gruppen recht, denn die Zünfte Chaims waren streng voneinander getrennt, und ihre Mitglieder verkehrten meistens nur unter sich, so daß man geradezu von verschiedenen Welten hätte sprechen können.

Inzwischen hatte Jax sein Tempo ein wenig verlangsamt und blieb abrupt stehen, als der Dämon Asmodel mitten in der Luft wie von einer unsichtbaren Wand zurückprallte. Hastig drehte sich das Dämonenwesen um und kam mit einem Ausdruck unbeschreiblichen Grauens zu ihnen zurückgeschossen.

»A-a-a-aber«, stammelte Asmodel, »w-w-w-was…«

Jax hob gebieterisch die Rechte und fauchte ihn an: »Ruhe!« Dann neigte er den Kopf leicht vor, wie um zu lauschen.

Insgeheim gönnte Ommo dem Dämon sein Mißgeschick. Als Hausgeist seines Meisters hatte er diesem oft dabei geholfen, die Gesellen bei ihren magischen Abenteuern und Reisen reinzulegen, ja, ihnen sogar die tödlichsten Fallen zu stellen. Zum Glück endete die Dienstzeit Asmodels in wenigen Wochen – doch welchen Dämon Jax sich danach zulegen würde, das wußten allenfalls die Götter. Ommo schüttelte den Kopf. Die Götter? Ach ja, das Reich der toten Götter…

Doch es blieb keine Zeit zum Nachdenken. Jax murmelte: »Das wird die Region sein.« Dann bedeutete er ihnen, ihm zu folgen, und schritt unverdrossen weiter.

Jobab blickte Ommo fragend an, doch der zuckte nur mit den Schultern – aua! Mit einem Steinhaufen im Rucksack war das gar keine gute Idee! – und setzte sich wortlos hinter seinem Meister in Bewegung, auch Jobab setzte sich in Bewegung.

Asmodel zögerte, doch als er sah, daß die anderen ihn zurücklassen würden, beeilte er sich, wieder in Jax' Nähe zu kommen. Offenbar fühlte er sich dort am sichersten.

»Hast du eine Ahnung!« knurrte Jobab schadenfroh. Immerhin waren die beiden nicht die einzigen, die von ihrem Meister malträtiert wurden. Wenn es irgendein noch schlimmeres Leben geben mochte, als das des Zauberlehrlings und -gesellen bei Jax, so war es mit Sicherheit das des Hausgeistes.

Jax hatte beide Arme ausgestreckt und ruderte in der Luft, als wollte er eine Windmühle imitieren.

War der Meister etwa schon verwirrt? Wieder blickten Ommo und Jobab einander fragend an, doch da –

Mit einem Mal wurde es ihnen grau vor Augen: Dichte Nebelschwaden umhüllten sie für kurze Zeit, gleißten kurz auf, wie von der grellen Sonne durchspiegelt, um schließlich davonzudampfen und heftige Verwirrung zurückzulassen.

Ommo wußte plötzlich nicht mehr, wo links und rechts war... war die Gestalt vor ihm etwa... wie hieß er doch noch gleich? Irgend jemand... er zermarterte sein Gehirn... Ommo... wer war das, Ommo? War er etwa... die graue, unscharfe Gestalt da vorne... da war doch noch etwas... graue Gestalt?... Flügelflattern... Flügel?... Dämon?... Nebel?... Was war nur los?... Ommo... Jobab... war er etwa Jobab? War er etwa... Zauberer... Magier... jetzt hatte er es! Oder doch nicht?... Jax... Ommo... Jobab... Asmodel... Nebelschleier... Gefahr... Verlust... wo...?

Jobab erging es nicht besser: Ein gleißendes Gelb blendete ihn, und unversehens fühlte er sich, als würde er das Bewußtsein verlieren – doch nie ganz, nie völlig.

Unscharfe Konturen, die plötzlich scharf wurden – scharfe Konturen, die plötzlich unscharf wurden – alles löste sich um die Gesellen und ihren Meister herum auf, bildete sich aufs neue, entstand und verging, stieg empor und versank in die Tiefe, wirbelte, strudelte, jagte aus sämtlichen Richtungen zugleich herbei, verlor

Gestalt, gewann an Form, wuchs und schrumpfte, starb und wurde neu geboren, verdeckte und enthüllte.

So tasteten sich die drei Gestalten – denn der Dämon Asmodel war schon längst verschwunden – durch den Nebel, durch den Schleier, durch die Betörung der Sinne und des Geistes, wagten sich zaghaft vorwärts, sofern es noch ein Vorwärts gab – zögerten, hielten inne, setzten einen Fuß vor den anderen – oder war es *hinter* den anderen? –, schritten vor, wichen zurück, folgten in ihren Bewegungen den tanzenden, wirbelnden, kreiselnden Schwaden.

Diese begannen in allen Farben zu schillern, formten sich zu Fratzen, die an Scheußlichkeit ihresgleichen suchten, legten sich wie Weihrauchdünste über das gesamte Land, betörten ihre Sinne, ließen einen pferdeköpfigen Gott entstehen, der die Rechte hob, mit einem Speer bewaffnet, um schließlich zu einer schönen Frau zu werden, mit Pfeil und Bogen bewehrt, die Jagd auf ein davonhuschendes Reh machte. Jobab wußte nicht, wer er war. Und Jax?

Der alte Zauberer war verschwunden. War er das wirklich? Oder lauerte er hinter den Fratzen, hinter den Götzenbildern aus Nebel und Dunst, spann er auch hier wieder seine Schicksalsfäden, legte er Fallen aus, die zu überwinden Einweihung bedeutete?

Jobab schüttelte den Kopf. Oder war es Ommo? Ein Geselle erblickte den anderen. Ommo schüttelte den Kopf. Oder war es Jobab? Plötzlich nahmen die Dinge wieder feste Gestalt an, die Konturen verschärften sich und alles wurde deutlich.

Und zwischen Ommo und Jobab, beide voneinander trennend, stand der alte, hagere Zauberer und starrte mit stechendem Blick zu der Nebelwand hinüber, die sie offensichtlich durchstoßen hatten. Oder hatte der Dunst sie einfach nur zurückgeworfen? Müde und matt wischten sich die beiden Gesellen die letzten Nebeltropfen aus den Augen. Was tat der Meister dort?

Jax hielt einen magischen Stab empor, ein kaum ellenlanges schwarzes Stück Holz, so dünn wie ein kleiner Finger, doch reich geschnitzt, mit einem gehörnten Götzenkopf. »B'yat! Dygon! Zagun!« brüllte der alte Zauberer mit aller Gewalt.

Plötzlich erschien aus dem wabernden, undurchsichtigen weißen Nichts ein mannsgroßer Strudel, wie ein Wirbelwind jagte er auf sie zu – und hielt vor dem Zauberer kreiselnd inne. Es war eine Dampfsäule von etwa vier Ellen Durchmesser, und auf diese richtete der Magier nun seinen Stab.

»Colopatiron! Zeffar! Sabill!« intonierte der alte Meister. »Zu mir! Zu mir!«

Staunend sahen die Gesellen, wie sich der Strudel formte, ja wie er sich geradezu wand und sich sträubte, feste Gestalt anzunehmen, und so erwuchs aus der quirlenden Säule zu ihrer Verblüffung – Asmodel!

Jobab lachte laut auf. »Schau dir den mal an!« prustete er.

Auch Ommo mußte grinsen. Der sonst so freche Dämon wirkte äußerst verdutzt. Offenbar hatte er es nicht geschafft, die Region der Nebelschleier aus eigener Kraft zu durchstoßen, und so hatte ihn sein Herr und Meister Jax einmal mehr herbeizitiert.

Eine solche Zitation war immer sehr gefährlich, denn eigentlich war es Dämonen nicht gegeben, dem menschlichen Auge in sichtbarer Gestalt zu erscheinen. Dies taten sie nur, wenn es einem Zauberer gelang, die Ätherkräfte, denen sie untertan waren, zu formen und zu bilden. Ein Akt des äußersten magischen Willens, der schon manchen unvorsichtigen Zauberer den Verstand, wenn nicht sogar das Leben gekostet hatte.

»He-He-Herr!« stammelte der Dämon verwirrt. »W-w-was habt Ihr g-g-getan?« Und er schüttelte verwirrt sein häßliches Haupt.

»Schon gut«, knurrte Jax. »An die Arbeit!«

Ommo feixte. Das sah dem alten Sklaventreiber wieder ähnlich – kaum hatten sie eine Gefahr gebannt, schon mußte er seiner Umwelt das Leben erneut zur Hölle machen. Zur Hölle? Ommo fröstelte. Das Erlebnis in der Region der Nebelschleier war kein Zuckerschlecken gewesen. So ungefähr mußte die Hölle aussehen: eine völlige Orientierungslosigkeit, ein Vernebeln aller Sinne, der Verlust der eigenen Identität...

Schaudernd begriff er erst jetzt, was er durchgemacht hatte. Er konnte nicht erklären, wie es ihm und auch Jobab gelungen sein mochte, die Nebelschleier unversehrt zu durchqueren. Er war sich nur sicher, daß es auf ganz unbestimmte, ihm völlig unverständliche Art mit seinem Gesellengrad zu tun haben mußte. Doch was genau? Er schüttelte seinen Kopf. Er konnte froh sein, daß er noch am Leben war – und daß auch sein Blutsbruder noch lebte.

Jobab blickte nachdenklich drein. »Das war aber sehr knapp«, murmelte er. »Um ein Haar...«

Doch er kam nicht mehr dazu, seinen Gedanken gänzlich auszusprechen, denn nun hob Jax erneut seinen Stab und stürzte auf die Gesellen zu. »Wollt ihr euch wohl endlich auf den Weg machen, faules Pack!« schnauzte der Meister sie an. »Wir haben keine Zeit zu verlieren. Es wird schon dunkel.«

Jobab blickte zum Himmel empor. Der Meister hatte recht, die Nacht war angebrochen. Lange würden sie nicht mehr ungefährdet gehen können. Ungefährdet? Achselzuckend setzte er sich in Bewegung. Nichts in Chaim war wirklich ungefährlich. Das lernten sie beide jeden Tag aufs neue.

12

Frierend erwachte Ommo kurz vor Sonnenaufgang. Die Nacht war äußerst kalt gewesen und das Lagerfeuer schon längst verloschen. Neben ihm schlief Jobab, und sein Gesicht wirkte merkwürdig verzerrt, wie von Angst. Ob er unter einem Alptraum litt?

Doch Ommo beschloß, seinen Blutsbruder nicht zu wecken. Auf einer solchen magischen Reise war jede Minute Schlaf unverzichtbar. Etwas weiter entfernt von den beiden, ein gutes Stück näher an der mittlerweile nur noch rauchenden Asche des Feuers, schnarchte Jax vor sich hin. Neben ihm hockte auf einem Stein, mürrisch und in sich eingesunken, Asmodel. Der Dämon schlief nie. Ommo erinnerte sich daran, was Jax einmal gesagt hatte: »Dämonen sind keine Penner – im Gegensatz zu Zauberlehrlingen!« Dann war der Meister selbstzufrieden davongestapft.

Eine äußerst doppelsinnige Belehrung! Ommo stand auf und reckte sich. Seine Knochen fühlten sich regelrecht feucht an. Kurz nachdem sie durch die Region der Nebelschleier gestoßen waren, hatte Jax Rast befohlen. Das war auch nötig gewesen – nach den ganzen Anstrengungen der Reise (mit Wut dachte Ommo an die Wackersteine in seinem Gepäck – wirklich eine Frechheit von dem alten Meister!) hatte sich die Erschöpfung ihrer rasch bemächtigt. Auch Jax – Ommo mußte mit Genugtuung daran denken – war zum Schluß nicht mehr der Frischeste gewesen.

Und so hatten sie ganz in der Nähe der Nebelzone ihr Lager aufgeschlagen, selbstverständlich nicht ohne vorher einen Abwehrzauber zu errichten. Danach hatte Ommo geschlafen wie ein Stein.

Langsam schritt er zu Asmodel hinüber, in dem unmöglichen Versuch, gleichzeitig möglichst leise aufzutreten, um seinen Blutsbruder Jobab nicht zu wecken, andererseits aber laut genug, um seinen verhaßten Meister aus dem Schlaf zu reißen. Beides mißlang ihm: Hinter ihm hob Jobab plötzlich den Kopf, blickte ihm nach und murmelte: »Morgen.«

Jax hingegen schnarchte selig weiter. Als Asmodel Ommo kommen sah, schaute er ihn finster an.

Ommo begriff, daß der Dämon seine Verwirrung immer noch nicht überwunden hatte. Dämonen waren oft sehr gerissene, noch häufiger aber recht dumme Geschöpfe, die zwar von ihrem Fach einiges verstehen mochten, neuen Erfahrungen gegenüber jedoch alles andere als aufgeschlossen waren. Asmodel bildete in diesem Punkt insofern eine Ausnahme, als er doch neugierig genug gewesen war, um die Reise aus freien Stücken anzutreten. Aber das Erlebnis in der Region der Nebelschleier war offensichtlich eine Nummer zu groß für ihn gewesen.

Ommo fühlte kein Mitleid mit dem Dämon. Immerhin hatte

ihm dieses Wesen oft übel mitgespielt, und außerdem waren Dämonen nicht gerade Geschöpfe, die Mitleid erregten. Da Asmodel aber andererseits auch wohl oder übel ihr Reisegefährte war, verspürte Ommo das Bedürfnis, dem Dämon etwas Nettes zu sagen. Doch leider waren seinem frühmorgendlichen Einfallsreichtum gewisse Grenzen gesetzt, und so bemerkte er nur: »Ganz schön kalt, wie?«

Asmodel blickte ihn finster an. »Du weißt genau, daß mir das nichts ausmacht. Also rede nicht so ein blödes Zeug!«

»Also hör mal!« protestierte Ommo empört. »Man wird doch wohl mal...« Da – nun hatte er es geschafft! Knurrend fuhr Jax in die Höhe und schrie: »Was ist das hier schon wieder für ein Lärm?«

Jobab, inzwischen offensichtlich vollends erwacht, lachte laut. »Bravo, Blutsbruder!« rief er. »Ein guter Magier rastet nicht, und rosten tut er noch weniger!« Er feixte und erhob sich.

Ommo war von seinem eigenen Erfolg nicht ganz so entzückt. Nun war Jax noch mieser gelaunt als sonst, und das verhieß nichts Gutes für diesen Reisetag. Also verneigte der Geselle sich lieber vor ihm und fragte: »Wünscht Ihr Euer Frühstück, Meister?«

Jax verengte die Augen zu Schlitzen und warf Jobab einen drohenden Blick zu. Dann drehte er den Kopf zu Ommo und meinte: »Eine äußerst plumpe Ablenkung, werter Gesell. Am liebsten würde ich dich durch die Nebelwand jagen! Du Taugenichts!«

Mit einer einzigen geschmeidigen Bewegung sprang der Zauberer auf die Beine und verkündete: »Kein Frühstück heute! Wir machen uns sofort auf den Weg!«

Jobab traute seinen Ohren nicht. »Das darf doch wohl nicht wahr sein!«

Asmodel feixte. Immer, wenn es zwischen dem Zauberer und seinen Gesellen Ärger gab, fühlte er sich wohl. So waren Dämonen eben, dachte Ommo und schlurfte niedergeschlagen zu seinem riesigen Bündel.

»Den Grünschnäbeln werde ich es schon noch zeigen«, murrte

Jax vor sich hin. Hätte Ommo an dergleichen geglaubt, er hätte wohl kleine Blitze wahrgenommen, die unter den buschigen Augenbrauen des alten Meisters hervorschossen und die Luft versengten.

Ächzend nahmen die beiden Gesellen wieder ihr Gepäck auf. Es hatte keinen Zweck, Jax' Entscheidung anzufechten – was der Meister befahl, das war Gesetz. Und so machten sie sich wieder auf den Weg.

*

Die Gegend war leicht hügelig, aber immer noch so karg wie vor der Region der Nebelschleier. Am Himmel tobte sich die Sonne nach Herzenslust aus, und die beiden Gesellen mußten damit beginnen, mit ihren Wasservorräten hauszuhalten.

Schwitzend und fluchend stapften sie hinter ihrem Meister her, der die Expedition in alter Formation wieder in Marsch gesetzt hatte: Allen voran der Dämon Asmodel als Fährtensucher, dann der alte Magier, den Blick aufmerksam auf den Boden geheftet, um die dort befindlichen Ätherspuren, von denen er oft redete, ohne daß die Gesellen sie jemals zu Gesicht bekommen hätten, genauestens zu verfolgen; dahinter Ommo, schwer an seinem Steingepäck tragend, und am Schluß der kleinen Kolonne wiederum Jobab, der seinen Meister am liebsten in die Hölle gewünscht hätte.

Aber in welche Hölle hätte er ihn noch schicken können? Mürrisch dachte er, daß es wohl kaum schlimmer kommen könne als jetzt. Doch in ihm nagte gleichfalls der Zweifel: Bisher hatte es Jax jedesmal vermocht, selbst die allerschlimmsten Situationen durch noch schlimmere zu übertrumpfen. Finster biß er sich auf die Unterlippe und stapfte mit schmerzenden Fußsohlen hinter den anderen her.

Merkwürdig! Was war denn das für ein roter Fleck dort drüben? Und wieso reagierten weder Asmodel noch Jax oder Ommo darauf? Ganz weit vorne rechts – das mußten sie doch sehen! Doch die anderen schritten unbeirrt weiter.

»He, Ommo!« rief Jobab seinem Blutsbruder zu. »Was ist denn das für ein roter Punkt dort rechts?«

Ommo drehte mühsam den Kopf und blickte ihn nur fragend an.

»Dort!« wiederholte Jobab und zeigte mit dem Finger auf die bewußte Stelle. »Siehst du ihn denn nicht?«

Ommo spähte in die angezeigte Richtung und schüttelte den Kopf. »Nein, ich kann nichts erkennen«, erwiderte er. »Was soll denn dort sein?«

Hm. Das war aber merkwürdig, das war wirklich *sehr* merkwürdig! »Meister!« rief Jobab. »Seht Ihr dort vorne rechts den roten Fleck – nein, es ist kein Fleck, es scheint ein Mann zu sein!«

Jax blieb stehen und drehte sich zu Jobab um. »Der Herr Gesell haben wohl Fieber?« fragte er höhnisch.

Jobab war beleidigt. »Keineswegs, Meister«, entgegnete er in schneidendem Tonfall. »Aber da es nun mal meine leidige Pflicht ist, Euch auf mögliche Gefahren aufmerksam zu machen, so ich sie bemerke...«

Jax winkte unwirsch ab. »Schon gut«, murmelte er. Dann blickte auch er in die angezeigte Richtung. »Nein, nichts zu sehen.«

Ja, war das denn möglich? »Ein roter Mann!« beharrte Jobab. »Ist doch ganz deutlich zu sehen! Er winkt uns sogar zu!«

Nun starrten alle, auch Asmodel, zu der Stelle hinüber, die Jobab meinte. Dicht neben einem kleinen Strauch erblickte er den roten Mann, eine ziemlich kleine Gestalt, stämmig und muskulös, keine zweihundert Schritt entfernt. Der Mann winkte und fuchtelte merkwürdig, so daß Jobab sich schon überlegte, ob er vielleicht verrückt war. Das wäre ja auch kein Wunder bei dieser sengenden Sonne...

»Meinst du einen ziemlich kleinen, stämmigen Mann mit dicken Muskeln?« fragte Ommo plötzlich.

Jobab nickte eifrig. »Ja, ganz genau. Und knallrot, ganz eigenartig.«

Ommo schüttelte den Kopf. »Einen Mann sehe ich auch, aber rot ist er nicht.« Er verengte die Augen, um besser sehen zu können. »Er ist sogar ausgesprochen schwarz, würde ich sagen.«

Jax machte eine wegwerfende Gebärde. »Alles Unfug!« krächzte er. »Weiß ist er, so weiß wie meine Seele.«

»Das meine ich ja gerade!« entfuhr es Ommo, doch als er Jax' giftigen Blick sah, machte er lieber wieder einen Rückzieher. »Ihr seht ihn weiß, Meister?«

Jax nickte langsam. »Ein kleiner, gedrungener Mann, sehr stämmig und muskulös«, bestätigte er. »Er winkt und fuchtelt merkwürdig, aber er ist gleißend weiß.«

»Hm«, machte Jobab. »Bei mir ist er aber nach wie vor recht rot.« Da hatte er eine Idee. »Asmodel!« fragte er dann. »Welche Farbe hat der Mann dort?«

Der Dämon warf ihm einen gekränkten, ja vernichtenden Blick zu. »Der Herr Gesell«, manchmal nahm er Jax' Ausdrucksweise an, »belieben wohl zu scherzen, wie? Da ist überhaupt kein Mann zu sehen, und das ist sicher!« Indigniert wandte er sich ab.

Jax nickte. »Aha«, murmelte er leise. Dann atmete er mit lautem Rasseln einmal tief durch und befahl den Gesellen: »Dann gehen wir mal auf ihn zu. Mal sehen, wie er wirklich aussieht, hähä.«

Das Lachen klang alles andere als angenehm, schien es Ommo. Wenn hier eine Gefahr lauern sollte, und sie durch ihr Gepäck völlig unbeweglich waren... »Sollen wir die Rucksäcke vorher ablegen?« fragte er seinen Meister.

Jax meckerte kurz auf. »Das wäre ja wohl noch schöner!«

Seufzend zogen Ommo und Jobab ihre magischen Stäbe aus dem Gürtel und hielten sie abwehrbereit in der Rechten, während sie mit der linken Hand versuchten, das Gewicht ihrer Rucksäcke abzupuffern. So schritten sie auf die Erscheinung zu. Asmodel gab sich immer noch beleidigt. Doch blieb er stehen – oder genauer, schweben – wo er war, und musterte das Schauspiel mit recht unbeteiligt wirkender Neugier.

Ommo konnte den Mann schon sehr genau erkennen – aber er

war rötlich-schwarz! Was meinte Jobab nur? Ob er ihnen etwas Bestimmtes mitteilen wollte? War es vielleicht eine Art Geheimsprache, derer sich sein Bruder da befleißigte?

Jax knurrte: »Wenn der nicht weiß ist, dann bin ich eine alte Turtelhenne.«

Jobab mußte kichern. »Ich fürchte, Meister, dann müßt Ihr heute abend wohl ein Ei legen.« Die Sache war völlig eindeutig für ihn: Der Mann war immer noch so rot wie vorher!

Da keimte ein Verdacht in Ommo auf. »Und wenn er nun alles drei ist?« fragte er. »Es wäre ja immerhin möglich, daß wir ihn jeder auf verschiedene Weise sehen, oder?«

Obwohl die Frage scheinbar an seinen Blutsbruder Jobab gerichtet war, wollte er von Jax die Antwort hören.

Der alte Zauberer blieb stehen und biß sich auf seine Unterlippe. »Hm«, machte er nachdenklich. »Tja, da könnte etwas dran sein.« Er musterte den Fremden eindringlich. »Aber das erspart uns nicht, uns ihm zu nähern.«

Ommo nickte. Sein Meister hatte recht: Es wäre zwecklos gewesen, dem Mann jetzt auszuweichen. Wer konnte schon wissen, was er im Schilde führte? Und da war es sicherlich besser, mit ihm zunächst einmal zu sprechen – natürlich mit aller gebotenen Vorsicht und wohlgewappnet.

Doch da ergriff der Mann von sich aus bereits das Wort. »Weichet zurück!« rief er ihnen zu. »Weichet zurück, kehret um!« Und er gestikulierte wild.

»Von wegen«, knurrte Jax. »Das wüßte ich aber!« Und er fuchtelte mit seinem magischen Stab vor dem Gesicht des Mannes herum.

»Ihr seid des Todes«, warnte der Mann, »wenn ihr mir nicht gehorcht!«

»Gewiß, gewiß«, bemerkte Jax nickend. »Wer wäre nicht des Todes? Sterben müssen wir alle.« Plötzlich versteifte sich der alte Zauberer und fuhr den Fremden an: »Rede kein Blech! Was soll dieses Farbspektakel?«

Der Mann hörte auf zu gestikulieren und hob fragend die Augenbrauen. »Was wollt Ihr damit sagen?« fragte er in unschuldigem Tonfall.

Doch Jax glaubte ihm kein Wort. »Freundchen, wenn du meinst, du könntest uns mit so einem billigen Trick hereinlegen, dann muß ich dich, fürchte ich«, nun begann der alte Zauberer zu säuseln – das war immer ein Zeichen dafür, daß er ganz besonders gefährlich wurde, »leider eines anderen belehren. Zum Beispiel hiermit!« Mit diesen Worten stach er mit dem Zauberstab nach dem Mann und ließ einen flammenden Stoß Magie hervorschießen.

Wie von einem Blitz getroffen (was er ja wohl auch irgendwie war, dachte Ommo) wich der Mann zurück. Entsetzt stammelte er: »A-... a-... aber ich habe doch...«

Jax nickte freundlich. »Selbstverständlich hast du doch«, säuselte er weiterhin. »Aber ja doch, mein Bester, aber ja doch!« Und unerbittlich hielt er seinen Zauberstab auf den Fremden gerichtet.

Der machte plötzlich eine merkwürdige Verwandlung durch: War sein Oberkörper in Ommos Augen bis vor kurzem noch pechschwarz gewesen, so erschien er ihm plötzlich rot, und Jobab meinte verblüfft: »Komisch, jetzt ist er zu einem Drittel schwarz.«

»Ja«, bestätigte Jax, »er hat sich tatsächlich verändert. Nun sind seine Beine nicht mehr weiß, sondern rot.«

»Jetzt kann ich ihn auch sehen!« rief Asmodel ihnen von hinten her zu. Er kicherte. »Hihihi, ein quergestreifter Mann! Hähä! Nicht gerade eine Schönheit, wie? Rot, schwarz und weiß! Pah! Die sind doch schon lange aus der Mode!«

Jax blickte auf den Mann und schüttelte den Kopf. »Mein Guter«, bemerkte er wie nebenbei, »wenn du dich nicht fügen willst, so mach dich gefälligst aus dem Staub – und zwar *sofort!«*

Der starrte die drei Zauberer und den Dämon nur entsetzt an und wich hastig zurück. Schließlich machte er kehrt und lief davon, so schnell ihn seine Füße trugen. Dann verschwand er am Horizont.

»Daß er nicht noch eine Furche im Boden hinterlassen hat, ist alles!« prustete Ommo fröhlich. »Hat der aber Fersengeld gegeben!«

Doch Jobab blieb ernst. »Wer war das?« fragte er den Meister.

Achselzuckend antwortete Jax: »Irgend so ein Blödmann, der uns vom richtigen Weg ablenken wollte.«

»Aber warum?« wollte Jobab wissen. »Was hat er für einen Grund?«

Doch Jax schnitt ihm das Wort ab. »Weiter! Weiter!« drängte er. Inzwischen klang es nicht mehr ganz so befehlend und knurrig wie sonst. »Wir haben keine Zeit zu verlieren – glaubt mir doch!«

Und er stapfte davon. Der letzte Satz beeindruckte Ommo und Jobab stärker als jede Standpauke, die ihnen ihr Meister jemals gehalten hatte: Es war etwas Flehendes, ja geradezu Verzweifeltes in Jax' Stimme gewesen. Was war nur los?

13

Jax weigerte sich standhaft, die Fragen seiner Gesellen zu beantworten. Zu gern hätten sie gewußt, mit wem sie es soeben zu tun gehabt hatten. Aber es war offensichtlich, daß der Meister Gefahr witterte, und so überließen sie sich einmal mehr seiner Führung.

Asmodel hatte sich ihnen inzwischen wieder zögernd angeschlossen und schwebte nun (Ommo erschien es allerdings eher, als würde er mitten in der Luft herumtapsen) der Gruppe voran.

Nach etwa zweistündigem Marsch, es mußte um die Stunde Sadedalia sein, gelangten sie an eine weitere winzige Baumgruppe, die kühlenden Schatten spendete. Jobab und Ommo wagten kaum darauf zu hoffen, daß ihr Meister nun vielleicht eine kleine Rast befehlen würde – doch da geschah auch schon das Undenkbare: »Wir machen hier halt!« raunzte der alte Jax.

Verblüfft setzten sie ihr Gepäck ab und legten sich in den Schatten. »Herrlich«, brummte Jobab. »Daß ich das noch erleben durfte!«

»Ruhe!« schnauzte Jax ihn an. »Wenn ich sage Rast, so meine ich damit nicht Rost, hähähä!«

Jobab seufzte. Dem Meister schien wohl auch kein neuer Kalauer mehr einzufallen. Doch er musterte den Magier aufmerksam. Was hatte Jax nun schon wieder vor? Sicherlich irgendeine Gemeinheit...

Doch er war angenehm überrascht, als Jax sich zu ihnen setzte und aus seiner Robe einen langen Pfeil hervorholte, ein schlankes schwarzes Gebilde aus Ebenholz mit bläulich schimmernder Stahlspitze, die mit Widerhaken bewehrt war.

Als er die Federn sah, mit welchen das Pfeilende bestückt war, wurde Jobab noch aufmerksamer. Als angehender Kampfmagier interessierte er sich natürlich für Waffen aller Art.

»Ich muß euch wohl eine kleine Lektion erteilen?« knarzte Jax. »Da die Herren Lehrlinge – äh, ich meine natürlich Gesellen, pardon – ja ständig darauf bestehen, etwas zu lernen... ja«, er schielte sie mit falscher Freundlichkeit lächelnd an, »da ihrer Wißbegierde keine Grenzen gesetzt sind, halte ich es nun für an der Zeit...«

Jobab gähnte. »Meister, inzwischen haben wir gelernt, daß Ihr es liebt, Euch möglichst mit vielen Umschweifen auszudrücken«, knurrte er. »Doch, mit Verlaub, dergleichen ist nicht nötig.« Er hob die Augenbrauen und sah Jax fragend an.

Auch Ommo war neugierig geworden und musterte interessiert den Pfeil. »Wozu dient der?« fragte er mit entwaffnender Offenheit.

Jax wirkte ein wenig verdutzt, fing sich aber sofort wieder und setzte in seinem schnarrenden, belehrenden Tonfall fort: »Die Reise ist viel gefährlicher, als ich dachte. Deshalb wünsche ich, daß ihr die Kunst des Pfeils erlernt. Und zwar sofort!« Finster blickte er die Gesellen an.

Jobab nickte bedächtig. »Mir fällt auf, Meister«, wandte er ein,

»daß Ihr nicht von der Kunst des Bogenschießens sprecht, sondern von der des Pfeils. Wie ist das zu verstehen?«

Jax' Miene hellte sich ein wenig auf. Anscheinend erfreute ihn die intelligente Frage seines Schülers. »Gut beobachtet, Gesell«, meinte er. »Ja, ich sprach tatsächlich nicht vom Bogenschießen. Und warum nicht?« Er blickte Ommo fragend an.

Den traf die Frage völlig überraschend, und so wußte er nur zu stammeln: »Ich... äh, weiß nicht, ich... äh...«

Jax nickte befriedigt. »Das habe ich mir gedacht.« Mit wichtigtuerischer Miene zeigte er ihnen den Pfeil von allen Seiten. »Vor dem Bogenschießen kommt erst einmal die Auseinandersetzung mit der eigentlichen Waffe. Und welche Waffe ist das?«

»Der Pfeil, denke ich doch?« erwiderte Ommo, der seine Scharte wieder auswetzen wollte.

Jobab schüttelte den Kopf. »Das wäre wohl zu vordergründig«, gab er vorsichtig zu bedenken. »Wenn Ihr schon diese Frage in dieser Form stellt, Meister, so meint Ihr wahrscheinlich etwas anderes.« Er legte die Stirn in Falten und dachte nach, während Jax ihm anerkennend zunickte. »Hm«, machte Jobab schließlich, »die eigentliche Waffe des Magiers ist sein Wille.«

»Und seine Konzentration!« pflichtete Ommo ihm bei.

Jax nickte erneut. »Ganz genau. Und welche magische Waffe symbolisiert den Willen des Zauberers?« fragte er.

»Eigentlich der Dolch«, meinte Ommo zögernd. »Aber im Prinzip...«

»... im Prinzip«, führte Jobab den Gedankengang seines Blutsbruders fort, »im Prinzip symbolisiert natürlich jede Waffe den Willen des Magiers. Immerhin wird sie von diesem geladen.«

»Ja«, stimmte Jax ihm zu. »Damit können wir wohl feststellen, daß es verschiedene Ausdrucksformen des magischen Willens gibt. Und welche mag nun der Pfeil symbolisieren?«

»Mit Sicherheit den schnellen Willen«, warf Ommo ein.

Jax legte den Kopf schräg. Er sah nicht unerfreut aus – ein äußerst seltener Anblick! »Und was bedeutet das?« wollte er wissen.

»Der schnelle Wille...«, wiederholte Ommo nachdenklich. »Wie soll ich das ausdrücken? Ich meine damit einen Willen, der möglichst schnell ans Ziel will.«

»Hm, nicht schlecht«, brummte Jax. »Aber was braucht denn dieser Wille, um sein Ziel zu erreichen? Mit dem reinen Wünschen ist es schließlich nicht getan.«

»Zielgenauigkeit, Treffsicherheit«, bemerkte Jobab. »Und natürlich auch... ja, das Können, die Kunst, den Pfeil ins Ziel zu lenken.«

Jax nickte. Nun wirkte er wirklich zufrieden. »Sehr gut! Wirklich, sehr gut!« Doch als er die erfreuten Mienen seiner Gesellen erblickte, winkte er schon wieder unwirsch ab. »Kein Grund, sich etwas darauf einzubilden und sich auf seinen Lorbeeren auszuruhen.«

Ommo seufzte. Warum war dieser Meister nur mit seinem Lob immer so geizig? »Um ein Ziel zu treffen, muß natürlich erst eine Verbindung zwischen Schützen und Ziel hergestellt sein«, führte er aus. »Das kann durch den reinen Blick geschehen, aber...« Er zögerte wieder.

»Ja?« fragte Jax interessiert. »Aber – was?«

»...aber das genügt in der Regel wohl kaum«, meinte Ommo.

»Genau«, warf Jobab ein. »Denn sobald sich das Ziel bewegt, ist das Auge für sich beschäftigt und kann den Pfeil nicht ebenso schnell lenken.«

»Das stimmt nicht ganz«, wandte Jax ein. »Das ist nur eine Frage der Schnelligkeit. Aber im Prinzip habt ihr schon recht: Es ist viel besser, wenn Schütze und Ziel eins sind, dann kann sich der Pfeil nämlich nicht verirren.«

»Aber dann trifft man sich doch im Prinzip nur selbst!« folgerte Ommo.

Jax klatschte in die Hände, ohne jedoch den Pfeil dabei loszulassen. »Wunderbar! Ausgezeichnet! Ich sag's ja immer, daß die Einöde und die Strapaze den Geist beflügeln...«

Oh! Dieser Meinung war Ommo aber gar nicht! Kein Wunder,

daß der alte Knauser in seiner schäbigen Schilfrohrhütte im äußersten Süden Chaims hauste, dort, wo sich nicht einmal die Schakale und die Hyänen mehr gute Nacht sagten, aus Furcht, sie könnten dabei vor Langeweile umkippen.

»So, meine Herren Gesellen«, schnarrte Jax und setzte wieder eine wichtigtuerische Miene auf. »Jetzt kommt eine Erkenntnis, die wirklich nur dem Gesellengrad vorbehalten ist. Die nämlich, daß Schütze und Ziel *immer* eins sind, ob sie es nun wissen mögen oder nicht.«

Darüber dachten die beiden Gesellen sorgfältig nach. Es kam nicht häufig vor, daß Jax so feierlich und wirklich ernstgemeint zu ihnen sprach. Ob der alte Gauner wohl wieder irgend etwas im Schilde führte? Doch darauf kam es jetzt nicht mehr an. Die bevorstehende Aufgabe, sich nämlich mit dem magischen Pfeil auseinanderzusetzen, fesselte ihre ganze Aufmerksamkeit. Und einmal mehr umgarnte sie der Meisterzauberer Chaims mit seinem unendlichen, großen Wissen.

»Wenn alles eins ist, so ist nichts vom anderen verschieden«, erklärte Jax. »Aber ich bitte doch das Wort *wenn* dabei zu beachten! Man kann es nämlich auch ganz anders sehen ...«

»Ja, und wird dann ein miserabler Schütze werden«, meinte Jobab abwertend.

Jax nickte bedächtig. »Das kann vorkommen.« Er musterte eindringlich seinen Pfeil. »So weit, so gut. Doch obwohl Schütze und Ziel eins sein mögen, sind sie in der Regel nicht eins mit dem Raum, der sie voneinander trennt. Und diesen Raum überwindet der Pfeil. In diesem Sinne ist der Pfeil also ein geflügelter Wille, ein Geschoß des eigenen Selbst, wenn ihr versteht, was ich meine.« Fragend blickte er Ommo und Jobab an.

Die beiden Gesellen schwiegen und dachten über das Gesagte nach. Das war gar nicht so leicht zu erfassen – aber das war ja in der Magie sowieso meistens der Fall. Wahrscheinlich würden sie erst nach einigen Jahren die volle Tragweite dieser Worte begreifen. Bis dahin galt es, sich einigermaßen zu behelfen.

Und so sagte Jobab: »Dann muß ich den Pfeil also wohl lieben?«

»Ja, in gewisem Sinne schon«, bestätigte Jax. »So wie jeder gute Jäger seine Waffe liebt. Und wer seinen Pfeil wirklich liebt«, fügte er in mahnendem Ton hinzu, »der wird ihn nur dann abschießen, wenn es gilt, Leben zu retten.«

»Aber das ist doch widersprüchlich!« protestierte Ommo. »Schließlich soll der Pfeil doch töten! Bei der Jagd zum Beispiel...«

»Bei der Jagd tötest du auch nur, um Leben zu retten – nämlich dein eigenes, weil du nämlich sonst verhungern würdest!« knurrte Jax ihn an. »Jede Sache hat eben zwei Seiten, und das solltet ihr euch gefälligst in dicken Lettern hinter die Löffel schreiben!«

Jobab nickte zustimmend. »Das leuchtet mir ein, Meister«, meinte er. »Es bedarf also einer gewissen Ehrfurcht...«

»Mögen alle Dinge glücklich sein«, wiederholte Ommo murmelnd jenen ersten Satz, über den zu meditieren Jax ihnen zu Anfang ihrer Lehrzeit befohlen hatte.

»Richtig, nicht nur das Wesen, sondern auch *Dinge«*, ergänzte Jax. »Denn erst dadurch bekommen sie eine Seele – oder bemerken wir ihre Seele, wie man es sehen möchte.«

»Und was heißt das nun für uns und diesen Pfeil?« wollte Jobab wissen. Er war kein Mensch der Theorie, ihn drängte es stets zur Praxis.

Kopfschüttelnd entgegnete Jax: »Eigentlich müßtet ihr das schon wissen. Aber da wir hier nicht viel Zeit haben, sage ich es euch gleich. Ich werde euch etwas überreichen.« Er griff in seine Robe und holte zum Erstaunen der beiden Gesellen zwei weitere Pfeile hervor, einen roten und einen weißen. Abgesehen von ihrer unterschiedlichen Farbe, sahen sie genauso aus wie der schwarze Pfeil, über den sie gesprochen hatten.

Wo konnte der Magier in seiner Robe bloß diese Dinger mit den gefährlichen Widerhaken sicher verstauen? fragte sich Ommo verwundert. Doch dann wischte er den Gedanken unwirsch fort. Jetzt gab es Wichtigeres.

»Der weiße ist der Pfeil der Heilung«, erklärte Jax. »Der rote ist der Pfeil des Zorns. Welchen willst du haben?« fragte er, an Jobab gewandt.

»Den roten!« erwiderte Jobab sofort, ohne nachzudenken. Jax nickte. »Dann bekommst du den weißen.« Als er Jobabs verdutztes Gesicht erblickte, lachte er schallend. »Mein Lieber, jeder Anfänger der Magie begeht einen entscheidenden Fehler: Er konzentriert sich zu sehr auf das, was er kann, und verstärkt damit ein bereits bestehendes Ungleichgewicht noch weiter. Das kann ihn später einmal Kopf und Kragen kosten. Natürlich willst du den Pfeil des Zorns besitzen, weil du selbst ein aufbrausender, kämpferischer Mensch bist. Um so wichtiger ist es eben für dich, auch den Pfeil der Heilung beherrschen zu lernen. Wer weiß«, der alte Mann legte den Kopf auf seine rechte Schulter, schielte Jobab mit halbgeschlossenen Augenlidern an und grinste unverschämt, »wer weiß, vielleicht wirst du eines Tages des roten Pfeils würdig sein. Da, nimm!« Und er reichte Jobab den weißen Pfeil.

»Hm«, machte Ommo. Der Gedanke, den Pfeil des Zorns besitzen zu sollen, war ihm gar nicht behaglich.

»Eben, eben«, meinte Jax, der offensichtlich einmal mehr seine Gedanken gelesen hatte. »Gerade weil dir dieser rote Pfeil nicht so gefällt, mußt du lernen, mit ihm umzugehen – denn sonst beherrscht er *dich!«* Und es war etwas Drohendes in Jax' Stimme.

Ommo stieß einen Seufzer aus. Das wäre ja nun auch wirklich zu schön gewesen, um wahr zu sein, wenn ihm der Meister wenigstens einmal etwas überreicht hätte, was er *wirklich* wollte. Doch er nahm den Pfeil gehorsam entgegen und wog ihn bedächtig in beiden Händen.

»So«, schloß Jax. »Nun verstaut die Pfeile sorgfältig. Den Rest lernt ihr dann im Laufe der Jahre von alleine. Sie werden es euch im Traum und im Schlaf beibringen. Und da ihr ohnehin ständig Traumtänzer seid, hähä«, der alte Magier keckerte wieder schrill und hämisch, »habt ihr ja jede Menge Gelegenheit dazu, euch mit dem Wesen und der Kunst des Pfeils vertraut zu machen. Und jetzt geht's weiter.«

Abrupt stand er auf und machte sich wieder auf den Weg.

14

»Ach, Meister«, rief Jobab ihm nach. »Würdet Ihr mir vielleicht noch eine Frage beantworten?«

Das Sprechen fiel ihm schwer, weil er schon wieder außer Puste war, nachdem Jax erneut einen ordentlichen Zahn zugelegt hatte.

Ohne sich umzudrehen, knurrte der alte Zauberer: »Wahrscheinlich nicht. Welche denn?«

»Ich wüßte doch zu gerne, wozu der schwarze Pfeil da ist?«

Jax lachte lautlos, daß sein hageres Gerippe nur so bebte. »Das kann ich mir denken!« schnarrte er. Immerhin klang es nicht sonderlich böse oder mißmutig. Das war ja auch schon etwas wert, dachte Ommo.

Doch der alte Magier antwortete nicht, und so wiederholte Jobab schließlich ungeduldig seine Frage.

»Hm«, machte Jax, »warum sollte ich es dir auch nicht sagen? Der schwarze Pfeil ist der Pfeil der Bedrohung und des Todes. Genügt das dem Herrn Gesell?«

Nun war Jobab zwar nicht sonderlich viel klüger als vorher, doch er begnügte sich mit dieser kargen Antwort. Auch Ommo war froh, daß sich seine Befürchtungen, Jax' üble Laune betreffend, bisher nicht in vollem Ausmaß bewahrheitet hatten. Doch das konnte ja immer noch kommen.

Mit der Zeit wurde die Gegend hügeliger, ja geradezu gebirgiger, was dem Auge zwar mehr Abwechslung bot, das Gehen aber noch beschwerlicher machte. Ommo und Jobab hatten das Gefühl, als würde ihr Gepäck immer schwerer. Einmal ertappte

Ommo sich dabei, wie er blitzschnell zurückschielte, um nachzusehen, ob ihm vielleicht irgendein Dämon klammheimlich noch weitere Wackersteine in den Rucksack packte. Aber die Steine schienen ganz von allein an Gewicht zuzunehmen. Ach, wie lange würde das nur noch weitergehen?

Jobab hatte eine Methode gefunden, die ihm die Schmerzen linderte und das Tragen erleichterte. Er zog sein Bewußtsein ein Stück in sich selbst zurück, so daß er in eine Art Halbtrance verfiel. In diesem Zustand bündelte er seine Gedanken und formte sie innerhalb des Körpers zu einem großen Muskelmann. Plötzlich war er selbst dieser kräftige Kerl – und die Last wurde immer leichter.

Ommo bemerkte, daß sein Blutsbruder plötzlich nicht mehr so stark schwitzte wie vorher, und so fragte er ihn: »Wie schaffst du das?«

Eine weitere Erläuterung war nicht nötig. Durch ihre jahrelange magische Ausbildung konnten die beiden Gesellen mühelos den telepathischen Kontakt herstellen. Meistens jedenfalls... Diesmal klappte es, und so lehrte Jobab seinen Blutsbruder die Technik der Kraftgewinnung. Ommo setzte das Gelernte sofort um, und zu seinem eigenen Erstaunen bemerkte er, wie die Last tatsächlich an Gewicht verlor. Merkwürdig. Warum hatte Jax ihnen das nicht vorher gesagt? Wenigstens eine kleine menschliche Geste... Ommo schüttelte den Kopf. Wenn Jax irgend etwas *nicht* war, so menschlich. Bis auf gelegentliche Ausnahmen.

Ommo ächzte. Seine Konzentration hatte nachgelassen, und unerbittlich machten sich die Wackersteine wieder bemerkbar. Also zog er sich erneut in seinen inneren Geist zurück und wurde gedanklich zum Muskelmann.

Und so bemerkten die beiden in Halbtrance befindlichen Zaubergesellen kaum, daß sie unter der Führung von Asmodel und Jax den höchsten Gipfel des ganzen Gebirgszuges erklommen, bis sie endlich oben angelangt waren und Jax anhielt.

Ungefragt setzten die beiden Gesellen ihr Gepäck ab, doch Jax bemäkelte es ausnahmsweise nicht. Er war auch zu beschäftigt dafür, denn er spähte weit nach Norden hin zum Horizont, wo sich einige kleine schwarze Punkte bewegten: offensichtlich Wanderer, die auf sie zuzukommen schienen.

»Gefahr im Anzug?« fragte Jobab und nestelte an dem magischen Dolch in seinem Gürtel.

Jax schüttelte den Kopf und meinte achselzuckend: »Wird sich zeigen. Auf jeden Fall müssen wir aufpassen. Die Gegend wird jetzt immer gefährlicher.«

Asmodel kauerte im Schatten eines Felsvorsprungs und spähte ebenfalls mürrisch nach Norden. »Ein Mann«, meldete er. Wenn sie wollten, verfügten die meisten Dämonen über eine ausgezeichnete Sehschärfe. In der Regel mußte man sie allerdings entweder bestechen oder mit fürchterlichen Drohungen dazu bewegen, sie für einen einzusetzen. Deshalb blickte Ommo den Dämon auch verwundert an.

Jax bemerkte es und stieß ein lautes Lachen aus. »Ja, ja«, spöttelte er. »Auf dem Sonnenberg gefällt es Dämonen eben nicht. Da sind sie schon mal zu Konzessionen bereit, hähähä!«

Auf dem Sonnenberg? Ommo runzelte die Stirn, und auch Jobab blickte den Meister fragend an.

Jax winkte ab. »Tut jetzt nicht viel zur Sache«, bemerkte er und zeigte wieder auf die sich nähernden Wanderer. Es waren vier Punkte von unterschiedlicher Größe. »Auf jeden Fall ist das nicht nur ein einziger Mann«, wandte Jobab ein und warf Asmodel einen fragenden Blick zu. Der Dämon nickte. »Nein, es ist nicht nur ein Mensch.«

Anscheinend wollte er nicht mehr verraten. Jax musterte ihn finster. »Mein lieber Asmodel«, sagte er mit drohendem Unterton, »wenn du dich schon dazu herabläßt, uns etwas von deinem Wissen preiszugeben, so verschweige wenigstens nicht die Hälfte.«

Asmodel zuckte mit seinen warzigen Schultern und antwortete nicht.

»Ich könnte sonst nämlich auf die Idee kommen«, fuhr Jax fort und beäugte prüfend seine schmutzigen Fingernägel, »daß es dir hier zu gut geht. Wir könnten beispielsweise ein paar Tage hier auf dem Gipfel nächtigen – ist doch schön hier, oder nicht?« fragte er, seine Gesellen betrachtend und ihnen mit einem Auge zuzwinkernd. Die nickten schadenfroh.

Der Dämon scharrte unruhig mit seinen krallenbewehrten Pratzen im Sand. Es war ihm anzumerken, daß er nichts Eiligeres im Sinn hatte, als möglichst schnell wieder von diesem Berg zu verschwinden.

Hm, dachte Ommo, der Sonnenberg? Natürlich, hier herrschten wohl die Kräfte des Lichts – und die waren für einen Dämon so unerträglich wie für einen Menschen das Gift.

»Also gut, also gut«, murrte Asmodel. »Ich sehe nicht nur einen Mann, nein, nein, ich sehe auch noch ein paar Tiere.«

Doch diese Antwort genügte Jax nicht. Drohend zeigte er mit seinem Finger auf den Dämon und fragte: »Was für Tiere?«

Achselzuckend knurrte Asmodel: »Ein Mann, der eine Kuh führt. Vor ihm gehen ein Affe und ein Bär.«

Jax wurde bleich. »Eine Kuh, ein Affe und ein Bär?« wiederholte er fassungslos.

Erstaunt musterten die Lehrlinge ihren verschreckten Meister. Im ersten Augenblick wußte Ommo nicht so recht, ob er sich darüber freuen sollte, daß der alte Jax endlich mal aus der Fassung geraten war, doch dann gewann die Vernunft Oberhand, und er zog mit einer schnellen Bewegung seinen magischen Dolch aus dem Gürtel.

Auch Jobab hatte bereits Dolch und Stab gezückt und richtete beide drohend in Richtung der Wanderer. Sprungbereit kauerte er sich in Kampfstellung nieder, und Ommo tat es ihm gleich.

Inzwischen hatte sich Jax wieder gefangen, befahl dem Dämon, sich zu ihnen zu gesellen, und fuhr Ommo und Jobab an: »Das dort drüben ist nur das Omen – die Gefahr kommt von woanders her. Sofort die Wackersteine auspacken und zum Kreis auslegen! Ommo östliche Hälfte, Jobab westliche! Danach werden wir auf der Stelle die Fluchlinge aktivieren.«

Die beiden Gesellen zögerten keine Sekunde. Sie steckten ihre Waffen wieder weg, rissen ihre Gepäckstücke auf und begannen, die schweren Wackersteine herauszuheben und im Kreis anzuordnen. Wenige Minuten später betrachteten sie stöhnend und keuchend ihr Werk: Der Kreis hatte einen Durchmesser von sechs Schritten, und in seiner Mitte befanden sich Jax und Asmodel. Lückenlos waren die Steine aneinandergereiht, doch Ommo konnte nichts Besonderes an ihnen erkennen: Es waren einfache, schwarze klobige Felsbrocken, denen man nicht einmal die vielen Flüche ansah, mit denen die beiden Gesellen sie während ihres anstrengenden Marsches bedacht hatten.

Doch es blieb keine Zeit, um die Szenerie zu genießen. Kaum waren sie fertig, holte Jobab auch schon die Fluchlinge aus seiner Gürteltasche: kleine goldene Scheiben, die mit seltsamen magischen Sigillen versehen waren, kaum daumennagelgroß und hauchdünn.

Die Fluchlinge waren eine Spezialität ihres Meisters Jax. Kein Zauberer in ganz Chaim konnte sie in einer solchen Perfektion herstellen, und es bedurfte zu ihrem Einsatz einer großen Erfahrung. Allein für sich genommen, waren die Fluchlinge selbst völlig wertlos, ja sogar ungefährlich. Erst in Verbindung mit den magischen Steinen, jenen Felsbrocken, die Ommo und Jobab schon so viel Schweiß gekostet hatten, stellten die Fluchlinge eine Abwehrwaffe sondergleichen dar. Sie waren die Steuerorgane der magisch geladenen Wackersteine, die ebenfalls für sich allein über keinerlei Kraft verfügten. Mit Hilfe der kleinen goldenen Fluchlinge jedoch strahlten sie eine vernichtende Energie aus, die jedem Angreifer den Garaus machen konnte. Allerdings mußte dies gesteuert werden, ganz wie eine Kompanie von Bogenschützen, die ebenfalls nur auf Befehl schießen durften, sollte nicht unter ihnen ein heilloses Chaos entstehen.

»Legt die Fluchlinge im Hexagramm aus«, befahl Jax und zeigte Ommo die Stelle, an der er sie haben wollte.

Gehorsam trat Ommo in die Mitte des Kreises und legte die

sechs Fluchlinge in die Formation des sechszackigen Sterns, den man auch das Siegel der Zauberei zu nennen pflegte.

Nun holte Jax aus seiner schier unerschöpflichen Robentasche sechs dünne goldene Fäden hervor und reichte sie dem Gesellen. »Die legst du nun so aus, daß sie die Fluchlinge miteinander verbinden. Aber schnell!«

Jobab war inzwischen ebenfalls in den Kreis getreten und hatte erneut den Dolch gezückt. Fragend blickte er den Meister an. »Was soll ich tun?«

Jetzt, da ihnen allen Gefahr drohte, war die alte Feindseligkeit vergessen. Selbst Jax verzichtete auf jegliche Gehässigkeiten, und es war ihm anzumerken, wie sein scharfsinniger Geist unermüdlich arbeitete.

»Nach Osten sichern, und zwar mit aller Aufmerksamkeit«, gebot er. Doch dann war er selbst beschäftigt: Eine Zauberformel murmelnd, richtete er seinen magischen Stab völlig unvermittelt auf Asmodel, worauf der Dämon plötzlich erstarrte.

»So, das wäre erledigt«, meinte Jax befriedigt und rieb sich die Hände.

»Aber wozu einen Verbündeten ausschalten?« fragte Jobab, der das Ganze mitangesehen hatte.

»Weil ein Verbündeter nicht immer zuverlässig ist, hähä«, bemerkte Jax, »vor allem kein Dämon! Wir werden es gleich mit einer Menge Dämonen zu tun haben, und da ja, wie es so heißt, Blut dicker ist als Wasser...« Er warf dem erstarrten Asmodel einen vielsagenden Blick zu.

Jobab nickte. Das leuchtete ihm ein. Dämonen waren notorisch unzuverlässige Verbündete, die man nur mit äußerster Gewalt an ihre Pflichten erinnern konnte. Wenn tatsächlich ein Dämonenangriff drohen sollte, wie Jax befürchtete, so war es durchaus wahrscheinlich, daß Asmodel ihnen in den Rücken fallen würde. Dies würde er sicherlich nicht unbedingt aus Liebe zu seinen Artgenossen tun, denn dergleichen Gefühle kannten Dämonen gar nicht, sondern vielmehr, um sich an dem Chaos und an der Vernichtung zu erfreuen – etwas, wonach sich jeder richtige Dämon nur so die Krallenspitzen zu lecken pflegte.

Die vier Punkte am Horizont waren plötzlich verschwunden. Jobab suchte mit abgeschirmten Augen das gesamte Gelände ab, konnte jedoch keine Spur mehr von ihnen entdecken. »Die haben sich offensichtlich verdrückt«, murmelte er.

»Ja«, pflichtete ihm Jax bei. »Wie gesagt, ein Omen, nicht mehr.«

Omen waren Vorzeichen, Fingerzeige auf die Zukunft. Niemand in Chaim wußte so recht, woher sie kamen und wohin sie gingen, doch es gab eine ganze Wissenschaft der Omendeutung. Denn stets kündigten sie irgendwelche Ereignisse an, mal freudige, mal – was allerdings leider die Regel war – unangenehme. Ein großes Problem bei der Beurteilung von Omen war ihre Erkennung, denn häufig sahen sie so aus wie ganz normale, tägliche Vorkommnisse oder Gestalten, und oft wußte man auch erst hinterher, daß man es mit einem Omen zu tun gehabt hatte. Der Umgang mit Omen setzte sehr viel Erfahrung voraus, und so war es also kein Wunder, daß Jax als einziger die vier Punkte erkannt hatte.

Hm. Ein Mann, der eine Kuh führte, ihm voran ein Affe und ein Bär... Ommo schüttelte den Kopf. Daraus wurde er nicht schlau. Aber darum ging es ja auch jetzt nicht mehr – nun drohte anscheinend ein Dämonenüberfall, etwas, was sich niemand, der bei Sinnen war, freiwillig gewünscht hätte.

*

Auch Jobab grübelte nach. Dämonen, das war bekannt, waren oft recht blutrünstige Gestalten, und schon häufig hatten er und Ommo mit ihnen zu tun gehabt – nicht immer auf sehr angenehme Weise. Andererseits waren sie auch recht träge und mischten sich nur sehr ungern in die Angelegenheiten der Menschen ein, wenn sie sich nicht irgendwelche Vorteile davon erhofften.

Doch welchen Nutzen würde eine Dämonenschar davon haben, drei Magier anzugreifen, die auf einem Berggipfel – genauer gesagt: auf dem Gipfel des Sonnenbergs – lagerten? Ob sie Asmodel befreien wollten? Doch diese Möglichkeit verwarf er schnell wieder. Das wäre nicht Dämonenart gewesen. So wie sie auf allen anderen Lebewesen herumhackten, sofern diese nur schwächer oder dümmer waren als sie, kannten sie keine Solidarität mit ihresgleichen. Jax' Bemerkung über die Dicke von Blut und Wasser war nur so eine Redensart gewesen, ohne wirklichen Wahrheitsgehalt.

15

Der Angriff ließ lange auf sich warten. Es war zermürbend, mitanzusehen, wie die Sonne hinter dem westlichen Horizont verschwand und langsam im Osten die Sterne am Himmel aufzuleuchten begannen. Darüber hinaus wurde die Luft auch immer kälter.

Schließlich, es war um die Stunde Barol, hörten sie ein leises Rascheln und Rauschen in der Luft. Der Himmel war plötzlich sehr klar und wolkenlos. Nur im Norden erloschen auf einmal die Sterne. Seltsam, dachte Ommo. Doch da fiel ihm ein, worum es sich handeln konnte: Flugwesen! Natürlich, mit ihren Schwingen verdeckten sie das Licht der Sterne!

Dem Ausmaß der Verdunkelung nach zu urteilen, handelte es sich um eine ganze Armee geflügelter Dämonen. Au weh! Das verhieß mal wieder nichts Gutes! Ommo biß die Zähne zusammen und umklammerte fester seinen magischen Dolch, die Linke an den Stab in seinem Gürtel gelegt.

»Sie kommen«, zischte Jobab, der auf dem Bauch lag und über den Steinkreis hinaus gen Norden spähte.

Jax kauerte in der Mitte des Kreises vor dem matt funkelnden sechszackigen Stern, der aus den Fluchlingen und den goldenen Fäden gebildet war. »Sie kommen nicht nur aus dem Norden«, murmelte er und heftete dabei den Blick starr in die Mitte des Hexagramms. »Sie kommen nicht nur aus dem Süden. Sie kommen nicht nur aus dem Osten«, fuhr er fort und ergänzte: »Sie kommen nicht nur aus dem Westen. Und ihr Name ist Legion.«

»Ihr Name ist was?« fragte Ommo, der das letzte Wort nicht richtig verstanden hatte.

Doch Jax schüttelte stumm den Kopf. Ommo merkte, wie die Nervosität durch seine Glieder schlich: ein leises, flatterndes Prikkeln, das im Takt mit den immer lauter rauschenden Flügeln der Flugwesen stärker wurde und ihn durchpulste.

Er atmete tief ein, konzentrierte die Luft auf sein Bauchzentrum. Dort war seine magische Kraft gespeichert, die er im Laufe seiner Lehrlings- und Gesellenlaufbahn aufgenommen, entwickelt und verfeinert hatte. Er zapfte diese Kraftquelle an und ließ die Magie durch seinen Körper schießen. Ein kurzer, heftiger Energiestoß – dann war er auch schon voll in magischer Kampftrance.

Keinen Augenblick zu früh, denn nun griffen die Dämonenscharen an! Ohne jede Vorwarnung stürzten sie sich auf den Kreis der drei Zauberer.

»Ich gebe Feuer frei«, murmelte Jax, beinahe geistesabwesend, »und gut Treff!« Dann wandte er sich wieder seinem Hexagramm zu.

Jobab ließ den ersten magischen Feuerstoß aus seinem Dolch hervorschießen. Im roten Aufblitzen der Kampfmagie erblickte Ommo plötzlich ein riesiges Untier, das mit mächtigen ledrigen Flügeln von über zehn Metern Spannweite auf sie zukam: vorgereckt zwei kräftige, muskulöse Arme, die in dreifingrigen, mit Klauen besetzten Händen endeten, dazwischen, inmitten von pelzigem, schwarzschimmerndem Flaum, ein riesiger Kopf mit langen spitzen Ohren und einem gewaltigen, gebogenen Schnabel, der weit aufgesperrt war und zahllose spitze Zähne offenbarte. Böse funkelten die grünen Augen des Flugdämons, als er sich auf sie stürzen wollte und im gleichen Moment vom magischen Strahl getroffen wurde.

Das Wesen heulte so laut auf, daß der ganze Berg zu erzittern drohte, und ein giftgrün leuchtendes Loch tat sich plötzlich wie ein drittes Auge auf seiner Stirn auf. Dampf zischte aus den gedrungenen, flachgepreßten Nüstern und aus seinem Schnabel hervor, und es schien einen Augenblick die Beherrschung über seine Flugbahn zu verlieren, torkelte beiseite, faßte sich wieder, wich ein Stück zurück, wie um einen Anlauf mitten in der Luft zu nehmen, und schoß wieder auf sie zu. Doch diesmal traf der Strahl aus Ommos magischem Dolch das Wesen in die Kehle, direkt durch seinen aufgesperrten Rachen.

Im kurzen Aufblitzen der Energie, denn nun nahm Ommo den Dämon mit seinem Stab ebenfalls unter Beschuß, sahen sie, wie das Wesen verblüfft innehielt, ohne jedoch ernstlich verletzt zu wirken.

Da hörten sie das Rauschen von Schwingen hinter ihrem Rükken, und als Ommo kurz zurückspähte, stellte er zu seinem Entsetzen fest, daß der ganze Kreis von Flügelwesen umringt wurde. Doch aus irgendeinem unerfindlichen Grund blieben sie auf Distanz, drangen also noch nicht in den eigentlichen Kreis ein.

Aus einem unerfindlichen Grund? Ommo und Jobab sahen zu Jax hinüber. Der alte Zauberer hielt in der Linken eine winzige Handfackel, die ihren Schein auf das kleine Hexagramm in der Mitte des Kreises warf. Beschwörungen murmelnd, zog er mit seinem hageren Zeigefinger Linien auf dem sechszackigen Stern nach, in bestimmter Ordnung den goldenen Fäden folgend, durch welche die Fluchlinge miteinander verbunden waren.

»Risuuch! Suclagus! Kirtabus! Sablil! Sachlil! Colopatiron! Zeffar!«

Donnernd dröhnte der alte Magier die Namen der Macht – Jobab und Ommo erkannten einige von ihnen, da Jax sie schon kurz zuvor nach ihrem Durchqueren der Region der Nebelschleier benutzt hatte.

Jax' Taktik war klar: Zuerst hatte er die schwächeren Waffen eingesetzt, nämlich Ommos und Jobabs Dolch und Stab, um die

Dämonen selbstsicher zu machen. Nun aber, da sie in solchen Heerscharen herangenaht waren, schwenkte er um und setzte die mächtigste Waffe ein, die ihnen zur Verfügung stand: Die Fluchlinge mit den magischen Felsbrocken, die den schützenden Kreis bildeten.

Erst als Ommo und Jobab den magischen Blick der Weisheit und des Erkennens annahmen, bei dem das Gesichtsfeld auf über einhundertachtzig Grad erweitert wurde, sahen sie, was sich auf der feinstofflichen Ätherebene eigentlich abspielte:

Jax' Finger aktivierte mal den einen Fluchling, mal den anderen, lenkte die Energie von einer goldenen Scheibe zur nächsten, wobei er bestimmten, aber nicht sofort erkennbaren Mustern folgte. Gleichzeitig wurden auch die entsprechenden Segmente des magischen Schutzkreises aktiviert. Mal blitzte es im Osten kurz auf, und heulend wich ein Teil der Dämonenschar entsetzt vor den grünlich flammenden Blitzen zurück, die gnadenlos unter ihnen wüteten; dann zischte es gelb und violett aus den Steinen im Südwesten hervor, und zahllose Flügelwesen sanken röchelnd außerhalb des Kreises zu Boden, von tödlicher, magischer Energie getroffen.

So stiftete der alte Zauberer auch noch Hader und Zwietracht im Lager seiner Feinde, denn zu allem Überfluß mußten die Dämonen den Eindruck gewinnen, daß sie von ihren eigenen Kampfgenossen angegriffen wurden, so verwirrend und ungeordnet schossen die magischen Strahlen ihnen aus allen Richtungen entgegen. Ommo und Jobab beobachteten, wie sich einige der Dämonen bereits gegenseitig an die schuppigen Kehlen gingen.

Jobab grinste und gab einen erneuten Stoß Magie in das Getümmel ab. Inzwischen war es nicht mehr nötig, genau zu zielen – wo immer man auch hinschießen mochte, überall würde man einen Dämon treffen.

Auch Ommo genoß das Getümmel wie im Rausch. Und mit der Zeit gelang es den beiden Gesellen, die Dämonen immer geschickter in ein regelrechtes Kreuzfeuer einzubinden, das zusätzlich zu den Fluchlingen Verheerung in den Reihen ihrer Feinde anrichtete.

Doch Dämonen sind zäh und stur. Unentwegt griffen sie an, zumal sie in solchen Massen gekommen waren, daß es den drei Zauberern schier unmöglich erschien, sie jemals alle auszuschalten. Stundenlang tobte die Schlacht, und mittlerweile waren die Gegner klüger geworden. Sie erkannten, daß sie nur von den Zauberern im Kreis angegriffen wurden und ließen voneinander ab.

Der alte Jax schien langsam zu ermüden: Immer matter fuhr sein Zeigefinger die goldenen Linien des magischen Hexagramms ab, immer schwächer wurden plötzlich die Stöße der Magie, mit denen der Schutzkreis unter den Dämonen wütete.

Beunruhigt mußten Ommo und Jobab mitansehen, wie sich frische Dämonenscharen näher herandrängten und der alte Zauberer mit letzter Kraft seine Beschwörungen murmelte. Jax zitterte bereits am ganzen Leib, und es war deutlich, daß er diese Tortur nicht mehr lange würde durchstehen können.

Doch was sollten sie dann tun? Nur der Meister wußte, wie mit den Fluchlingen umzugehen war. Einmal mehr verfluchte Ommo den Wissensgeiz des alten Mannes. Hätte er seinen Gesellen mehr beigebracht, so würde sein Leben jetzt nicht zusammen mit ihrem in Gefahr schweben. Doch da ließ sich nun nichts mehr daran ändern.

Hatten sie vorher noch über ihre Erfolge jubeln können, als sich die Reihen der Dämonen zu lichten begannen, so waren die Breschen in der gegnerischen Sturmfront inzwischen schon längst wieder gefüllt, und mit bleckenden Zähnen und greifenden Klauen stürzten sich die Dämonen immer und immer wieder unentwegt gegen die Banngrenze des Kreises. Und wenngleich Hunderte von ihnen auch verendeten, so warteten anscheinend tausend weitere darauf, endlich an die verhaßten Magier heranzukommen, um sie in Millionen Stücke zu reißen.

Jax war inzwischen der Kopf auf die Brust gesunken, und Ommo sah beunruhigt, wie der Meister mit letzter Mühe gerade noch die Lippen bewegte. Da rief sein Blutsbruder ihm zu: »Mach du hier weiter, ich kümmere mich um Jax!«

Ommo nickte und richtete seine Aufmerksamkeit wieder auf die Angreifer. Er spürte, wie auch er selbst inzwischen ermattete; sie mußten ja auch schon stundenlang gekämpft haben, er hatte jedes Zeitgefühl verloren. Doch er atmete wieder kräftig durch, ging tiefer in seine Kampftrance hinein und ließ einmal mehr seinen Feuerstrahl durch die Scharen der Feinde mähen. So erlegte er Dutzende der Angreifer, einen nach dem anderen, doch für jeden Gefallenen erschienen drei oder vier neue Dämonen. Ja, ihre Zahl war wirklich Legion!

Jobab war mit einem Satz bei dem alten Zauberer und legte ihm den Arm um die Schultern. »Meister, was sollen wir tun?« brüllte er ihm, so laut er konnte, ins Ohr, das Getöse der Dämonenschar übertönend. »Soll ich Eure Hand führen?«

Jax nickte matt. Er hatte die Augen halb geschlossen, und es war offensichtlich, daß er der Ohnmacht nahe war.

Jobab hieb seinem Meister mit einem wuchtigen Schlag auf den Rücken, um ihn aufzurütteln. Dann nahm er die hagere rechte Hand des Zauberers und führte den ausgestreckten Zeigefinger von einem Fluchling zum anderen. Das war sehr wirkungsvoll: In alter Frische schienen die Blitze aus den Steinen hervorzuschießen, und fast jubelte Ommos Herz erneut auf, als plötzlich der gesamte Widerstand des Steinkreises mit einem Schlag zusammenbrach.

Was war geschehen?

»Ich weiß die Formeln nicht!« rief Jobab entsetzt. »Und Jax hat die Besinnung verloren! Er spricht sie nicht mehr aus!«

Ommo huschte geduckt zu den beiden hinüber. »Können wir ihn nicht wieder wecken?« brüllte er und stieß Jax seinen linken Ellenbogen in die Rippen. Der alte Zauberer zuckte zusmmen, öffnete die Augen und murmelte eine neue Formel.

Plötzlich geschah alles wie im Sekundenbruchteil: eine gleißende Explosion, die den beiden Gesellen für kurze Zeit das Augenlicht raubte, Jobabs Schrei, als er entsetzt den blutigen Stummel seines linken Zeigefingers betrachten mußte, den er offensichtlich beim Führen von Jax' Hand zu lange auf einem der mittlerweile weißglühenden Fluchlinge hatte ruhen lassen, ein unglaubliches Gebrüll und Geheul unter den Dämonen, ein zweiter Blitz, noch greller, heftiger, wuchtiger und heißer als der erste – und plötzlich war alles vorbei.

Die Sterne schienen am Himmel, als sei nichts gewesen, Asmodel stand stocksteif da und starrte gen Norden, stumm lagen die Steine im Kreis umher, und außerhalb des Schutzwalls war nichts mehr von den Gegnern zu sehen.

Jax lag besinnungslos am Boden und atmete schwer und rasselnd, während Jobab vor Schmerz das Gesicht verzog und hastig ein Tuch um sein Handgelenk wickelte, um den blutenden Finger abzubinden.

Als er wieder einigermaßen sehen konnte, sprang Ommo auf und schritt hurtig den Kreis ab, um sicherzugehen, daß die Gefahr gebannt war. Doch draußen war nichts mehr zu erkennen – wie ein Spuk hatten sich die ganzen Scharen der Dämonen plötzlich aufgelöst! Offenbar hatte der alte Zauberer mit letzter Kraft – mit der seinen und mit Jobabs Kraft – die endgültige Vernichtungsformel ausgesprochen.

*

Jobab lag steif wie ein Brett auf dem Boden, die verletzte Linke auf den Bauch gelegt. Murmelnd kniete der alte Zauberer neben seinem Gesellen und behandelte ihn mit magnetischen Strichen. Ommo hielt eine Räucherpfanne, aus der dampfende Schwaden hervorquollen, die Jax gelegentlich dem bewußtlosen Jobab ins Gesicht wedelte.

Schließlich bestrich der Magier den blutigen Fingerstumpf mit einer gelblichen Salbe, die ihm der Dämon Asmodel wortlos und mürrisch reichte. Sofort war die Blutung gestillt, und die Wunde verheilte.

Dann setzte sich Jax ächzend zurück, blickte Ommo in die Augen und meinte: »Wird schon werden. Vielleicht ein paar Tage Schmerzen, aber immer noch besser als tot.« Er furchte die Stirn zu einer ernsten Miene, doch dann überzog sein altes, gehässiges Lächeln das Gesicht. »Sollte man jedenfalls annehmen, hähä.«

»Meister«, protestierte Ommo empört, »ich finde das gar nicht lustig!«

Unwirsch schüttelte Jax den Kopf. »Kann ich mir schon denken«, knurrte er. »Aber wo gehobelt wird, da fallen eben Späne. Er hat noch Glück gehabt, das kannst du mir glauben.«

Ommo musterte seinen bewußtlosen Blutsbruder, dessen Gesicht inzwischen ein wenig entspannter, ja geradezu friedlich wirkte. »Wird er durchkommen?« fragte er mit bangem Unterton.

Jax nickte knapp. »Natürlich. Unkraut vergeht eben nicht. Da kann man nichts machen.« Es klang beinahe bedauernd.

Ommo fand die Bemerkung geschmacklos und antwortete nicht. Dergleichen war er von Jax ja schon zur Genüge gewohnt. Aber es ärgerte ihn, daß der Meister seine eigene Schwäche auf diese Weise anscheinend zu überspielen versuchte, und so hielt er ihm in scharfem Ton vor: »Wenn Ihr nicht umgekippt wärt...«

Jax lachte kurz und freudlos. »Das kann auch mal passieren«, meckerte er. »Schließlich können die Herren Gesellen ja wohl kaum erwarten, daß ihr alter Meister, gebrechlich wie er ist«, Jax musterte Ommo mit einem simulierten Ausdruck der Gebrechlichkeit in den Augen, »die ganze Arbeit alleine macht.«

Jax kicherte in seinen Bart hinein. Ommo beschloß, sich nicht weiter provozieren zu lassen. Statt dessen strich er Jobab über die Stirn und murmelte: »Hauptsache, du bist lebendig, Bruder.«

Jobab schlug die Augen auf. »Wo bin ich?« wollte er wissen. »Ich hatte wohl einen schlimmen Traum. Ein Magier stand in einer Höhle, vor einem gleißenden Dämonenfeuer, das hinter einem riesigen Dämonenschädel mit Hörnern loderte. Über ihm war ein gewaltiges Flügelwesen, das sich auf ihn zu stürzen drohte, aber...« Doch da versagte ihm die Stimme den Dienst, und er verlor erneut das Bewußtsein.

Besorgt blickte Ommo den alten Zauberer an. »Das sieht aber gar nicht gut aus.«

Jax machte eine wegwerfende Gebärde. »Bis die Sonne aufgeht, ist er schon längst wieder in Ordnung.« Dann rieb er sich mit der Hand über den Bauch. »Hunger habe ich«, schnarrte er.

Angewidert wandte Ommo sich von ihm ab und fuhr fort, seinem Blutsbruder die Haare aus der Stirn zu streichen. Insgeheim mußte er dem Alten freilich recht geben, denn er selbst spürte ebenfalls einen entsetzlichen Hunger, der in seinem Bauch wütete. Der magische Kampf war sehr anstrengend gewesen, wie überhaupt die ganze bisherige Reise, und der Verlust der Magie, die er rücksichtslos gegen die Gegner eingesetzt hatte, forderte nun seinen Tribut.

Plötzlich hörte er ein Schnaufen und drehte sich um. Jax hatte seinen Bann mit Einsetzen von Jobabs Ohnmacht von Asmodel gelöst und trieb den unwilligen Dämon nun mit Flüchen und Fußtritten an, etwas Eßbares zu kochen. Das war gar nicht so einfach: »Dämonenfraß« nannten die beiden Gesellen in der Regel das, was Asmodels Küche fabrizierte. Da Jax immer zu faul war, selbst die Zubereitung des Essens zu übernehmen, oblag es meistens den Gesellen oder dem Hausgeist, für das leibliche Wohl zu sorgen. Leider war man bei einem Dämon damit an der falschen Adresse. Und so machte sich Asmodel, oberflächlich meuternd, doch insgeheim voll diebischer Vorfreude auf die Auswirkungen seiner Kochkunst, ans Werk.

Wenn Asmodel kochte, war es immer ratsam, einen Löschteich in der Nähe zu haben, so scharf würzte der Dämon die Speisen. Seine Suppen galten als besonders heimtückisch: Zunächst schmeckten sie sehr milde, ja geradezu lasch, doch wenn man gerade zu Gewürzen greifen wollte, um dem Geschmack ein wenig nachzuhelfen, spürte man plötzlich ohne jede Vorwarnung eine mittelschwere Explosion in Rachen und Magen, und sämtliche Organe und Gliedmaßen begannen, wie von flüssigem Feuer zu glühen.

Andererseits hatte diese Kost den Vorteil, daß man wach blieb, vor allem während der Nacht, denn das Brennen in der Speiseröhre verhinderte jeden Schlaf. Ommo seufzte. Was für ein Leben!

Zu seiner großen Freude begann Jobab sich immerhin wieder zu rühren. Einmal mehr schlug er die Augen auf, streckte sich, musterte verwundert seine verstümmelte Linke und setzte sich auf. »War ein schöner Kampf, das muß man sagen«, meinte er mit mattem Lächeln zu Ommo.

Sein Blutsbruder nickte. »Hast dich auch wacker geschlagen.«

Nachdenklich musterte Jobab den Fingerstumpf. »Dieser Kampf…«, murmelte er. »Und dieser Traum, den ich gerade hatte… irgendwie scheint da ein Zusammenhang zu sein.« Mißtrauisch lugte er zu Jax hinüber, der die Fäuste in die Hüften gestemmt hatte und dem blubbernden Dämon über die Schulter spähte, während dieser mit einer Pfanne hantierte.

»Dieser Zauberer…« Er senkte die Stimme und Ommo neigte sich zu ihm herab, um ihn besser verstehen zu können, »dieser Zauberer war, glaube ich, Jax selbst.«

Ommo nickte. Das wäre nicht das erste Mal gewesen, daß der Meister ihnen den Tod auf den Hals gehetzt – und nicht nur gehext – hätte. Doch andererseits – was hatte so ein Traum schon zu bedeuten?

Asmodel hatte inzwischen knurrend ein magisches Feuer entfacht und hielt die Eisenpfanne tief in die lodernden Flammen. Immerhin trug der Wind lecker duftende Rauchschwaden zu den beiden Gesellen hinüber, und das Wasser lief ihnen – wider besseren Wissens – im Munde zusammen. »Eigentlich könnte ich jetzt etwas Scharfes gebrauchen«, murmelte Jobab, Asmodel musternd. »Normalerweise ist seine Küche ja nicht gerade mein Fall…«

Ommo nickte. »Aber es ist kalt, es ist spät und wir sind müde – da schmeckt wohl selbst noch der Dämonenfraß.«

Jax hatte sich inzwischen davon überzeugt, daß Asmodel nicht mehr Unfug anstellen konnte als sonst, und kam nun zu ihnen herüber. »Gleich gibt's Essen«, krächzte er überflüssigerweise.

Ommo spielte den Erstaunten. »Ach ja?« fragte er scheinheilig. »Was gibt es denn Leckeres?«

Achselzuckend entgegnete Jax: »Dämonenschnitzel, was denn sonst? Habt ihr etwa was Besseres erlegt?«

Jobab winkte matt ab. »Da draußen liegen keine Dämonen mehr.«

»Ja«, nickte Jax, »weil sie jetzt in der Pfanne brutzeln.«

Ommo wurde ein leises Gefühl der Übelkeit nicht los, obwohl er genau wußte, daß der Meister nur scherzte. Es schien ihm empfehlenswert, lieber das Thema zu wechseln. »Wie geht es nun weiter?«

Jax kauerte sich nachdenklich und stirnrunzelnd neben Jobab nieder und starrte in den Sand. »Nun«, meinte er zögernd, »da habe ich zwei Neuigkeiten für euch. Eine gute und eine schlechte.«

»Da möchte ich zuerst lieber die...«, rief Ommo vorsichtig, doch Jax schnitt ihm das Wort ab.

»Die gute hören, ich weiß«, vollendete er nickend Ommos Satz.

Ommo wollte protestieren, doch er merkte, daß der Meister nur wieder gemein sein wollte. Also ließ er es lieber sein.

»Na schön«, brummte Jax. »Zunächst die gute: Die Fluchlinge haben ihre Aufgabe erfüllt, also braucht ihr euch nicht mehr mit ihnen abzuschleppen. Das wird euch doch sicherlich freuen, nicht wahr?«

Jobab blickte ihn mißtrauisch an. »Die Fluchlinge selbst waren ja wohl auch nicht so sehr das Problem«, gab er zu bedenken. »Die Wackersteine dagegen...«

Ommo erschrak. Wollte der Meister ihnen etwa zumuten, die nutzlosen Steine weiter mitzuschleppen?

Jax winkte ab. »Bitte keine Spitzfindigkeiten! Die goldenen Scheiben nehmen wir wieder mit, die kann ich noch einmal laden, wenn ich Zeit dazu habe. Die Steine bleiben hier.«

Jobab atmete erleichtert auf und wechselte einen stummen, dankbaren Blick mit Ommo. Wenigstens dieses Problem waren sie los!

»Und die schlechte Nachricht?« fragte Ommo zaghaft.

»Ganz schön neugierig, wie?« bemerkte Jax schnarrend und hämisch. Dann nickte er zufrieden. »Die wird euch sicherlich auch gefallen. Ihr müßt nämlich wissen, daß wir ins Reich der toten Götter reisen, und...«

»Das wissen wir doch schon längst!« unterbrach ihn Jobab.

Jax zog die buschigen Augenbrauen hoch. »Ach ja? Wißt ihr dann auch vielleicht, daß im Reich der toten Götter alle Wesen den Tod finden, die sich erdreisten, den Weg der Magie zu gehen?«

Jobab senkte den Kopf. »Das hätte ich mir denken können«, murmelte er finster.

»Hast du aber nicht, hähä!« meckerte der alte Magier. »Spielt aber auch keine Rolle. Die Sache hat leider einen bedauerlichen Haken...« Er schwieg vielsagend.

Ommo wurde ungeduldig. »Was soll diese Geheimnistuerei?« brummte er.

Jax seufzte und warf dem Dämon Asmodel, der noch immer mit seiner Pfanne beschäftigt war, einen hungrigen Blick zu. »Der Haken ist folgender: Jeder Magier muß mindestens einmal in seinem Leben in das Reich der toten Götter, weil er nämlich sonst seine magische Kraft und seine Macht verliert. Tja«, der alte Zauberer zögerte, »wie soll ich es ausdrücken? Hm.« Es schien ihm regelrecht unangenehm zu sein, weitersprechen zu müssen. »Na ja, es ist jedenfalls so, daß ich selbst...« Er verstummte.

»Aha!« machte Jobab und blickte auf. »Der werte Herr Meister waren wohl selbst noch nie im Reich der toten Götter, wie?«

Ommo feixte. Das saß! Endlich hatten sie es einmal mit einer Angelegenheit zu tun, die selbst dem widerlichen Jax schwer zu schaffen machte!

Jax nickte düster. »Ja ja, schon gut. Es gibt für diese Reise ins Reich der toten Götter allerdings keinen festgelegten Zeitpunkt – wann ein Magier dort hin muß, sagt ihm eine innere Stimme. Und der sollte er sich lieber nicht verschließen, sonst...« Jax grinste und fuhr sich mit dem Zeigefinger ruckartig über die Kehle.

Jobab legte die Stirn in Falten. »*Mir* hat aber keine innere Stimme gesagt, daß ich…«

Ommo meinte beipflichtend: »Mir auch nicht.«

Jax zuckte mit den Schultern. »Das ist eben Pech. Dann müßt ihr später wohl noch mal hin.«

Ganz schön dreist, dieser alte Miesepeter! dachte Ommo. Nur weil er selbst seiner Aufgabe wahrscheinlich nicht nachgekommen war, vielleicht sogar aus Furcht vor dem Tode, schleppte er jetzt seine beiden Gesellen mit und setzte sie den unglaublichsten Gefahren aus. »Wirklich eine Frechheit«, murmelte er finster.

Doch Jobab dachte inzwischen an etwas anderes. »Warum«, fragte er den Meister, »heißt dieses Reich eigentlich das der toten Götter?«

»Tja«, erwiderte Jax, »jetzt kommen wir zu der wirklich schlechten Neuigkeit. Weil Götter Wesen sind, die nicht erdulden, sondern zufügen, gelten für sie auch andere Maßstäbe. Und da jeder Magier auf der höchsten Stufe selbst zu einem Gott wird…« Vielsagend verstummte der alte Zauberer wieder.

»Ich gehe doch wohl zu Recht davon aus«, warf Jobab schleppend dazwischen, »daß nicht jeder dieses Abenteuer überlebt?«

»Gut formuliert!« lobte Jax nicht ohne Ironie. »Genaugenommen überlebt es eigentlich keiner.«

O Schreck! Ommo wurde etwas mulmig zumute. Sollte das etwa bedeuten, daß sie in den sicheren Tod gingen? Wegen einer Laune ihres Meisters? Oder wegen dessen Pflichtvergessenheit?

»Hm, eine Art Götterfriedhof«, murmelte Jobab verwundert.

Jax winkte ab. »Nein, ganz so ist es auch wieder nicht. Es gibt da so etwas wie eine Wiedergeburt im Reich der toten Götter. Sterben muß jeder – aber manche gehen weit genug und werden wiedergeboren. Aber eben nur manche, wie gesagt.«

»Wer tötet denn die Götter, die nicht entkommen?« wollte Ommo wissen.

»Von ›nicht entkommen‹ kann keine Rede sein«, brummte Jax. »Da geht jeder drauf.«

»Das Essen ist fertig!« meldete Asmodel mit hämischem Unterton.

Jobab seufzte. »Irgendwie hat es mir den Appetit verschlagen«, knurrte er.

Auch Ommo hatte ein flaues Gefühl in der Magengegend.

Nur Jax rieb sich die Hände und schnalzte mit der Zunge. »Lekker, lecker!!!« rief er freudig. »Dann genießen wir doch unsere Henkersmahlzeit, hähähä!« Mit diesen Worten erhob er sich und schlurfte zu dem Dämon hinüber, der bereits damit beschäftigt war, für jeden der Magier mit bloßer Krallenhand eine Portion Brei auf den nackten Sand zu klatschen. »Wie appetitlich«, mokierte sich Jobab. Doch Jax und sein Haushalt waren ja nicht eben für ihre Sauberkeit berühmt...

Mürrisch kauerten sie sich vor den Dämonenfraß und stocherten lustlos in der breiigen Masse aus mitgeführtem Trockenfleisch, vergammelten Kartoffeln und fauligem Blumenkohl herum.

»Ich verstehe nicht, wie so ein Schlangenfraß nur so lecker duften kann«, wunderte sich Ommo kauend.

»Das macht bloß der Hunger«, bemerkte Jobab.

Danach verstummte das Gespräch, weil jeder der Magier vollauf damit beschäftigt war, die Mahlzeit zu überleben.

16

Viel geschlafen hatten sie nicht, und als sich das Bauchgrimmen am nächsten Nachmittag wenigstens einigermaßen gelegt hatte, waren sie erfreut, daß die Landschaft ein wenig fruchtbarer wurde und sie schließlich sogar einen kleinen Bach entdeckten, aus dem sie ihre völlig erschöpften Wasservorräte auffrischen konnten.

Die beiden Gesellen stürzten sich gemeinsam ans Ufer und hielten die Köpfe in das Wasser. Jax schüttelte sein greises Haupt, als er dies sah. »Wenn man eine Spur zu scharf gegessen hat«, schnarrte er und hob belehrend den Zeigefinger, »dann ist es besser, wenn man etwas Heißes trinkt.«

Ommos Kehle brannte noch immer wie Feuer, und so klang seine Stimme sehr heiser, als er antwortete: »Eine Spur – das ist, werter Meister, doch eine gewisse Untertreibung.«

Jobab spritzte sich ein dutzend Mal Wasser in die geöffneten Augen, wusch sich Kniekehlen und Ellenbogen, ließ ein dünnes Rinnsal von dem kühlen Naß sein Rückgrat hinablaufen und benetzte seinen Scheitel. Dies war das magische Bad, durch welches die Körperbahnen gereinigt und aktiviert wurden.

Hastig holte Ommo die Übung nach. Beinahe hätte er es vergessen, doch zum Glück hatte sein Blutsbruder ihn durch sein Vorbild wieder daran erinnert. Danach fühlte er sich auch schon wesentlich frischer und erholter.

Jax war es tatsächlich damit ernst gewesen, die Wackersteine zurückzulassen, so daß ihr Gepäck nunmehr recht leicht, ja geradezu schwerelos wirkte.

»Hat jemand Hunger?« fragte Jax scheinheilig. Dem alten Zauberer machte Asmodels Küche nicht mehr ganz so viel aus wie seinen Gesellen, auch wenn er am Abend zuvor merkwürdig einsilbig war.

Jobab schüttelte sich. »Nein danke«, krächzte er heiser.

»Was heißt hier danke?« knarzte Jax. »Ich wollte dir nichts anbieten, sondern dir auftragen, etwas zu kochen.«

Jobab blickte mürrisch drein, und Ommo eilte ihm zu Hilfe. »Der will dich doch nur foppen!« stellte er fest und warf dem Meister einen schrägen Seitenblick zu. »Er kann mir doch nicht im Ernst erzählen, daß er jetzt schon Pause machen will. Oder hat er vielleicht Angst vor dem Reich der toten Götter?«

Das saß mal wieder! Erfreut beobachteten die Gesellen, wie ihr Meister rot anlief und vor Wut nur so schnaubte. Fast hätte man kleine Wölkchen sehen können, die aus seinen schmutzigen Ohren hervorschossen. Wütend rang der Zauberer nach Luft, stemmte die geballten Fäuste in die Hüften, wollte etwas sagen – doch da machte er plötzlich kehrt und schritt wortlos weiter.

Jobab zwinkerte Ommo zu, dann machten sie sich wieder auf den Weg.

So vergingen einige Stunden ohne nennenswerte Zwischenfälle. Am Abend, die Sonne wehrte sich noch heftig gegen ihren westlichen Sturzflug, wurde die Landschaft wieder unwirtlich, und so mußten sie sich durch eine steinige Felswüste quälen. Kurz bevor der rote Feuerball am Horizont dampfend erlosch, erblickten sie in einer kleinen Senke eine Holzhütte.

Der Dämon Asmodel zeigte mit einem Krallenfinger darauf und bemerkte lakonisch: »Menschenfutter.«

Ommo blickte Jobab an. »Wie meint der das?«

Jobab zuckte nur mit den Achseln. Doppeldeutigkeiten waren eine Spezialität der Dämonen, und wenn man sich mit ihnen einließ, mußte man jedes Wort auf die Goldwaage legen, weil sie einen sehr leicht übervorteilten und einem tatsächlich das Fell über die Ohren zogen – ganz egal, wie überzeugt sie waren. Sie pflegten lediglich die Abmachungen wortwörtlich zu ihren eigenen Gunsten auszulegen...

Jax entschied sich, es mit der angenehmeren Deutung zu versuchen. »Hm, etwas Anständiges zu essen wäre nicht das Verkehrteste«, brummte er und fuhr sich mit der rissigen Zunge über seine spröden Lippen.

Asmodel machte eifrig Gesten der Zustimmung, wodurch die Sache freilich auch nicht eindeutiger wurde.

»Immerhin heißt das ja wohl, daß Menschen in der Nähe sein müssen«, folgerte Ommo.

Jobab nickte. »Obwohl ich mich frage, was ein Mensch hier in dieser Einöde zu suchen haben mag.«

So näherten sie sich vorsichtig der Hütte. Als sie etwa einhundert Schritte davon entfernt waren, öffnete sich plötzlich die schwere Holztür, und ein großer, grobschlächtiger Mann trat hervor, in der Rechten einen Stab haltend.

»Ist das etwa ein Speer?« fragte Jobab mißtrauisch und verengte die Augen zu Schlitzen.

Ommo nestelte nervös an seinem Gürtel. »Wenn er etwas Böses im Schilde führen sollte...« Doch es verlangte ihn nicht im geringsten nach einem neuen Kampf. Ach, warum konnten die Leute nicht einfach friedlich miteinander umgehen?

»Harpune«, knurrte Asmodel verdrießlich.

Jobab blickte ihn interessiert an. »Eine Harpune?« Das war, wie er wußte, eine Waffe, wie sie nur Fischer benutzten.

Auch Ommo war verwundert. Als er genauer hinsah, erkannte er, daß schräg hinter dem Haus Holzpfähle im Boden staken, an denen Netze hingen. Merkwürdig. Ein Fischer – in *dieser* öden, wasserarmen Gegend?

»Die Sache gefällt mir nicht«, meinte Jobab.

Doch Jax machte eine wegwerfende Handbewegung. »Quatsch. Vorsicht ist zwar die Mutter der Porzellankiste, wie es so schön heißt, aber wenn man vor lauter Vorsicht nicht mehr ans Porzellan herankommt...« Unbeirrt schritt er weiter.

Der Mann kam ihnen entgegen, und sein Gesichtsausdruck wirkte durchaus freundlich. Als er nur noch drei Schritte von ihnen entfernt war, verneigte er sich vor dem alten Jax, dann auch vor den Gesellen – wenngleich eine Spur weniger tief –, und zwinkerte schließlich sogar dem Dämon gutgelaunt zu. »Hach! Lieber Besuch!« rief er freudig. »Welch eine angenehme Überraschung, hier in meiner Einöde nette Gäste begrüßen zu können!« Und er vollführte zwei kleine, tänzelnde Freudensprünge.

Der Anblick war recht merkwürdig: ein hochgewachsener, grobknochiger und muskulöser Mann, der sich schon seit Wochen nicht mehr rasiert zu haben schien, in stark geflickter, aber sauberer Fischerkleidung, eine Harpune tragend und in der Gegend umherhüpfend. Jobab schüttelte den Kopf.

»Die Freude liegt auf unserer Seite«, schnarrte Jax mit gespielter Liebenswürdigkeit. Dann ließ er seinen Blick über das Haus und die ganze Gegend schweifen. »Hübsch habt Ihr es hier«, bemerkte er. Gleichzeitig warf er seinen Gesellen einen warnenden Blick zu, der ihnen bedeutete, sie sollten ja freundlich zu diesem Mann sein.

Der Einsiedler kicherte völlig unverständlicherweise. »Ja ja, hihihi, ja ja, hübsch!«

Ommo und Jobab wechselten vielsagende Blicke. Anscheinend war der Mann nicht ganz klar im Kopf.

»Ich bin der Fischer No«, stellte er sich plötzlich vor und verneigte sich ein zweites Mal. »Willkommen in meiner bescheidenen Hütte. Wenn Ihr Euch ausruhen wollt, so verfügt über sie. Und wenn ich Euch beköstigen darf, so wird mir dies zur Ehre gereichen. Drei wandernde Zauberer, hihihi!« Er rieb sich die Hände vor Freude.

Achselzuckend hob Jobab die Augenbrauen und folgte seinem Meister, der hinter dem Mann das Innere der Hütte betreten hatte. Auch Ommo schloß sich ihm an. Nur Asmodel lungerte eine Weile draußen herum, bis es ihm zu langweilig wurde und er in die Hütte schwebte, um nachzusehen, was das »Menschenfutter« wohl machte.

No hatte den beiden Gesellen und ihrem Meister ein bescheidenes Zimmer zugewiesen, in das sie über eine Stiege gelangt waren. Es war mit drei Strohsäcken ausgestattet. Ächzend ließen sich zunächst die Gesellen darauf nieder.

»Gar nicht so unbequem«, meinte Ommo.

»Besser, als auf Steingeröll zu schlafen«, stimmte Jobab seinem Blutsbruder zu.

Jax blieb stehen und musterte den Raum. Dann wiegte er anerkennend den Kopf und sagte zu dem eifrig an seinen Lippen hängenden Fischer: »Allerliebst.«

Der Fischer nickte und nickte – es war kein Halten mehr! Um ein Haar wäre ihm – so schien es Ommo – der Kopf von den Schultern gerollt. Na ja, wenn da auch nicht viel drin war...

»Hihihi«, gackerte No. »Allerliebst, jawohl, jawohl! Und nun wollen wir ein wenig essen, nicht wahr? Nicht wahr?« Und er blickte von einem zum anderen.

Wer von den dreien hätte ihm da schon widersprechen wollen? Also folgten sie ihm wieder die Treppe hinab und nahmen unten in der Hauptstube an einem großen, klobigen Holztisch Platz, der von primitiven Holzbänken umgeben war.

»Koche gerne, koche viel«, bemerkte No fröhlich, während er an der Feuerstelle hantierte. Darüber hing ein großer, schwarzer Kessel an eisernen Ketten. No packte seine Harpune fester, die er die ganze Zeit nicht losgelassen hatte, und stocherte damit in dem Kessel herum. Rauchschwaden zogen plötzlich durch das ganze Haus, und Ommo, Jobab und Jax schnüffelten angetan in der Luft. »Gut! Gut!« lobte Jobab anerkennend.

Es roch tatsächlich sehr vielversprechend. Ja, Ommo hatte sogar schon das letzte Essen wieder vergessen – etwas, was er noch an diesem Morgen für völlig unmöglich gehalten hätte...

»Wie lebt es sich denn als Fischer in dieser Gegend?« wollte Jobab wissen, dessen Mißtrauen noch immer hellwach war.

No nickte. »Gar nicht schlecht, gar nicht schlecht, hihihi«, gluckste er und steckte den Kopf über den Kesselrand. Es war gar nicht ganz klar, ob er auf Jobabs Frage geantwortet oder nur den Zustand der Mahlzeit kommentiert hatte.

»Aber viele Fische wird man doch wohl hier nicht fangen?« warf Ommo ein, Jobab unterstützend.

»Hihihi«, machte der Fischer. Mit einer riesigen Kelle schöpfte er etwas von dem Gebräu aus dem Kessel und füllte es in Teller, während Asmodel ihm dabei half, die Mahlzeit aufzutragen.

Jobab blickte mißtrauisch in die schwarze Suppe, die da dampfend vor ihm stand. »Was ist das, wenn ich fragen darf?« wandte er sich, um Höflichkeit bemüht, an ihren Gastgeber.

»Altes Hausrezept«, kicherte der Fischer. »Wird nicht verraten, hihihi.«

Seelenruhig machte sich Jax über seine Portion her und schmatzte, daß die Wände wackelten. »Köstlich«, murmelte er mit vollem Mund und riß ein Stück aus dem Brotlaib, der in der Mitte des Tisches lag.

»Nicht wahr? Hihihihi«, erwiderte der Fischer und nahm selbst Platz.

Vorsichtig kosteten Ommo und Jobab die Suppe. Sie schmeckte wirklich vorzüglich – etwas fruchtig, zugleich pikant und kräftig, und wirkte sehr nahrhaft.

Doch damit nicht genug: Kaum hatten sie ihre Teller leergegessen, als der Fischer aufstand und zu einem großen Lehmofen hinüberging, aus dem er ein heißes Tablett mit dampfenden Pasteten hervorholte.

»Merkwürdig«, flüsterte Ommo Jobab zu. »Wieso hat der schon so viel zu essen vorbereitet?«

Der Fischer schien es gehört zu haben, denn er kicherte laut und warf ihnen einen belustigten Blick zu. »Manchmal sehe ich schon morgens, wer abends zum Essen kommt«, erklärte er lachend.

»Kein Wunder, in dieser flachen Gegend!« meinte Jax kauend. Inzwischen hatte sich eine Karaffe mit herbem, grünem Wein zu dem Brotlaib gesellt, ihr Mißtrauen verschwand nach und nach, der Appetit wurde immer größer, und so aßen sie nach Herzenslust, bis sie voll gesättigt waren.

Danach räumte Asmodel widerwillig den Tisch ab, und der Fischer holte eine zweite Karaffe Wein hervor, der sie munter zusprachen, bis sie alle ein wenig beschwipst waren.

Der Fischer erzählte, daß seine Familie schon seit Generationen an diesem Ort lebe. Doch auf die Frage, wo er seine Netze auswerfe, ob es denn in der Nähe einen Bach gäbe oder einen Teich, gab er keine vernünftige Antwort. Mit der Zeit wurde es immer klarer, daß der Mann tatsächlich nicht ganz richtig im Kopf war. Er überhörte manche Fragen, antwortete auf andere, die kein Mensch gestellt hatte, kicherte unentwegt und gab sich freundlich, aber doch ein wenig merkwürdig.

Jax wiederum amüsierte sich damit, ihrem Gastgeber Anekdoten von seinen dummen Gesellen zu erzählen, bei denen er immer als der große Retter auftrat, ohne den die beiden schon längst nicht mehr am Leben gewesen wären.

Dafür revanchierten sich Ommo und Jobab, indem sie dem Fischer davon berichteten, welch eine Fron das Leben unter Jax' Fuchtel eigentlich war.

Doch da alle ohnehin durcheinander redeten und nach einer Weile keiner mehr dem anderen zuhörte, gab es auch keinen Streit. Gegen Mitternacht schließlich verabschiedeten sie sich von ihrem Gastgeber, der immer noch kichernd und stillvergnügt dem Wein zusprach, um sich in dem ihnen zugewiesenen Zimmer auf die Strohsäcke fallen zu lassen. Keine Minute später schliefen alle drei bereits tief und fest.

*

Ommo träumte schwer: Zuerst war um ihn herum alles dunkel, dann plötzlich bekam er einen Schlag auf den Kopf und sah bunte Sterne, und als sich seine schmerzenden Augen davon erholt hatten, erblickte er einen Mann, der mit wuchtigen Fäusten nach ihm griff. Ehe er sich versehen hatte, wurde er an den Haaren aus einem Raum gezogen und eine Treppe hinabgeschleppt. Dabei schlugen seine Hacken gegen die Stufen, und das ganze Haus polterte und dröhnte. Ommo wußte nicht, wo das Ganze stattfand, aber es war ihm sehr unangenehm, zumal er sich nicht wirklich wehren konnte: Seine Arme waren wie gelähmt und hingen schlaff herab. Unten angekommen, schleifte ihn der Mann über den Boden und öffnete eine Tür.

Ein plötzlicher Zeitsprung, und Ommo bemerkte, wie er an den Haaren über Stock und Stein gezerrt wurde, während ihm hoch oben am Himmel die Sterne freundlich zublinkten.

Noch immer war er unfähig, sich zu wehren oder auch nur zu rühren, ja nicht einmal schreien konnte er: Sein Mund war wie zugeschnürt, und ein eisernes Band schien seine Kehle zu würgen.

Plötzlich blieb der Hüne, denn um einen solchen mußte es sich offensichtlich handeln, stehen und ließ Ommo zu Boden plumpsen. Hart schlug er mit dem Hinterkopf auf, und wieder verlor er für kurze Zeit das Bewußtsein.

Als er die Augen im Traum wieder aufschlug, erblickte er den Riesen, der sich an einem großen Holzblock zu schaffen machte. Das matte Licht der Sterne und des Halbmonds verliehen dem Ganzen eine gespenstische Atmosphäre und einen unheimlichen Schimmer.

Der Mann bebte am ganzen Leib, und Ommo glaubte, ein leises, kaum wahrnehmbares Kichern zu vernehmen. Was war hier los? Warum konnte er sich nicht bewegen? Da packte ihn die Angst, denn nun drehte sich der Hüne wieder zu ihm um, und in seiner Rechten hielt er ein riesiges Beil, dessen Klinge grausam silbern blitzte.

Wollte der Kerl ihn etwa umbringen? Doch noch bevor Ommo diesen Gedanken zu Ende denken konnte, hatte der andere ihn bereits wieder gepackt und schleifte ihn mit der Linken zu dem Holzblock. Dort angekommen, drückte er ihn mit einer Hand zu Boden, so daß Ommo in die Knie ging und mit dem Oberkörper auf den Holzblock sank.

Aber der Riese war mit dem Ergebnis seines Tuns noch nicht zufrieden. Mit groben, ungeschlachten Bewegungen zerrte und riß er solange an Ommos Oberleib herum, bis sein Kopf auf der anderen Seite des Blocks herabhing.

Dann zerrte er ihn am Gürtel wieder ein Stück zurück, und Ommos Kinn rastete in einer kleinen Mulde ein, die, das wußte Ommo plötzlich ganz genau, eigens zu diesem Zweck gefertigt worden war.

Aha! durchschoß es seinen Geist, dies war ein Richtblock. Und das Opfer – das Opfer war er selbst! Doch diese Erkenntnis belebte seine schlaffen Muskeln in keiner Weise. Wie kam es nur, daß er sich nicht bewegen konnte? Welches Gift lähmte seinen Leib derart, daß er nicht einmal in höchster Gefahr reagierte? Was war das nur für ein Mensch, der es offensichtlich aus keinem erkennbaren Grund auf ihn abgesehen hatte? Die Verzweiflung und die Angst nagten an Ommos Herz, doch alles, was er zu tun vermochte, war, die Augen weit aufzureißen.

Der Hüne baute sich rechts von ihm auf und musterte seine Axt. Mit einem dicken Daumen fuhr er prüfend über die Schneide, grunzte zufrieden und setzte das Beil wieder ab. Dann starrte er zum Himmel empor, fuhr sich mit seiner riesigen Pranke durch das dunkle Haar, streckte die Glieder und die Muskeln – dann hob er das Beil. Ommo sah die Schneide bösartig glitzern, wie sie hoch über ihm am Himmel hing. Es war kein sehr schöner Anblick.

Der Hüne hatte das Beil mit beiden Händen gepackt und wiegte es nun prüfend auf und ab, bis er den richtigen Griff gefunden zu haben glaubte. Dann senkte er es, beugte sich mit gespreizten Beinen leicht vor und riß es mit einem plötzlichen Ruck hoch über den Kopf. Unwillkürlich mußte Ommo die Augen schließen. Doch als er sie wieder öffnete, sah er, wie das hocherhobene Beil sich noch weiter nach hinten senkte, immer weiter zurück, immer weiter und immer weiter, und mit Angst und Schrecken wartete er auf den Punkt, da sich seine Richtung umkehren würde.

Da – nun war es soweit! Plötzlich durchschnitt das Beil die Luft und sauste geradewegs auf Ommos Hals zu…

17

Schreckerfüllt fuhr Jobab aus dem Schlaf empor. Was war das? Er glaubte, einen Schrei gehört zu haben. Verwirrt rieb er sich die Augen. Im Zimmer war es stockfinster. Nur Jax lag schnarchend in der Ecke, in eine warme Decke gehüllt.

Jobab war sich sicher, daß er irgend etwas gehört hatte. Gehört? Na ja, jedenfalls irgendwie bemerkt. Ein Traum vielleicht? Hm, daran hätte er sich doch wohl erinnert, oder nicht? Er blickte ein zweites Mal prüfend um sich, dann erhob er sich im Dunkeln und tastete nach seinen Sachen.

Leise, um Jax nicht zu wecken (der hätte ihn wahrscheinlich nur wieder angeraunzt), schlich er zur Tür. Ommo war nicht da, das hatte er sofort gespürt. Und seinem Blutsbruder drohte Gefahr, auch das wußte er mit unumstößlicher, innerer Sicherheit.

Die Ahnungen, welche die Magie einem bescherte, waren zwar nicht immer sehr zuverlässig. Vieles hing von der eigenen Gemütsverfassung und von uneingestandenen Wünschen und Ängsten ab, doch wenn man genug Erfahrung damit gesammelt hatte, wußte man schon recht genau, wenn wirklich etwas nicht so recht stimmte.

An der Tür blieb er zögernd stehen. Sollte er den Meister nicht vielleicht doch lieber wecken? Immerhin war Jax es, der über die größere Erfahrung und das erforderliche magische Können verfügte. Doch dann schüttelte er den Kopf. Er konnte sich schon lebhaft vorstellen, wie der alte Sklaventreiber reagieren würde, wenn er ihn aus seinem kostbaren Schlaf reißen sollte, nur weil Ommo nicht da war.

»Der Herr Gesell soll gefälligst auf sich selbst aufpassen«, hätte Jax mit Sicherheit genäselt. »Ich bin schließlich nicht sein Kindermädchen.« Und mit einem »Wäre ja noch schöner! Nur weil diese Tölpel mal pinkeln gehen, wecken sie gleich die ganze Belegschaft!« hätte er sich wahrscheinlich wieder umgedreht, um weiterzusägen.

Nein, von seinem Meister durfte er keine Hilfe erwarten. Der scherte sich einen Teufel darum, ob es seinen Lehrlingen (noch immer verwendete Jobab diese Bezeichnung im Geiste, wenn er an Jax dachte – war ja auch kein Wunder, denn viel geändert hatte sich schließlich nicht, seit er ihnen den Gesellengrad verliehen hatte!)... also schön, seinen Gesellen, gut ging, oder ob sie irgendwo im Sumpf verreckten...

Jobab schob den Gedanken beiseite und konzentrierte sich auf das, was er zu tun hatte. Was das genau war, wußte er selbst nicht so recht – auf jeden Fall mußte er seinem Blutsbruder zu Hilfe eilen!

Nur mit Mühe gelang es ihm, einigermaßen lautlos die knarrenden Holzstufen hinabzusteigen. Der Gedanke, eventuell No, den Fischer, zu wecken, war ihm noch unbehaglicher als die Aussicht auf einen Anpfiff des Meisters. Irgend etwas war hier faul, und No war gewissermaßen der »Platzwart« – möglicherweise steckte er sogar hinter der ganzen Sache, worum es sich auch handeln mochte. Jobab hatte dem Fischer die ganze Zeit mißtraut, und nun keimte in ihm der Verdacht auf, daß der Mann möglicherweise ein falsches Spiel spielte und bösere Absichten hegte, als er vorgegeben hatte.

Doch das blieb Spekulation, solange er nicht genau wußte, was wirklich los war. Leise öffnete er die Tür der Hütte und huschte in die Dunkelheit hinaus. Die Sterne schimmerten matt und müde am Himmel, und es waren kaum Geräusche zu hören: das leise Wispern des Windes in den dürren Sträuchern und in den nur spärlich mit Blattwerk ausgestatteten Bäumen, das kaum vernehmbare Scharren emsiger Nachttiere, die ihrem Lebensunterhalt nachgingen – da hörte er plötzlich einen erstickten Schrei zur Rechten. Dolch und Stab gezückt, schlich Jobab schnell von der Haustür fort, dem Geräusch entgegen.

Mit einem Mal hatte er das Gefühl, gegen eine Mauer gerannt zu sein, und blieb schwer atmend stehen, mit den Händen tastend: Da war nichts! Eine dumpfe Empfindung überfiel ihn, eine schwarze, unsichtbare Faust, ein Strudel der Angst und der Verzweiflung, und keuchend mußte er nach Luft ringen.

Er fuhr sich mit dem Handrücken über die Stirn und konzentrierte sich auf die geistige Sonne, die in der Bauchnabelgegend eines jeden Zauberers brannte und seine gebündelte Magis warmhielt. Mit Mühe gelang es ihm, gegen den nicht greifbaren Widerstand anzukämpfen – und meinte plötzlich, eine Membran durchstoßen und seine Freiheit wiedergewonnen zu haben.

Wieder hörte er ein Geräusch – diesmal klang es eher wie ein Seufzen, und wieder machte er sich auf den Weg. Sein Blutsbruder Ommo war ganz nahe, das spürte er mit aller Deutlichkeit.

Da, völlig unerwartet, schwindelte ihm plötzlich, und er

merkte, wie sich eine fremde Kraft seiner zu bemächtigen drohte. Eine unerklärliche Müdigkeit überfiel ihn, und er meinte schon, keinen einzigen Schritt mehr tun zu können, so bleischwer waren ihm die Glieder. Matt murmelte er seine geheime, persönliche Formel der Kraft, die nicht einmal Jax und Ommo kannten. Es war ein Zauberwort, das ihm in Zeiten großer Gefahr und ebenso großer Schwäche letzte Kraftreserven verleihen sollte – und es wirkte. Mit einem Mal war er sich sicher, daß er es schaffen würde. Er wußte nicht, wie, er wußte nur, daß er eine Aufgabe hatte, daß er sie erfüllen mußte, und wenn es ihn sein Leben kosten sollte.

Und er wußte noch etwas anderes: daß er einer anderen magischen Waffe bedurfte, als er sie in den Händen trug. So tastete er noch im Vorwärtsschleichen nach seiner großen Gürteltasche, während er zugleich den Stab wegsteckte und den Blick auf einhundertachtzig Grad verstellte, um in der Dunkelheit mehr sehen zu können. Und mit schlafwandlerischer Sicherheit griff er nach dem Pfeil, den Jax ihm gegeben hatte, und erkannte klar, was seine eigene Bestimmung war: Er mußte kämpfen, um seinen Blutsbruder zu retten, doch er durfte es nicht mit Haß tun, nicht mit Verachtung für seinen Gegner. Der weiße Pfeil der Heilung war eine Warnung – die Warnung vor der Einseitigkeit. Wer tötete, mußte auch heilen – und wer heilen wollte, mußte auch töten können.

Diese Erkenntnis verlieh ihm eine größere Kraft, als er erwartet hatte. Mit einem Mal wußte Jobab, wo er stand, wo er hingehörte – hier in der Dunkelheit, einer unbekannten Gefahr nachstellend, die nicht einmal ihm selbst drohte. Hier war sein Platz – als Krieger und als Heiler. So war es ihm, als würde er förmlich über den Boden schweben, als habe er sein Körpergewicht eingebüßt, um nur noch unbezwingbare Kraft zu sein.

Mit gewaltiger Wucht wischte er den fremden Widerstand beiseite, als sei da ein lächerlicher Zwerg, der sich erdreistet hatte, sich ihm, dem Riesen, in den Weg zu stellen, und mit geradezu übernatürlicher Sicherheit witterte er sein Ziel, seine Aufgabe und seine Bestimmung.

Ein dumpfer Aufprall – und plötzlich merkte Ommo, wie ihm das Blut in die Glieder schoß. Finger nestelten an seinen Fesseln, und er verlor wieder das Bewußtsein. Er träumte, wie er von kräftigen Armen – wohltuend warmen, liebkosenden und zärtlichen Armen – emporgehoben wurde. Er genoß das Gefühl, geborgen und gerettet zu sein.

Gerettet? Er zuckte matt in seiner Ohnmacht. Vielleicht war er ja tot? kam es ihm kurz in den Sinn. Doch das Gefühl war viel zu... ja, wie sollte man es beschreiben, vor allem jetzt, im Traum, in der Bewußtlosigkeit... ja, es war viel zu *sonnig*, um vom Tod zu künden. Doch starb nicht auch die Sonne jeden Tag aufs neue, um am nächsten Morgen einmal mehr im Osten aufzusteigen und ihr lebenspendendes Licht zu verstrahlen, ohne auch nur die leiseste Andeutung zu machen, welche Qualen die Mächte des Westens ihr in der Nacht angetan hatten? Ommo lächelte in seiner Ohnmacht, gab sich der Wärme hin, der sicheren Gewißheit, daß kommen mochte, was da wollte, daß nichts ihm mehr etwas anhaben konnte...

Ommo wußte nichts von Jobabs Anschleichen, von seinem Erblicken der riesigen, durch die Finsternis und das Sternenlicht ins schier Unermeßliche angewachsenen Gestalt des Fischers No, der vor einem Richtblock stand, mit hocherhobenem Beil, und sich anschickte, Jobabs einzigen wirklichen Freund und Blutsbruder und Leidensgefährten hinzurichten.

Er wußte nichts von Jobabs instinktivem Handeln, wie er den weißen Pfeil der Heilung gezückt, sich völlig lautlos, lautloser noch als ein Nachtnager oder eine magische Schlange, an den Fischer No von hinten angeschlichen und ihm ohne ein Wort – ohne Vorwarnung, aber zugleich auch ohne Haß und Häme, ohne Genugtuung, aber mit meisterlicher Sicherheit und Präzision – den Pfeil in das Todeszentrum oberhalb des Nackenansatzes gebohrt hatte.

Ommo wußte nichts davon, wie der Fischer stumm und lautlos zusammengebrochen war, wie er das Beil hatte fallen lassen, und wie sein Mitgeselle sich sachlich und nüchtern vergewissert hatte, daß der Feind tatsächlich unschädlich gemacht worden war.

Und schließlich wußte Ommo auch nichts davon, wie sich der Fischer No zu Jobabs Verblüffung plötzlich aufgelöst hatte wie ein Wesen aus Dampf – und wie die feinen grauen Schwaden in der nächtlichen Brise nach Westen abgetrieben worden waren, um sich am fernen Horizont zu einer kleinen, schwach schimmernden Wolke zu verdichten.

All dies bemerkte Ommo nicht, weil er das Bewußtsein verloren hatte. Und doch spürte er die Rettung, wußte er um den Schutz, den sein Blutsbruder ihm angedeihen ließ, als er den ohnmächtigen Zaubergesellen zurück zur Hütte trug, beschienen vom bösartigen Funkeln der nadelspitzen Sterne, die von noch Schlimmerem kündeten, ohne es wirklich preiszugeben.

*

Behutsam legte Jobab den bewußtlosen Ommo auf sein Lager. Jax kauerte mißmutig und giftige Blicke werfend in seiner Ecke, die Decke um seinen dünnen Körper gehüllt. Asmodel stand grinsend am Fenster und freute sich diebisch über den neuen Ärger, der sich da anbahnte.

»Mußtest du mich schon wieder wecken?« fauchte Jax seinen Gesellen an.

Jobab wollte ihn zunächst ignorieren, doch dann blickte er den Magier wütend an und knurrte: »Erstens, hochlöblicher Meister der Magie, habe ich Euch nicht ›schon wieder‹ geweckt, wie Ihr es auszudrücken beliebt, sondern allenfalls zum ersten Mal, und zweitens gibt es schlimme Nachricht.« Vielsagend musterte er den ruhig atmenden Ommo, der sehr mitgenommen wirkte.

Jax machte eine wegwerfende Handbewegung. »Ach, ein kleiner Schwächeanfall, weiter nichts. Die Herren Gesellen halten eben nichts aus. Ein kleiner Marsch durch unwegsames Gelände, und schon fallen sie um wie die…«

»Meister!« bellte Jobab, und seine Stimme klang so drohend

und zornig, daß selbst der alte Knurrhahn verblüfft verstummte. »Es ist dies nicht die Stunde, um mal wieder Eure alte Was-seid-ihr-nur-für-verweichlichte-Trottel-Tour zu fahren! Ich habe Ommo gerade das Leben gerettet. Und da Ihr ja sowieso alles wißt, wird es Euch wahrscheinlich auch nicht sonderlich interessieren, wer es war, der ihm den Garaus machen wollte. Ich will nur wünschen, daß Ihr es noch am eigenen Leib erfahrt, was es bedeutet, mitten in der Nacht verschleppt zu werden, um plötzlich auf einem Richtblock aufzuwachen. Abgesehen davon«, fügte er leiser und mit kalter Verachtung hinzu, »daß Ihr wahrscheinlich keinerlei Mitleid mit der Qual von Menschen zu kennen scheint, die sich Eurer Obhut anvertraut haben – nur um von Euch schmählich im Stich gelassen zu werden.«

Jax zog die buschigen Augenbrauen hoch und erhob sich ächzend von seinem Lager, um sich vor Jobab aufzubauen, der sich wieder über Ommo beugte und ihm die Haare aus der Stirn strich. Ein böses, unheilverkündendes Zucken spielte um die Mundwinkel des alten Zauberers, als er mit gespielter Gleichgültigkeit im matten Schein des Talglichts, das Jobab entzündet hatte, seine langen, scharfen Fingernägel musterte und bedächtig den Kopf wiegte.

»Soso«, brummte er wie beiläufig. »Ich fürchte, der Herr Gesell braucht mal wieder eine Lektion, wie? Aber damit ich nicht alles zweimal sagen muß, werde ich den lieben Kollegen des nichtsnutzigen Herrn Gesellen mal wecken, damit er auch davon profitieren kann. Mitleid!« schnaufte er. »Pah!«

Dann schnippte er mit den Fingern und zeigte mit spöttischer Miene auf den schlafenden Ommo.

»Abrasax!« brüllte er plötzlich und völlig unvermittelt los, daß die Wände bebten und Jobab schon meinte, die Hütte wanken zu spüren. »Konx om pax!« Und er zog eine schnelle Sigill in die Luft, die kurze Zeit golden nachschimmerte, um schließlich mit leisem Puffen zu verblassen.

Jobab sah zu seinem Erstaunen, wie Ommo plötzlich die Augen

öffnete und ihn anblickte, als sei nichts gewesen. »Mann, habe ich gut geschlafen!« ließ sich sein Blutsbruder vernehmen und rekelte sich wohlig. »Hätte gar nicht gedacht, daß ich in dieser armseligen Fischerhütte...« Doch dann nahm er seine Reisegefährten wahr, und eine leise Ahnung dämmerte in ihm auf. »Moment mal, irgend etwas stimmt doch nicht...« Nachdenklich legte er die Stirn in Falten.

»Schon gut«, brummte Jax und sah Jobab finster an. »Er wird sich schon noch fangen.« Knurrend ging er neben Ommo in die Hocke und warf ihm einen strengen, prüfenden Blick zu. »Im Namen des Hoor-pa-kraat«, murmelte er, und ein Schimmern des Erkennens leuchtete in den Augen des jungen Adepten auf.

Plötzlich war die Erinnerung zurückgekehrt, und Ommo spürte, wie ein leises Frösteln ihn zu schütteln begann. Stumm sah er Jobab in die Augen und flüsterte schließlich: »Danke.«

Jobab entgegnete nichts. Er wandte sich dem Zauberer zu und hob nun seinerseits die Augenbrauen.

Jax blickte finster auf den Boden und wackelte mit dem Kopf. Asmodel schwebte eine Spur näher heran, um sich nichts entgehen zu lassen. Der alte Zauberer stocherte mit einem langen Zeigefinger im Ohr. »Also gut, also gut«, schnarrte er schließlich. »Der werte Gesell Jobab ist der Meinung, ich wäre ein menschenschinderisches Ekel, was mir übrigens völlig unverständlich ist. Nur weil ich es gewagt habe, mich nicht in Gefühlsduselei zu suhlen...«

Im Hintergrund rieb sich Asmodel schadenfroh die Krallenpranken. Jobab hätte ihn am liebsten erwürgt. Doch der Meister fuhr unbeirrt fort. »Der Gesell Ommo dagegen hat noch gar nichts gesagt, was auch kein Wunder ist, weil er ja bewußtlos war.«

»Welch brillante und präzise Beobachtung!« murmelte Jobab höhnisch und zornig zugleich.

»Und dabei hat sich der gute Jobab doch solche Mühe gegeben, um seinen geliebten Nichtsnutz zu retten!« höhnte Jax seinerseits und tat ungeschickt so, als hätte er die Bemerkung überhört. »Na ja, da möchte er natürlich ein dickes Dankeschön bekommen, anstatt zu Recht darauf hingewiesen zu werden, daß man alte Männer wie mich«, Jax gab sich ersichtliche Mühe, besonders gebrechlich dreinzusehen, was ihm freilich nicht besonders gut gelang, »nicht mitten in der Nacht aus ihrem wohlverdienten Schlaf reißen sollte, weil das nämlich ihrer Gesundheit abträglich sein könnte. Erst recht...«

»Das ist eine bodenlose Frechheit und eine Gemeinheit dazu!« empörte sich Jobab hitzig. »Ich habe schließlich nur meine Pflicht getan, im Gegensatz zu gewissen alten Gaunern...«

»...erst recht«, fuhr Jax unbeirrt fort, »auf einer solch beschwerlichen Reise, die an den ohnehin schon kargen, matten Kräften des Alters zehrt.« Ommo hätte fast lachen müssen, als er mitansah, wie das alte Schlitzohr versuchte, besonders angegriffen und erschöpft auszusehen, während man doch allzu deutlich die kräftigen und alles andere als schlaffen Muskeln des Zauberers unter seiner Robe spielen sah.

»Aber Undank ist bekanntlich der Gesellen Lohn«, knurrte Jax. »Da habe ich mir etwas aufgehalst!« Und er blickte in gespielter Wehmut zu seinem Hausgeist Asmodel hinüber.

Der bekam ganz große Augen und fragte lechzend: »Soll ich sie kaltmachen, Meister?«

Jax schien über den Vorschlag ernsthaft nachzudenken, doch dann winkte er ab. »Ach, was soll's. Dann hat man hinterher nur die ganze Schererei mit den Leichen.«

»Nein, Meister, bestimmt nicht!« protestierte Asmodel, der nicht gerade über einen geschärften Sinn für Ironie verfügte. »Ich mache hinterher auch alles wieder ganz sauber.« Und seine Augen glitzerten blutrünstig.

Jobab warf ihm einen gelangweilten Blick zu. »Da haben sich ja zwei gefunden«, spottete er nicht zu leise. »Charakter ist eben Glückssache.«

»Charakter«, donnerte Jax ihn plötzlich an, »hat mit innerer Kraft und Stärke zu tun, im Gegenteil! Du hast eine Sache gut gemacht, jetzt mach sie gefälligst nicht noch zunichte, indem du dich in Sentimentalitäten verlierst.

Als Ommo auf dem Richtblock lag, da hast du ganz genau gewußt, daß du handeln mußtest. Was hätte es wohl genutzt, *Mitleid* mit ihm zu empfinden, hä? Hättest du dann vielleicht mit ihm zusammen geblutet und gelitten, anstatt etwas dagegen zu *tun*? Wem hätte das wohl genützt? Du...«

»Aber man darf doch wohl Mitgefühl empfinden, wenn ein anderer, den man gern hat, leidet!« wandte Jobab ein.

Jax spreizte die Hände. »Ja«, meinte er gedehnt, »*Mitgefühl* ist aber auch nicht dasselbe wie *Mitleid*, mein Lieber! Wer Mitgefühl hat, der wird seinem besten Freund zur Not auch ohne Betäubung das Bein amputieren, wenn er ihm dadurch das Leben retten kann. Aber wer Mitleid hat, der heult nur rum und rauft sich die Haare und setzt wahrscheinlich vor lauter Zähneklappern im entscheidenden Augenblick das Messer falsch an. Und dann hast du *wirklich* eine Schweinerei!«

Der alte Zauberer erhob sich. »Abgesehen davon«, fügte er hinzu und schritt wieder zu seinem Lager hinüber, während Asmodel zurückwich, »daß du dir viel lieber darüber Gedanken machen solltest, wieso es überhaupt erst soweit kommen konnte.« Seufzend ließ er sich wieder auf seinem Bett nieder. »Diesen No zu durchschauen war ja nun wirklich nicht schwer.«

Jobabs Mundwinkel zuckten zornig, als er erwiderte: »Ich habe dem Kerl von Anfang an mißtraut.« Doch dann mußte er widerwillig einsehen, daß sein Meister nicht so ganz im Unrecht war: Schließlich hatte er trotz seines Mißtrauens nichts unternommen, so daß er niemandem sonst die Schuld für sein Versagen zuweisen konnte. Andererseits war sein Meister ja auch nicht...

»Andererseits ist dein Meister auch nicht in die Falle gelaufen wie ein Neuling«, konterte Jax, der offensichtlich mal wieder seine Gedanken gelesen hatte. Der Meister hatte den Gesellen inzwischen wieder den Rücken zugekehrt und schien sich anzuschikken, in aller Seelenruhe wieder einzuschlafen.

Ommo warf Jobab einen resignierten Blick zu, dann wandte er sich an den Zauberer. »Euch macht man es doch nie recht«, beklagte er sich. »Nach welchem Gesetz soll man denn verfahren, wenn Ihr ständig neue Spielregeln aufstellt?«

»Hä?« Jax hob den Kopf und sah ihn über die Schulter an. »Ich hör' wohl nicht recht! Was heißt hier Spielregeln aufstellen? Es gibt nur ein einziges Gesetz.«

Ohne die Kunstpause erst abzuwarten, die der Alte jetzt sicherlich genießen wollte, brummte Jobab: »Na schön, wenn wir erst einmal tot sind, wird er es uns bestimmt verraten und uns zusammenstauchen, weil wir irgendwo ganz unpraktisch herumliegen oder so.«

»Das befürchte ich auch«, meinte Jax und zupfte an seiner Decke. Anscheinend war er mit seiner Lage nicht zufrieden, was ihm die beiden Gesellen auch herzlich gönnten.

Achselzuckend legten sich Ommo und Jobab wieder hin und löschten das Licht, um zu schlafen. Kaum waren sie im Begriff, sich endlich wieder zu entspannen und einzudämmern, als auch prompt die schnarrende Stimme ihres Meisters erscholl: »Liebe ist das Gesetz, Liebe unter Willen, mitleidlose Liebe.«

In seiner Ecke kratzte Asmodel mißmutig am Putz der Wand.

*

Als die Gesellen bereits wieder fest schliefen, erhob sich Jax lautlos, gab seinem Hausgeist Asmodel einen mentalen Befehl und huschte mit ihm hinaus ins Freie. Der alte Mann war behende und flink wie ein Wiesel, wenn er wollte, und so war nicht das leiseste Geräusch zu hören, als er die sonst so laut knarrenden Stufen entlangschlich. Asmodel schwebte, wie gewohnt, lautlos durch die Luft.

Draußen angekommen, begab er sich mit unglaublicher Sicherheit trotz der Dunkelheit zu der Stelle, an welcher der Fischer No Ommo hatte hinrichten wollen, und stellte sich vor den Baumstumpf, der als Richtblock hatte dienen sollen. Er schnippte mit den Fingern, und Asmodel wühlte leise gruffelnd in einem Beutel, den er mitgeschleppt hatte, um schließlich eine winzige Räucherpfanne hervorzuholen, in die er ein hell leuchtendes Pulver füllte, das sich beim Kontakt mit dem Metall sofort selbsttätig entzündete.

Dichte, weiße Schwaden stiegen empor und verdunkelten die wenigen Sterne, die jetzt, so kurz vor der Morgendämmerung, noch versuchten, ihre geheimnisvollen Funkelnachrichten auszustrahlen. Jax beachtete sie nicht, sondern konzentrierte sich darauf, mit seinem schwarzen Pfeil, den er wieder aus der Robe hervorgeholt hatte, in den Schwaden herumzustochern. Plötzlich ging alles sehr schnell: Ein Blitz schoß aus dem Pfeil hervor; Asmodel wich erschrocken zurück, und Jax blickte angestrengt in die Rauchwolke.

Diese nahm langsam, aber beständig Gestalt an und formte sich zu einer Kugel von fast zwei Metern Durchmesser, die den alten Zauberer umhüllte und ihn schließlich sogar vor den scharfen Augen des Dämons verbarg, der jedoch nur gelangweilt in der Nase bohrte.

Im Inneren der Kugel stehend, erblickte Jax eine Röhre von beinahe mannsgroßem Durchmesser.

Als er seine Konzentration bündelte und durch die Röhre schaute, wurde er einer Szene gewahr, die sich anscheinend in einem Tempel abspielte: Dunkle, in Kutten gehüllte Gestalten schritten gemessen im Kreis um einen Altar, auf dem sechs schwarze Kerzen ihr goldenes Licht abgaben.

Jax nickte befriedigt, stieß eine kurze Zauberformel hervor und verneigte sich vor der Röhre. Langsam löste die Wolke sich wieder auf, und der alte Zauberer kam wieder zum Vorschein.

»Nicht schlecht, mein Lieber«, brummte er den Dämon an.

Doch Asmodel wirkte unbeeindruckt. »Man wird sehen, man wird sehen«, meinte er und schaute zum Himmel empor.

»Ja«, bestätigte Jax, »das wird man in der Tat.« Als er den Blick des Dämons bemerkte, fügte er hinzu: »Es wird bald Tag.«

Asmodel nickte. »Ja, Herr«, pflichtete er ihm mit spöttischem Unterton bei, »Tag und wieder Nacht.«

Jax grunzte nur und schritt zur Hütte zurück, um die Gesellen zu wecken.

18

»Nicht mal die allerleiseste Spur«, wiederholte Jax störrisch, während Ommo und Jobab hinter ihm hergingen. Asmodel schwebte teils, teils schlurfte er voran.

»Aber es war doch wirklich so!« beteuerte Ommo, und auch Jobab wollte das gleiche sagen, doch Jax unterbrach ihn unwirsch.

»Habe ja auch nicht abgestritten, daß du einen Alptraum hattest«, meinte er brummend. »Oder etwas Ähnliches...«

Jobab berühte Ommo am Arm. »Mach dir nichts draus, der Alte ist nur sauer, weil er latschen muß und keine Lust mehr hat. Er weiß genau, daß unsere Geschichte stimmt. Und wenn nicht, dann können wir ihm auch nicht helfen.«

»Schon gut«, knurrte der Zauberer, »ich will's ja glauben, du meine Güte, sind die Gesellen von heute empfindlich! Zu meiner Zeit...« Und er nuschelte etwas Unverständliches in seinen Bart.

Nach dem Aufstehen hatten sie die ganze Hütte abgesucht, um einen Hinweis auf Nos wirkliche Identität zu finden, doch ohne Erfolg. Ganz plötzlich und völlig unverständlicherweise hatte Jax etwas davon geredet, daß das ganze Ereignis der letzten Nacht wohl doch nur auf Jobabs und Ommos Einbildung zurückzuführen sei. Allerdings war der Meister dabei ziemlich fahrig und rastlos-unkonzentriert gewesen, bis die beiden schließlich entdeckt hatten, daß er riesige Blasen an seinen schmutzigen Füßen hatte, die ihm offenbar große Schmerzen bereiteten und ihn noch mürrischer und zänkischer machten als sonst.

Da waren die beiden Gesellen in schallendes Gelächter ausgebrochen, was ihnen der alte Zauberer nicht verziehen hatte, und so hackte er nun mit entnervender Penetranz auf ihnen herum, während er zaghaft die Füße über den sandigen Boden schleifte und einen Gang entwickelte, als wollte er für einen Eiertanz üben.

»Heute abend will ich am Ziel sein«, schnauzte Jax plötzlich. »Und wenn's geht, ohne Gejammer der Herren Gesellen, daß ihnen alles wieder zu beschwerlich oder zu langweilig sei. Schließlich bin ich nicht...«

Doch Jobab achtete nicht mehr auf sein Gerede, denn er hatte etwas in der Ferne erspäht und blieb stehen. Ommo folgte mit seinen Augen verwundert seinem Blick, und auch Asmodel hielt zögernd inne, um schließlich zu ihnen zurückzuschweben. Die Landschaft war wieder hügelig bis gebirgig, aber geradezu unglaublich karg und ungastlich.

»Eine Karawane«, meldete Asmodel lakonisch.

Auch Jax war nicht weitergegangen und beäugte nun argwöhnisch die zahllosen dunklen Punkte, die sich auf einer fernen Landstraße (eine Landstraße – *hier?* fragte sich Ommo verwundert. Doch es sah wirklich so aus!) bewegten.

»So, so«, brummte der Zauberer. »Hm.«

Jobab blickte ihn fragend an. Wußte er etwa bereits, wen sie da vor sich hatten? Oder wollte er sich nur interessant machen?

Doch die Miene des Magiers gab keinen Aufschluß über seine Gedanken. Er hob die Hand und entschied: »Wir nehmen die Abkürzung über den Hügel da vorne und fangen sie ab.«

»Wir fangen sie ab?« wiederholte Ommo verwundert. »Ist das nicht ein wenig riskant?«

»Das meine ich eigentlich auch«, warf Jobab ein. »Sollten wir ihnen nicht besser auflauern und...«

»Keine Widerrede!« bellte Jax. Er kratzte sich am Ohr und blickte grübelnd in die Ferne. »Das ist eine Möglichkeit, schneller ans Ziel zu gelangen, und die sollten wir nutzen.« Dann stapfte er weiter, von Asmodel begleitet.

»Ehrlich gesagt bin ich gar nicht so wild darauf, möglichst schnell ans Ziel zu gelangen«, murmelte Ommo.

Jobab nickte bedächtig. »Ich glaube, da ist schon wieder etwas faul«, befürchtete er. »Auf jeden Fall heißt es, auf der Hut zu sein. Nicht daß uns noch einmal so etwas passiert wie mit No...«

Dann machten sich die Gesellen daran, ihrem Meister zu folgen. Der Anstieg war zwar nicht sonderlich beschwerlich, doch inzwischen verlangten die Strapazen der Reise ihren Tribut, und sie hatten Mühe, sich auf den Beinen zu halten und gleichzeitig auf die ferne Karawane zu achten, die langsam, aber beständig immer näher kam.

Jax hatte inzwischen die Kuppe des Hügels erreicht und spähte mit abgeschirmten Augen über das Land. Dann huschte er plötzlich mit unvorstellbarer Schnelligkeit den Abhang hinunter, um auf die Straße zuzulaufen, die sich auf dieser Seite des Hügels durch die Gegend schlängelte.

»Straße« war eigentlich etwas übertrieben, meinte Ommo, als er den sandigen Trampelpfad musterte. Immerhin war er ziemlich breit und bot einen etwas angenehmeren Untergrund als das steinige Geröll, durch das sie sich bisher hatten quälen müssen.

Der alte Zauberer kauerte sich im Schatten eines Strauchs am Wegesrand nieder und zog mit untätig herabhängenden Fingern durch Schwenken der Arme und Hände wirre Striche in den Sand. Asmodel verharrte auf dem Weg, der Karawane entgegenblickend.

Die beiden Gesellen gingen neben Jax – der natürlich mal wieder den ganzen Schatten für sich beanspruchte – im grellen Sonnenlicht in die Hocke und harrten der Ereignisse, die da kommen würden.

*

Mehrere Stunden vergingen, bis sich die Karawane auf Rufweite genähert hatte. Voran schritten vier bis an die Zähne bewaffnete Männer, die argwöhnisch nach allen Richtungen Ausschau hielten und stehenblieben, als sie den alten Zauberer und seine Begleiter bemerkten. Sie schienen viel Erfahrung im Umgang mit Fremden zu haben, denn sie zögerten nicht lange, nein sie berieten sich nicht einmal, sondern bewegten sich wortlos auf die kleine Gruppe zu.

Ihr Anführer, dem die drei anderen in geziemendem Abstand folgten, verneigte sich vor Jax und murmelte die traditionelle Begrüßungsformel, wie sie in Chaim unter Reisenden gebräuchlich war: »Gruß und Heil zuvor. Ich bin Solon, Leibwächter des Sonnenprinzen Aton, und mein Herz ist ohne Arg. Möge das deine ebenso friedvoll sein.«

Jax erhob sich ächzend und verbeugte sich seinerseits. »Gruß und Heil zuvor! Ich bin Jax der Zauberer, und mein Herz ist ohne Arg. Möge das deine ebenso friedvoll sein. Dies hier sind meine beiden Gesellen Ommo und Jobab und mein Hausgeist Asmodel. Auch für ihr friedliches Gebahren im Zustand der Sicherheit verbürge ich mich.« Er spulte die Formeln herunter wie ein Papagei, während er mißtrauisch die Leibwächter beäugte, die sich zwar nicht feindselig verhielten, die Hände aber an ihre Schwerter gelegt hatten.

Solon gab seinen Begleitern einen Wink, worauf sie sich entfernten und zum Haupttroß der Karawane zurückkehrten, offensichtlich um Meldung zu machen. Der Anführer der Leibgarde kauerte sich neben Jax in den Schatten und sagte: »Wir sind unterwegs zum Tempel der schwarzen Sonne, wo Prinz Aton ein Opfer darbringen will.«

Das war ungewöhnlich: Normalerweise gaben Reisende in Chaim nur selten auf Anhieb ihr Ziel bekannt, und es galt als verwerflich, einen Fremden dazu zu drängen, dies zu tun. Jobab runzelte die Stirn. Warum hegte der Leibwächter ein solches Vertrauen? War es der Name seines Meisters Jax, der immerhin in ganz Chaim bekannt war, der ihn vielleicht dazu verleitet hatte, die üblichen Vorsichtsmaßnahmen außer acht zu lassen? Doch dann glaubte er, den Grund hierfür erkannt zu haben: Die Karawane war viel zu gut bewacht, als daß die vier für sie eine Gefahr bedeutet hätten. Zwar durfte man in Chaim keinem Magier trauen, nicht einmal dem scheinbar harmlosesten, aber wahrscheinlich wurde der Prinz von mindestens einem Hof- oder Reisezauberer begleitet, der schon für den entsprechenden Schutz sorgen würde.

»Interessant«, bemerkte Jax und warf seinen Gesellen einen giftigen Blick zu, den sie nur zu gut kannten. Er bedeutete, daß sie ihre Gedanken besser abschirmen sollten, weil hier wahrscheinlich Magie im Spiel war.

»Dort wollen wir nämlich auch hin«, fuhr der alte Zauberer fort. »Auch ich will dort meiner Pflicht nachkommen und opfern, um meine Magis zu reinigen.«

Solon musterte ihn interessiert. »Verzeiht mir die Frage, aber seid ihr nicht ein wenig zu alt dafür?«

Jax nickte betrübt, doch Ommo war sicher, daß er nur schauspielerte. »Ja, da habt ihr leider recht. Aber die Ausbildung meiner Gesellen hat mich jahrelang in Anspruch genommen und mich daran gehindert, mich meiner eigenen Entwicklung zu widmen.«

Ein leises Lächeln spielte um die Lippen Solons. Der Leibwächter war ein richtiger Hüne von einem Mann, mit kräftigen Muskeln und einem prachtvollen, schwarzen Vollbart, den Ommo nicht ohne einen gewissen Neid bewunderte. Es war offensichtlich, daß er sich seine eigenen Gedanken zu Jax' infamer Lüge machte. Vorsichtig versuchte Ommo, in den Geist des Fremden einzudringen, um ihn zu ergründen, doch natürlich gelang es ihm nicht. Die Leibgarde von Prinzen, Königen und Fürsten in Chaim wurde stets vom Hofzauberer abgeschirmt und überwacht, damit sich keine Spione einschleichen konnten – und damit ihre Mitglieder nicht unwillentlich Geheimnisse preisgaben, indem sie nur darüber nachdachten.

Die Karawane war inzwischen in etwa hundert Schritt Entfernung zum Stehen gekommen, und einer der Führer gab Solon ein Signal, worauf dieser sich erhob und sich erneut vor Jax verbeugte. »Prinz Aton wünscht Euch zu sprechen. Erweist ihm die Ehre, mir zu folgen.«

Die höflichen Floskeln waren, das wußten sie alle, in Wirklichkeit eine versteckte Drohung, denn Solon und seine Mannen würden äußerst ungnädig reagieren, falls Jax sich weigern sollte, der Einladung Folge zu leisten. Jax erwiderte die Verneigung und säuselte: »Die Ehre liegt ganz bei mir. Ich darf doch annehmen, daß diese Einladung auch für meine Begleiter gilt?«

Solon spreizte die Hände und hob wie erschrocken die Augenbrauen. »Wie unaufmerksam von mir! Selbstverständlich sind auch Eure Begleiter willkommen!«

So folgten sie dann dem riesigen Leibwächter zur Karawane, die aus Pferden und Eseln bestand und einer prunkvollen Kutsche, mit Edelsteinen und einem goldenen Dach geschmückt. Vor ihr blieb Solon stehen und machte eine tiefe Verbeugung. »Hoher Herr, Durchlaucht und Herrscher, darf ich Euch den Zauberer Jax und seine Gesellen vorstellen.« Der Dämon Asmodel wurde nicht beachtet – denn dessen Erwähnung hätte unter Nichtzauberern als unheilbringend gegolten.

Der Verschlag der Kutsche öffnete sich, und ein junger Mann mit lodernd blondem Haar und einem ebensolchen Bart steckte den Kopf heraus. »Wozu die Umstände, Solon, sag doch gleich, was los ist«, ließ er sich vernehmen und blickte den Magier und seine Gesellen lächelnd an. »Seid mir willkommen, großer Meister, ich habe schon viel von Euren gewaltigen Fähigkeiten gehört.« Dann wandte er sich dem Leibwächter zu. »Solon, sei doch bitte so gut und hole mal unseren Reisezauberer Osi. Ich nehme doch an, werter Meister Jax, es wird Euch angenehm sein, einmal mit einem Kollegen zu plaudern und mir vielleicht, so ganz unter uns«, er zwinkerte dem Magier zu. »Eure geschätzte Meinung über ihn mitzuteilen? Oder seid Ihr in Eile?«

Jax grinste geschmeichelt. Normalerweise ließ er an seiner ganzen Konkurrenz kein einziges gutes Haar, und diese Gelegenheit, einem »Kollegen« womöglich mit prinzlicher Billigung eins auszuwischen, konnte und wollte er sich nicht entgehen lassen.

Der arme Osi! dachte Ommo mitleidig. Der würde nichts zu lachen haben, und wenn er dem strengen Jax sogar den Himmel auf den Kopf herabzaubern sollte. Was dem Schinder nur recht geschähe, fügte er in Gedanken grimmig hinzu.

Solon hatte sich inzwischen mit knapper Verneigung verabschiedet und auf den Weg gemacht. In der Zwischenzeit verließ Aton seine Kutsche und forderte seine Gäste auf, unter einem purpurnen Baldachin Platz zu nehmen, den zahlreiche Diener hastig aufgebaut hatten und unter dem man ihnen erfrischende, kühle Getränke reichte.

Jax übte vornehme Zurückhaltung, anstatt, wie er es üblicherweise tat, alles gierig in sich hineinzuschlürfen, was es umsonst gab. Er plauderte mit Aton über das Wetter und die Mühsal der Reise – und dann kam auch Solon schon wieder zurück, in Begleitung eines schmächtigen kleinen Männleins mit spärlichen dünnen weißen Haaren, das so verhutzelt und ausgedörrt war, daß Jobab schon meinte, eine wandelnde Trockenmumie vor sich zu sehen. Plötzlich wurde Asmodel ungewöhnlich unruhig, und Jobab bemerkte, daß dem Zauberer ein riesiger Dämon folgte, der eine gewaltige Rolle unter dem Arm trug, die wie ein aufgewickelter Teppich aussah.

Das Männchen verneigte sich vor Aton und warf den Gästen einen giftigen Blick zu. Offensichtlich war es von der Begegnung mit seinem Kollegen weitaus weniger erfreut als Jax, der dem Zauberer mit falscher Freundlichkeit zuprostete. Aton bemerkte es amüsiert und zwinkerte den beiden Gesellen zu, die etwas verunsichert wirkten und nicht so recht wußten, wie sie sich verhalten sollten. Immerhin war Vorsicht geboten, und wenn...

Doch da hatte Osi auch schon das Wort ergriffen: »Es ist mir eine große Ehre, Euch persönlich zu begegnen«, wandte er sich an Jax. »Ich habe schon viel von Euch gehört.«

»Eine Ehre ist es auch für mich, auch wenn ich Euren Namen eben zum ersten Mal vernahm«, erwiderte Jax lächelnd. Damit hatte er seinen ersten Pfeil abgeschossen, weil er dem Zauberer zu verstehen gab, daß er unbekannt sei – was freilich auch wirklich der Fall war.

Osi zeigte auf seinen dämonischen Begleiter. »Anstelle großer Worte und theoretischer Fachsimpelei würde ich es vorziehen, Euch einen magischen Gegenstand zu zeigen, auf dessen Herstellung ich mich doch zu verstehen glaube.«

Jax nickte falsch-freundlich. »Ja, ja, der Glaube…« bemerkte er hintergründig. Und dann, allen bösen Vorsätzen zum Trotz neugierig geworden: »Worum handelt es sich denn dabei?«

Nun war Osi an der Reihe, den Überlegenen herauszukehren. »Ach, nur eine Kleinigkeit«, erklärte er mit wegwerfender Gebärde, doch sein Augenausdruck strafte seine scheinbare Bescheidenheit Lügen. »Ein fliegender Teppich, weiter nichts.«

Jax war verblüfft. Fliegende Teppiche waren so selten, daß man sie in Chaim oft sogar mit Gold und Diamanten aufwog. Und dieser Wicht von einem Reisezauberer behauptete, die Dinger selbst herstellen zu können? »Hmpf«, machte er unverbindlich, und Jobab mußte grinsen. Auch Ommo und Aton lächelten, während Asmodel den großen Dämon finster anblickte.

Osi stieß nach, um seinen Heimvorteil zu nutzen: »Darf ich ihn Euch vorführen?« fragte er scheinheilig, obwohl er genau bemerkte, daß Jax nun wie auf Kohlen zu sitzen schien und nur darauf brannte, das seltene magische Gerät vorgeführt zu bekommen.

Doch Jax tat desinteressiert. »Vielleicht einmal, wenn sich die Gelegenheit bieten sollte. Ich will Seine Königliche Hoheit nicht in die Verlegenheit bringen, etwas mitansehen zu müssen, was Seiner Hoheit wahrscheinlich schon dutzendmal vorgeführt worden ist, wie ich mir vorstellen kann.« Womit er nur ausdrückte, daß er erstens den Zauberer Osi für einen Prahlhans hielt und zweitens für einen Langeweiler, der wahrscheinlich nur über einen einzigen, ernstzunehmenden magischen Trick verfügte.

»Aber nicht doch!« warf Aton lächelnd ein. »Ich sehe es immer wieder gern, und es würde mir Freude machen, wenn Ihr vielleicht auch dazu Eure geschätzte Meinung abgeben würdet.«

Jax spreizte die Hände, hob die Augenbrauen und neigte sachte den Kopf. »Wie Eure Hoheit wünschen.«

Jobab staunte, wie elegant der Meister sich ausdrücken konnte, wenn er nur wollte. Vor allem, dachte er, wenn es darum ging, jemanden in die Pfanne zu hauen…

Osi bedeutete seinem Dämon, den Teppich zu entrollen, was dieser auch mit bekannter dämonischer Liebe zum Detail tat: Er schleuderte die Rolle auf den Boden, so daß alle Zuschauer für kurze Zeit in einer dichten Staubwolke verschwanden und fürchterlich husten mußten. Dann verpaßte er ihr einen gewaltigen Tritt, und der etwa vier Meter lange und eineinhalb Meter breite Teppich entrollte sich träge.

Eigentlich scheint er ziemlich schäbig zu sein, dachte Ommo: ein ausgeblichenes, einstmals schwarzes Ding aus einem völlig undefinierbaren Material, verschossen und ausgefranst, genau die Art von Vorleger, wie sie Leute in den Städten sofort auf den Müll zu werfen pflegten, sobald sie zu Geld gekommen waren.

So konnte der Schein oft trügen, überlegte er. Magische Gegenstände sahen nur selten wirklich spektakulär und geheimnisvoll aus, oft wirkten sie eher unscheinbar, ja geradezu alltäglich – was natürlich die beste Tarnung und der wirkungsvollste Schutz vor dem Mißbrauch durch Unbefugte und Uneingeweihte war.

Osi beugte sich vor und fuhr zärtlich mit der Rechten über das struppige Ding, eine Zauberformel murmelnd. Jobab machte sich nicht die Mühe, sie genauer zu verstehen: Erstens waren solche Formeln meistens auf bestimmte Magier geeicht und nutzten anderen überhaupt nichts, und zweitens pflegten Zauberer in Anwesenheit von Fremden sogar solche derartig geschützten Formeln nur in verstümmelter Form auszusprechen, sei es rückwärts oder mit umgestellten Silben, um ganz sicherzugehen, daß man ihnen nicht die Kraft und ihr Geheimnis entriß. Statt dessen achtete er auf seinen Meister, der mit Kennermiene das Vorgehen beobachtete und sich wieder erhob, um der Darbietung des Reisezauberers besser folgen zu können.

Schließlich machte Osi einen unbeholfenen Kratzfuß und lud Jax mit einer vielsagenden Geste ein, als erster auf den Teppich zu treten. Der warf einen mißtrauischen und dennoch gierigen Blick in die Runde und gehorchte.

Kaum hatte er in der Mitte des Teppichs Platz genommen – es empfahl sich nicht, auf fliegenden Teppichen zu stehen, wenn man ihre genaue Fluggeschwindigkeit nicht kannte –, als Osi hinter ihm aufsprang und mit einem donnernden »Schamsäel!« die Arme wirbeln ließ und ruckartig den Kopf nach hinten warf.

Jobab wäre beinahe in schallendes Gelächter ausgebrochen, so absurd und lächerlich wirkte die Szene: Sein Meister, der mit steinerner Miene auf einem zerlumpten Teppich saß und an einem Ohrläppchen puhlte, und der Winzling von einem Zauberer hinter ihm, der nun auf und ab hüpfte, als wollte er seinem Teppich die Sporen geben, wild gestikulierend und plötzlich mit affenartiger Geschwindigkeit das Karree des Teppichs entlangsauste. Doch er kam nicht mehr dazu, denn plötzlich begann das verfilzte Ding wogenartige Bewegungen zu machen, wirbelte eine weitere Staubwolke auf – und schoß senkrecht in den Himmel empor, um dann eine Kurve nach rechts zu fliegen, leicht geneigt, so daß Jax ordentlich durchgeschüttelt wurde.

Ommo bemerkte, wie sein Meister sich Mühe gab, seine innere Sonne brennen zu lassen, um nicht aus dem Gleichgewicht geworfen zu werden. Bewundernswerterweise gelang ihm das auch, obwohl der kleine Reisezauberer sich offensichtlich alle erdenkliche Mühe gab, seinem unwillkommenen Fluggast einen ordentlichen Schrecken einzujagen.

Doch Jax war viel zu gewieft, um darauf nicht vorbereitet gewesen zu sein. Während Osi vor ihm Platz nahm und mit wildem Gefuchtel den Teppich dirigierte, der nun Schleifen und Loopings flog, daß einem schon beim Zusehen schwindlig wurde, erhob sich der alte Magier gravitätisch und streckte seitlich die Arme aus, das Spiel offenbar in vollen Zügen genießend.

Es war ein Wettkampf in der Luft: Osi, der versuchte, Jax zu zeigen, wer hier Herr der Lage war, gegen Jax, der sich von einem solchen »Winkelhexer« wie er ihn mit Sicherheit in Gedanken nannte (das wußten Ommo und Jobab genau), nicht ins Bockshorn jagen lassen wollte und nun alles tat, um zu beweisen, wie wenig der andere ihm imponieren konnte und wie sehr er jeder Situation gewachsen war.

Osi, der in der Entfernung nur noch undeutlich zu erkennen war, fuchtelte immer heftiger umher, offenbar zornig, daß seine Flugmanöver nicht den gewünschten Erfolg hatten. Der Teppich schlug die wildesten Salti, fuhr jäh in die Tiefe, um im letzten Augenblick, dicht über dem steinigen Boden der Hügelgegend, wieder steil emporzuschießen und sich zahllose Male um die eigene Achse zu drehen – längs und quer, wie Ommo zu seinem Entsetzen beobachtete.

Jax war zwar zäh – aber würde der alte Mann diese Behandlung durchhalten? Ommo wußte es selbst nicht. Gewiß, es ging um die Berufsehre, und so wenig er sonst auch auf seinen Meister gut zu sprechen war, so sehr drückte er ihm jetzt doch die Daumen, auf daß sein waghalsiges Abenteuer das gewünschte Ende finden mochte. Jobab tat es ihm gleich, und so bemerkten die beiden wie gebannt in den Himmel starrenden Gesellen nicht, wie um sie herum plötzlich einiges in Bewegung geriet. Aton entfernte sich unauffällig und gab Solon und seinen Mannen, die inzwischen ebenso unauffällig herbeigeeilt waren, einen knappen Wink.

»Juchhe!« jauchzte Jax und winkte der Karawane zu. Täuschte Jobab sich oder war der Meister wirklich leicht grün im Gesicht? Nein, das ließ sich auf diese Entfernung nicht so leicht erkennen. Wahrscheinlich war er allerdings schon…

Da schoß der Teppich mit den beiden Magiern plötzlich davon und jagte mit wahnwitziger Geschwindigkeit dahin, bis er nur noch ein winziges Pünktchen am Horizont war, das schließlich ebenfalls verschwand.

Fragend blickte Jobab seinen Blutsbruder an – und mußte entsetzt feststellen, daß die bewaffneten Leibwächter sie umringt hatten und sich nun wortlos auf sie stürzten. Geistesgegenwärtig riß er seinen magischen Dolch aus dem Gürtel und richtete ihn auf die

Angreifer. Er konnte Ommo nicht mehr erkennen, zu dicht war die Schar der Bewaffneten, die mit geübten, eisernen Griffen die beiden Gesellen packten und sie unschädlich machten.

Ommo hatte keinen einzigen Warnschrei mehr ausstoßen können, weil sich völlig überraschend und unerwartet eine große Hand auf seinen Mund gelegt hatte, während drei weitere Fäuste seine Arme festhielten und ihn außer Gefecht setzten. Dann ein gewaltiger Hieb gegen seine Schläfe – das kurze Aufzucken von Sternen in seinem Schädel –, und schon wurde alles um ihn herum dunkel.

19

Plötzlich war es feucht, wie von einem heftigen Regenschauer. Das Wasser troff ihm nur so vom Gesicht, und Ommo war sicher, daß er bald ertrinken würde, wenn er sich nicht sofort in Sicherheit brachte. Er schlug die Augen auf – und erblickte durch einen Tropfenschleier das düstere Gesicht seines Meisters Jax, der ihm anscheinend, wie er jäh begriff, Wasser ins Gesicht geschüttet hatte.

Was ihn noch mehr erstaunte, das war das Aussehen des alten Zauberers: Dicke, blutige Schrammen überzogen sein Gesicht, und eine halbe buschige Augenbraue wirkte wie ausgerupft. An der langen Hakennase trug er eine riesige Beule, und als Ommo näher hinschaute, stellte er fest, daß auch das Gewand des Meisters zerfetzt und noch verschmutzter war als sonst.

»W... wa... was ist passiert?« stammelte Ommo.

»Nichts weiter«, brummte Jax übelgelaunt. »Die Burschen haben uns überfallen und Jobab entführt, weiter nichts.«

»Aber ihr wart doch...« Ommo schüttelte den Kopf, um wieder klar sehen zu können. Und um seinen eigenen Einwand zu verneinen: Jax war ebenfalls entführt worden, von dem Zauberer Osi mit seinem fliegenden Teppich. Mit einem Mal war ihm das alles klar. Die ganze Vorführung des Teppichs, der freundliche Empfang durch Aton – all das hatte nur dem Zweck gedient, sie in Sicherheit zu wiegen, um so besser ihrer Herr zu werden. Offenbar hatten die Reisenden der Karawane (»Wüstenräuber!« fiel es Ommo plötzlich ein) Jax mit seinen in ganz Chaim gefürchteten Fähigkeiten zugetraut, selbst die schwerbewaffneten Männer auszuschalten. Und deshalb hatten sie erst den alten Zauberer entführt, um sich Jobabs zu bemächtigen...

»Ganz schön aufs Kreuz gelegt hat er mich, dieser widerliche Wicht von einem Hinterhofzauberer«, knurrte Jax. »Erst die ganze Schau mit dem Teppich, um mich abzulenken, und plötzlich schmeißt er mich zehn Meilen von hier entfernt von seinem dämlichen Vehikel! Eine Frechheit!«

Das zahme Schimpfwort »Frechheit« zeigte Ommo, daß Jax seine Niederlage anscheinend noch nicht so recht verwunden hatte und – eine Seltenheit, fürwahr! – vergleichsweise sprachlos war.

Doch Ommo hatte andere Probleme. Weshalb hatte man Jobab entführt? Wenn der »Sonnenprinz« Aton wirklich ein Herrscher war, was konnte er dann für ein Interesse daran haben, einen armseligen Gesellen... »Der Tempel der schwarzen Sonne!« entfuhr es Ommo plötzlich. »Hat dieser Solon nicht geäußert, Aton wolle dort opfern?«

Jax blickte ihm fest in die Augen. »Paß auf, Ommo«, sprach er beinahe zärtlich zu ihm, und Tränen schienen ihm in den Augen zu stehen, »du hast recht – das ist eine böse Nachricht. Weißt du, was man im Tempel der schwarzen Sonne opfert?«

Ommo hielt seinem Blick stand. Ein unheimliches Wissen bemächtigte sich seines Geistes, und er entgegnete nickend: »Ich kann es mir denken, Meister – Menschen wahrscheinlich.«

»Hm«, machte Jax und wiegte den Kopf, »genauer gesagt – Götter, und zwar, um der schwarzen, der unsichtbaren Sonne der Nacht zu huldigen. Genaueres weiß niemand über diesen Kult.«

»Aber Jobab ist doch gar kein Gott – was immer das überhaupt sein mag!« wandte Ommo ein.

»Das stimmt nicht ganz«, erwiderte Jax. »Jobab ist ein angehender Magier – und somit auch ein angehender Gott. Erinnere dich an das, was ich euch über das Reich der toten Götter erzählt habe.«

Ommo senkte stumm den Blick. Plötzlich spürte er ein leises Prickeln auf dem Rücken. Er brauchte nicht nachzusehen, was es damit auf sich hatte, eine instinktive Gewißheit sagte ihm, was geschehen war – und was geschehen mußte: Er hatte den Pfeil des Zorns aktiviert, der in seinem Reisesack steckte. Nun wußte er, daß er weder rasten noch ruhen würde, bis Jobab entweder gerettet oder gerächt worden war. Es bedurfte keiner weiteren Worte. Jax schnippte mit den Fingern, und Asmodel, der in einiger Entfernung hinter ihm gestanden hatte, setzte sich in Bewegung. Ein mentaler Befehl – und schon wußte Ommo von seinem Meister, wie er seine letzten magischen Kraftreserven aktivieren mußte, um sich in einem Tempo in Marsch zu setzen, wie es sonst allenfalls ein Kurzstreckenläufer fertigbrachte. Mühelos huschte der alte Zauberer neben seinem Gesellen dahin. Von Blasen an den Füßen keine Spur mehr, dachte Ommo verbittert. Er wußte nicht, ob er dem Magier trauen konnte, das konnte man eigentlich nie. Aber er brauchte einen Verbündeten, um sein Ziel zu erreichen – und wenn er unterwegs seinen Meister ausschalten mußte, weil er möglicherweise sein Feind war..., so würde er es tun.

*

Als Jobab aus seiner Ohnmacht erwachte, fand er sich in einer äußerst unbequemen Lage wieder: Er war mit gespreizten Armen und Beinen auf ein großes, hölzernes Rad geflochten und hing aufrecht auf diesem Foltergerät.

Denn daß es sich um eine Folter handeln mußte, war nur zu deutlich. Unter dem Podest, auf dem das Rad, anscheinend hinter ihm von Pfosten gestützt, befestigt war, züngelten Flammen zu ihm empor – gerade noch entfernt genug, um ihn nicht zu versengen, doch andererseits auch so nahe, daß er die Hitze deutlich spürte.

Verwirrt blickte er um sich. Er konnte sich nur noch an den Kampf mit den bewaffneten Leibwächtern des Prinzen Aton erinnern – sofern der wirklich ein Prinz war und kein gewöhnlicher Wüstenräuber, dachte er verbittert. Danach hatte er nur noch Erinnerungsfetzen zur Verfügung, um sich zu orientieren: schaukelnde Lasttiere, über deren Rücken man ihn geschnallt hatte, das leise Hufgeklapper bewaffneter Wachen – dann wieder die Ohnmacht.

Und nun war er hier. Hier? Wo denn eigentlich? Anscheinend in einer finsteren Höhle, die vom Schein der Flammen und der Fackeln nur notdürftig erhellt wurde. Beißender Rauch fraß sich in seine Augen. Fackeln? Was für Fackeln? Als er die Augen etwas zusammenkniff, wurde er der Gestalten gewahr, die, in schwarze Kutten mit Gesichtskapuzen gehüllt, linksherum im Kreis ihn und sein Podest umschritten.

Linksherum? Das verhieß nichts Gutes. Das war die sogenannte »böse« Richtung, wie Jax ihm und Ommo mal erklärt hatte, die Richtung der Schwarzen Magie. Natürlich gab es in Wirklichkeit gar keine echte Trennung zwischen »Weißer« und »Schwarzer« Magie. »Schwarz sind allenfalls die Füße der Magier, hähä!« hatte Jax gehöhnt. »Und weiß wie Leinentücher sind ihre Gesichter, wenn sie mal in den Spiegel gucken müssen.«

Es stimmte. Die Magie selbst war völlig neutral. Ihr war es egal, wie man sie nannte, und sie kannte keine Gnade, weder im »Guten« noch im »Bösen«.

Und doch wurden linkswendige Ritualkreise immer nur gezogen, wenn es um Opferungen ging, um Schadenszauber und um das Herbeirufen von Kräften und Mächten, von denen der unerfahrene Zauberer besser die Finger ließ.

Opferungen? Jobab mußte schwer schlucken. Natürlich! Und es gab auch keine Frage, wer das Opfer war... Und hilflos war er auch noch, völlig unfähig, sich zu regen.

Plötzlich ertönte Gemurmel; die vermummten Gestalten sagten eine Zauberformel auf, die sie in monotonem Singsang unentwegt wiederholten: »Risuuch! Suclagus! Kirtabus! Sablil! Schachlil! Colopatiron! Zeffar! ON! ON! ON!«

Jobab wurde bleich. Das waren die Namen der Macht im Reich der toten Götter, das wußte er inzwischen, und er konnte sich nur zu gut vorstellen, wer hier getötet werden sollte. Hatte Jax nicht erzählt, daß jeder, der den Weg der Magie zu beschreiten wagte, in diesem Reich den Tod fand?

»Risuuch! Suclagus! Kirtabus! Sablil! Schachlil! Colopatiron! Zeffar! ON! ON! ON!«

Den Tod... Jobab war Realist genug, um die Hoffnungslosigkeit seiner Lage auf Anhieb zu erkennen. Er zerrte an seinen Fesseln, doch das war mehr eine Geste. Wer einen Ritualmord vorhatte, der sorgte auch dafür, daß sein Opfer nicht entkommen konnte – denn dann würde der Leiter der Zeremonie selbst zum Opfer werden, so wollte es das Gesetz der Magie. Und es hatte auch keinen Zweck, mit den Gestalten zu reden – zu tief schienen sie bereits in magischer Trance zu sein.

»Risuuch! Suclagus! Kirtabus! Sablil! Schachlil! Colopatiron! Zeffar! ON! ON! ON!« dröhnten die Zauberer. Oder waren es Götzendiener? Jobab zog es vor, nicht mehr darüber nachzudenken.

Immer lauter wurde der Gesang, wurde das monotone Murmeln, und Jobab spürte, wie sich ein seltsamer Zustand seines Geistes bemächtigte. Ein Bild erschien vor seinem inneren Auge: die verhüllte Gestalt eines Priesters, der zu ihm sagte: »Mit deinem Blut soll die Sonne wieder belebt werden! Ehre sie! Ehre sie! Ehre sie durch die Hingabe deines Blutes!«

»Risuuch! Suclagus! Kirtabus! Sablil! Schachlil! Colopatiron! Zeffar! ON! ON! ON!«

»Blödsinn!« entfuhr es ihm, doch die Gestalten beachteten ihn nicht, während die Flammen, wie von der Formel aufgepeitscht, nach seinen Füßen und Beinen leckten.

Blödsinn? Jobab war sich plötzlich nicht mehr so sicher. Was, wenn es stimmte, wenn die Sonne, die bekanntlich jeden Abend aufs neue im Westen unterging, tatsächlich erst durch ein solches Blutopfer zu neuem Leben erweckt werden mußte?

»Risuuch! Suclagus! Kirtabus! Sablil! Schachlil! Colopatiron! Zeffar! ON! ON! ON!«

Die dämonischen Silben der Macht hämmerten auf seinen Widerstand ein, zermürbten ihn. Ein weiterer schrecklicher Gedanke kam ihm: Was, wenn es gar nicht immer wieder dieselbe Sonne wäre, die morgens im Osten aufstieg, wenn es stets eine neue war, eine jungfräuliche? Doch woher kam die dann?

Jobab schloß die Augen. So ging das nicht, er wurde langsam wirr. Es war auch unlogisch, schließlich hätte man dieselbe Frage stellen können, um zu erfahren, woher die eine und einzige, die alleinige Sonne Chaims stammte. Nicht einmal Jax hatte eine Antwort auf diese Frage gewußt.

»Risuuch! Suclagus! Kirtabus! Sablil! Schachlil! Colopatiron! Zeffar! ON! ON! ON!«

Ein neuer Gedanke schoß ihm durch den Kopf, eine Erkenntnis: Wahrscheinlich hatten die Karawanenräuber ihn an die Priester des Sonnenkults verkauft. Doch er schüttelte ihn als nebensächlich ab. Wenn es stimmte... nicht auszudenken... wenn es wahr sein sollte... wenn es wirklich seines Todes bedurfte, damit die Sonne am nächsten Tag wieder auferstehen konnte (ob als alte, ob als neue, das tat nichts zur Sache), dann... dann... konnte, *durfte* er sich dann dieser Verantwortung für das Wohlergehen Chaims und seiner Bewohner überhaupt verweigern?

»Risuuch! Suclagus! Kirtabus! Sablil! Schachlil! Colopatiron! Zeffar! ON! ON! ON!«

Ein schrecklicher Gewissenskonflikt tobte in seinem Inneren. Jobab war hin- und hergerissen zwischen Empörung und Hingabe, zwischen Weigerung und Selbstaufopferung. Chaim war kein besonders gemütliches Land. Seine Einwohner waren alle nur auf ihren eigenen Vorteil bedacht, seine Magier waren allesamt

Schlitzohren, einer schlimmer als der andere. Wer nichts leistete, der war verloren, der konnte getrost verhungern, ohne daß sich auch nur eine Menschenseele um ihn kümmerte.

Chaim war, das machte er sich nun zum ersten Mal bewußt klar, eher eine Art Hölle. Und wenn er sein Opfer verweigern sollte, würde Chaim sterben, denn die Sonne verlieh ihm das Leben und die Kraft, wie der Mond ihm die Fruchtbarkeit und die Ahnung um das Wesen der Dinge verlieh.

»Risuuch! Suclagus! Kirtabus! Sablil! Schachlil! Colopatiron! Zeffar! ON! ON! ON!« Unerbittlich dröhnte die Formel und hallte von den Felswänden der Ritualhöhle wider.

Andererseits war da nicht nur Chaim, da waren auch Jax und Ommo. Jax? Pah! Für den würde Jobab nicht mal den kleinen Finger rühren, zu sehr hatte der alte, gehässige und gefühllose Zauberer ihn und seinen Blutsbruder seit Jahren getriezt. Wahrscheinlich hatte er ihn sogar ganz bewußt in diese Lage gebracht... Aber Ommo? Nein, das durfte nicht sein! Ehe er seinen Blutsbruder sterben ließ (aus Mangel an Licht und Wärme? Niemals!), würde er lieber selbst in seinen Opfertod einwilligen.

»Risuuch! Suclagus! Kirtabus! Sablil! Schachlil! Colopatiron! Zeffar! ON! ON! ON!«

Merkwürdig – obwohl er sich ohnehin nicht mehr wehren und schon gar nicht befreien konnte, wußte Jobab genau, daß es darauf ankam, daß er sich *freiwillig* dem Tod hingab, sonst war das Opfer wertlos, ein einfacher, sinnloser Ritualmord, weiter nichts.

Alles in ihm bäumte sich gegen diese Entscheidung auf. Sein Verstand rebellierte, wollte ihm einreden, daß sein Widerstand die letzte Geste seiner ihm verbliebenen Freiheit sei. Ein Grauen vor dem Tod überfiel ihn und ließ seine Glieder zittern wie Espenlaub... Erinnerungen an die schönen Tage seines Lebens tauchten vor seinem geistigen Auge wieder auf... Die Jagd mit Ommo... Das Schließen der Blutsbrüderschaft, noch damals, als Lehrlinge... Der gemeinsame Kampf gegen ihren störrischen, unbarmherzigen Meister Jax... Die vielen Abenteuer... Nein, *ganz* so schlimm war das Leben in Chaim auch wieder nicht gewesen... Ungemütlich, gewiß, aber niemals wirklich langweilig... Er erinnerte sich an die Sonnenaufgänge, als er mit Ommo hinaus auf die Pirsch gegangen war, um die karge Diät aufzubessern, die Jax seinen Schülern zumutete...

»Risuuch! Suclagus! Kirtabus! Sablil! Schachlil! Colopatiron! Zeffar! ON! ON! ON!«

Und Jax? Ein schlimmes Scheusal... und doch hatte er viel von ihm gelernt... Jetzt, da er dem Ende ins Auge blicken mußte, erkannte er, daß er dem alten Zauberer oft auch Unrecht angetan hatte..., dem alten Mann, der in seiner Einsamkeit verbittert und zum Menschenfeind geworden war... Nein, aber Mitleid konnte er nicht für ihn empfinden..., eher Verständnis, ...nicht viel Verständnis, aber immerhin ein bißchen... Das änderte ja nichts daran, daß Jax ein Ungeheuer von einem Sklaventreiber und Schinder blieb... Aber sollte der alte Magier seinetwegen einen vorzeitigen Tod finden? Sollte es ihm nicht vergönnt sein, seine alten Tage so zu leben, wie er es für richtig hielt...

Plötzlich erhob Jobab seine Stimme, stimmte in den Chor ein: »Risuuch! Suclagus! Kirtabus! Sablil! Schachlil! Colopatiron! Zeffar! ON! ON! ON!« Aus Leibeskräften schrie auch er die Formel, gab sich dem Opfer hin, war bereit, sich zu opfern, aus freien Stükken und nicht gezwungen durch seine Fesseln und seine Ohnmacht angesichts der Übermacht seiner Peiniger. Die Flammen loderten empor, griffen nach seinem Leib, sengten ihn – doch Jobab empfand Ekstase im Schmerz, war Opfer und Opferer zugleich, ein Diener und ein Herr der Sonnenkraft, starb und lebte, starb und lebte...

Plötzlich verstummte die magische Formel, ertönte ein Ruf: »Das Licht im Osten leuchtet uns! Das Licht im Osten leuchtet uns!«

Die Gestalten blieben stehen, die Flammen erloschen wie von Zauberhand gelöscht, von alleine lösten sich Jobabs Fesseln, und auch er blickte hinüber zu der hoch aufragenden Gestalt Atons, die am fernen Höhleneingang stand und einen Vorhang entfernte, um das Licht der aufgehenden Sonne einzulassen, das hell und strahlend von außen eindrang und die Höhle mit seinem goldenen Schein durchflutete.

Und in der Höhlenöffnung erschienen plötzlich Jax und Ommo und Asmodel: Asmodel mürrisch wie immer, aber sichtlich an den Marterwerkzeugen im Inneren der Höhle interessiert, Ommo verdutzt und erleichtert zugleich, als er seinen Blutsbruder erblickte, der hoch oben auf seinem Podest stand und unversehrt in goldenem Glanz strahlte, erlöst und eingeweiht – und Jax, bis über beide Ohren grinsend und Aton zuzwinkernd, der majestätisch, feierlich und doch auch jugendlich zugleich wie ein blonder Sonnengott dastand und das Ganze mit unverhohlenem Wohlwollen betrachtete.

Dann war kein Halten mehr: Ommo stürzte auf das Podest zu, kletterte hinauf und umarmte seinen Blutsbruder, der noch immer etwas benommen und doch von einer geradezu hellsichtigen Klarheit durchflutet die Geste erwiderte und ihm den alten Lehrlings- und Gesellengruß ins Ohr flüsterte, den sie schon seit Jahren in besonders dramatischen Situationen immer wieder ausgetauscht hatten: »ZASAS, ZASA, SATANATA ZASAS.«

20

»Natürlich war ich in Wirklichkeit schon früher im Reich der toten Götter«, schnarrte Jax wichtigtuerisch, als sie langsam auf die Schilfrohrhütte zuschritten, die sein kärgliches Zuhause darstellte. Der Zauberer Osi hatte, murrend zwar, doch dem Befehl seines Herrn Aton folgend, die drei Magier und ihren Hausgeist mit seinem fliegenden Teppich in der Nähe ihres Heims abgesetzt und war schließlich grußlos davongeflogen. Offensichtlich war er mit sich selbst nicht sonderlich zufrieden gewesen, und Jax hatte ihn während der Reise auch in bekannt gemeiner Manier ordentlich gepiesackt.

»Anders wird man nämlich gar kein Meister«, fuhr Jax fort.

Ommo horchte auf. »Soll das heißen, daß man Euch auch opfern wollte?« fragte er interessiert.

»Wer will das nicht?« murmelte Jobab. »Ich frage mich nur, für wen er sich geopfert hätte...«

Jax hob drohend den Zeigefinger. »Werdet nur nicht frech, Herr Gesell! Es gäbe noch manchen ruchlosen Ort, an den ich Euch schicken könnte, wenn es mir beliebte.« Doch da er wegen seines schlußendlichen Triumphs über Osi zutiefst befriedigt war, ließ er es bei dieser Drohung bewenden und fuhr in seinem belehrenden Tonfall fort: »Eine solche Erfahrung ist eben Bestandteil einer jeden Gesellenausbildung eines zukünftigen Magiers. Der mystische Tod – das Opfern des eigenen Ichs für einen anderen.«

Mit einem Tritt schoß er einen kleinen Kieselstein beiseite, der ihm im Weg lag, und meinte wie beiläufig: »Ist wohl nicht der Rede wert, daß ich mir all diese Mühe gemacht habe, nur um den Herren Gesellen eine vernünftige Ausbildung zuteil werden zu lassen.« Er schniefte dramatisch, als wollte er weinen. »Nur um wahrscheinlich schon morgen wieder zu hören zu bekommen, daß man bei mir außer dem Putzen von magischen Spiegeln nichts lerne. Pah!« Zornig blieb er stehen, legte die Hände hinter dem Rücken zusammen und musterte sie finster.

Ommo und Jobab waren verdutzt und hielten ebenfalls inne. Hm, so hatten sie die Sache noch gar nicht betrachtet. Gewiß, der alte Zauberer hatte einiges vorhergesehen und offensichtlich auch manches mit Aton vorher abgesprochen, doch beschwerlich war die Reise für ihn allemal gewesen, und auch nicht ungefährlich – es hätte ja nur irgend etwas schiefzugehen brauchen. Und seine verkrusteten Beulen und Schürfwunden...

Ganz gegen ihren Willen waren die beiden Gesellen gerührt.

»Hm, na ja...« machte Jobab. »Eigentlich...«

»Ja, hm...« stammelte auch Ommo. »Äh...«

Jax hob abwehrend die Hände. »Keine Ursache, keine Ursache. Wenn ihr mir eure Dankbarkeit beweisen wollt, wüßte ich schon etwas... Nur eine Kleinigkeit...« Mit schräggelegtem Kopf schielte er die beiden an.

»Nur eine Kleinigkeit?« murmelte Jobab mißtrauisch. Er ärgerte sich, weil es dem alten Schlitzohr mal wieder gelungen war, sie in die Enge zu drängen. Wahrscheinlich würde der Zauberer jetzt ihre Dankbarkeit nach Strich und Faden ausnutzen. Sie hatten sich zwar noch nicht wirklich zu irgend etwas verpflichtet, aber da sie noch gute vier Jahre in seinen Diensten standen...

»Fünf«, meinte Jax, Jobabs Gedanken lesend. Dann zog er eine entschuldigende Grimasse von exquisiter Falschheit. »Das heißt, natürlich nur, wenn ihr euch *wirklich* dankbar zeigen wollt... Immerhin«, er blickte interessiert gegen den Himmel, wo freilich nicht einmal das leiseste Wölkchen zu sehen war, »seid ihr beide auf dem Weg zum Meister jetzt ein gutes Stück weitergekommen.«

»Hm, Jobab schon«, schränkte Ommo ein, »aber ich bin doch nicht geopfert worden...«

Jax winkte ab. »Red keinen Blödsinn. Ich denke, dein Alptraum vom Richtblock war Wirklichkeit?«

Ach so. Das stellte die Sache natürlich in einem etwas anderen Licht dar, dachte Ommo. Und machte die Lage noch verzwickter. Erst jetzt begriff er, daß er Jax' Bemerkung gar nicht richtig verstanden hatte, weil er selbst ja nicht in Jobabs Geist gelesen hatte. »Was heißt denn eigentlich fünf?«

»Er will uns noch einen weiteren Jahresdienst abverlangen«, knurrte Jobab.

»Oh.« Mehr wußte Ommo auch nicht mehr dazu zu sagen.

Jax scharrte ungeduldig mit den schmutzigen Füßen im Sand. »Also, was ist nun? Habt ihr noch einen Funken Anstand in euch oder nicht?«

Die beiden Gesellen blickten sich an. Wenn sie jetzt ablehnten, würden die nächsten vier Jahre wahrscheinlich die reinste Hölle werden – dafür würde Jax schon garantieren. »Eine widerliche Erpressung«, murmelte Ommo wütend.

Jax feixte. »Stimmt. Aber irgendwie muß man ja auf seine Kosten kommen.«

Zögernd willigten sie ein. Sie wußten, daß sie diesen Beschluß bereuen würden, doch andererseits... Wo wären sie ohne Jax?

Jax nickte befriedigt und stapfte wortlos zu seiner Hütte. Nur Asmodel verharrte bei den beiden Freunden und räusperte sich. Verwundert blickten sie ihn an.

»Ich bleibe auch noch ein Jährchen«, meinte er.

»Wieso?« wollte Jobab wissen. »Ich denke, dein Dienst endet in zwei Wochen?«

»Habe verlängert«, erwiderte der Dämon, und es war ihm offensichtlich geradezu peinlich, es zugeben zu müssen.

Jetzt waren sie erst recht erstaunt.

»Warum?« fragte Ommo. »Du wolltest doch nie.«

»Na ja, diese Reise«, fing Asmodel an, und Jobab schwante Fürchterliches. Natürlich! Wie hatten sie das nur übersehen können! Die Reise und die Abenteuer waren die Bezahlung für die Dienste des Hausgeists!

»Ich wollte doch mal wieder richtig Blut fließen sehen«, gestand Asmodel treuherzig. »Und richtige Schlachten und so.«

Ommo wußte, was gemeint war. »Am liebsten hättest du wahrscheinlich mitangesehen, wie wir alle den Tod finden, was?« fragte er wütend.

Der Dämon nickte eifrig. »Ja«, gestand er, »das wäre fein gewesen. Dann hätte es sich richtig für mich gelohnt – und wenn Jax dabei draufgegangen wäre, hätte ich ihm nicht mehr zu dienen brauchen, hähä.«

Jobab wiegte anerkennend den Kopf. Das war dämonisches Denken in Reinkultur. »Von dem können wir noch viel lernen«, brummte er.

Ommo sah ihn zweifelnd an. »Wenn das so weitergeht, sind wir noch in hundert Jahren unter Jax' Fuchtel.«

Verdrossen fügte Jobab hinzu: »Da hat der alte Gauner mal wieder zwei Fliegen mit einer Klappe geschlagen: Wir bleiben noch ein Jahr länger als geplant, und sein Hausgeist ebenfalls. Und dafür die ganze Qual!«

Plötzlich raschelte es hinter ihnen, und ihr Meister steckte den Kopf aus der Tür. »Eine dritte Fliege habt ihr wohl vergessen, wie? Immerhin seid ihr jetzt wenigstens richtige Gesellen und keine nichtsnutzigen Senkrechtstarter mehr!« Dann verschwand er wieder keckernd und wiehernd im Inneren der Hütte.

Achselzuckend bemerkte Ommo: »Man wird ja so dankbar...«

Aber irgendwie freute er sich doch über Jax' verstecktes Lob, und selbst Jobab mußte verstohlen schmunzeln. »Na warte«, drohte er, zu der Hütte gewandt. »Dich kaufen wir uns noch!«